美国黑人女性主义文学批评研究

A Study on African-American Feminist Literary Criticism

王淑芹　著

山东大学出版社

图书在版编目(CIP)数据

美国黑人女性主义文学批评研究/王淑芹著.
—济南:山东大学出版社,2014.6
ISBN 978-7-5607-5046-0

Ⅰ.①美… Ⅱ.①王… Ⅲ.①美国黑人－妇女文学－文学评论 Ⅳ.①I712.06

中国版本图书馆 CIP 数据核字(2014)第 131989 号

责任策划:武迎新
责任编辑:武迎新
封面设计:张　荔

出版发行:山东大学出版社
社　址　山东省济南市山大南路 20 号
邮　编　250100
电　话　市场部(0531)88364466
经　销:山东省新华书店
印　刷:日照日报印务中心
规　格:880 毫米×1230 毫米　1/32
8.75 印张　218 千字
版　次:2014 年 6 月第 1 版
印　次:2014 年 6 月第 1 次印刷
定　价:20.00 元

序

王淑芹的博士论文《美国黑人女性主义文学批评研究》被山东大学出版社接受并将付梓出版，她嘱我为之写一篇序言，这不禁使我回想到2004年夏到2006年初夏王淑芹奋战博士论文的情境。王淑芹是2003年考上我们山大文艺美学研究中心的博士的，那时她已经从教多年，并有访学美国的经历，学术上已比较成熟，但她毕竟是英美文学背景，考上文艺美学这一理论专业需要一个由文本到理论的转型与适应过程，这集中表现在论文题目的确定与写作方面。论文的题目我们共同定为她访学中已有文学文本基础的黑人女性文学批评，写作也要着力于黑人女性文学批评的理论探索。这种转型的过程是非常艰苦的，王淑芹废寝忘食，竭尽全力，终于渡过了这一难关，论文顺利完成，并得到通讯评议与答辩专家的一致好评。现在论文终于出版，我相信这篇论文直到现在仍然可以说是我国黑人女性文学批评的一篇不可代替的重要论文。

首先，论文的选题具有十分重要的价值意义。女性主义思潮滥觞于19世纪末，发展于20世纪六七十年代。此后女性研究逐步形成热潮，但传统的女性主义是白人女性主导排斥黑人女性的所谓“女性主义”，仍然具有极大的种族主义色彩，只有在黑人女性主义出现之后，性别研究才具有了某种学术研究的公正性与全面性。波及到全球的种族主义是当代文化研究的重大课题，而黑人女性主义就是这一研究的重要领域，美国文化则是这一研究的主要对象。它通过一个特定的视角让我们看到了深层种族歧视与压迫的事实，听到了黑人妇女发自内心的呼唤。

其次，从内容来说本论文具有很强的前沿性。本论文在黑人女性主义文学批评的新领域贡献了一系列新的理论元素，为女性主义文学批评开辟了新的范畴。"双重性"，这是女性主义文学批评的新话语，表达了黑人女性既作为女性又作为有色人种的双重特点及其所受到的双重边缘化与双重压迫；打破了女性文学的单一性，使之走向更深层、更多样的境界。而这种"双重性"又使黑人女性主义面临现代性与后现代性的交混状态：从性别来说，它是"现代性"，而从种族来说，则是"后现代性"。黑人女性主义就在这种交混状态中包含了丰富复杂的内涵。"差异性"是黑人女性主义的另一个重要理论支点，针对着传统的女性主义对于种族差异的有意忽略与白人中心主义在女性主义研究中的渗透，本文在总结美国当代文学的基础上发掘出以"妇女主义"代替"女性主义"的重要理论内涵，意义深远。"黑人女性主体性"是黑人女性主义文学的特有内涵，它打破白人女性一统天下的状态，让黑人女性走向争取生命与文化权利的前沿，使得"主体性"这一现代性的概念具有了后现代的色彩与当代价值，使得"我写故我在"成为动员黑人女性争取文化与话语权力的口号。

最后，本论文所用文献资料具有新颖性。王淑芹利用了她在美访学的便利认真而精心地搜集材料，使得本论文所用材料在当时乃至今天仍然具有新颖性，具有重要的学术价值。

王淑芹博士早已当上教授，但我认为本论文仍然是她的重要代表性学术成果，充分反映了她的学术创新性、前沿性与严谨性。希望王淑芹珍惜这一宝贵成果，在此基础上做出新的成绩。

曾繁仁

2014 年 4 月 28 日

目　录

第一章 导 论

> 女性主义是世界性的。旨在把妇女从一切形式的压迫中解放出来,并促进各国妇女之间的团结。
>
> 女性主义又是民族的。旨在结合各个国家具体的文化和经济条件考虑妇女解放的重点和策略。
>
> ——玛丽·埃·沙万:《妇女的另一种发展》

一、发生语境

20世纪60年代后期,西方社会矛盾加剧,法国的学生运动和美国对越战争的失败,使西方社会产生了普遍危机,人们对以往深信不疑的理性追求产生动摇。尼采提出的"上帝死了"、"重新估价一切价值"的思想,更促使部分人对现存社会产生怀疑和否定。反映在文艺理论上,他们怀疑结构主义所强调的文本结构的稳定性和整体性的思想观点,进而转向怀疑和否定秩序、整体结构、现存语言体系。当结构主义思潮传到美国时,它逐步变为对于自身的批判,随后,又很快演化为后结构主义。

后结构主义重要的组成部分是解构主义。在不同的批评家手下,解构主义的具体表现形态各不相同,不同的批评家有自己的批评角度和侧重点，然而他们又表现出一些共同的特点，即消解权威、去中心、反成规、反理性、反传统。

法国哲学家德里达的差异理论是解构主义的重要部分。作为解构主义倡导者之一，德里达把西方形而上学传统中的思想体系称作“逻各斯中心主义”(logocentrism)并对其进行解构。德里达认为，西方传统哲学以理想化的方式营造自认为是“本质的”、“中心的”、“本源的”事业，而把自认为是“非本质的”、“非中心的”、“衍生的”、“边缘的”等排除在“中心”之外、“边缘”之上。为了解构这种形而上学的二元对立的等级结构，德里达创造了一个新词——“延异”(différance)[①]，表示既在空间上又在时间上的差异。德里达的差异理论突出了语言和意义的不确定性。

法国哲学家福柯的知识—权力、话语理论具有明显的解构主义特点。福柯探索的是语言与社会机制、惯例、习俗之间的关系，他把这种关系称之为“话语”。他考察了知识产生的条件和途径，认为呈现在人们眼前的历史知识并不是真实的，而是权力运作的结果。历史知识并不是中立和客观的，不是某种等待着人们去发现的东西，在历史传统的建构和重构过程中，有些东西被包容进去，而另外的则被排除在外。因此，人们看到的历史表述，包括谁讲话，讲什么，怎么讲，以及什么是真、什么是假等，其实都是经过选择和排斥之后的产物。这样，人们看到的历史便不是真实的再现。根据福柯的知识—权力、话语理论，知识和权力的联合产生一种话语，话语产生真理。权力、知识、真理、话语这四者之间构成了一个循环，环环相扣，互相发生作用。

解构主义的出现正好迎合了那些过去一直处于边缘地带群体的愿望，这些被边缘化了的群体从来就被权威排斥在中心之外，没有被纳入到历史传统中。美国被认为是世界各民族的大熔炉，然

---

① Différance 代表法语动词“differer”的两个意义，即差异和延搁。

而其他各民族在美国的白人主权社会中都属于边缘族群。美国文学史的主流是白人男性作家作品，在文学史和文学教材中，极少出现其他民族的作家作品；文学批评话语也是由白人男性主宰。中心和权威的解构使边缘群体有机会发表自己的看法，拥有福柯所说的“话语权”，由边缘向中心移动。解构主义理论深刻地影响了少数族裔文学批评。他们认为，所谓“历史”、“经典”、“真理”，不过是由白人男性依据他们的兴趣、利益和价值标准创造的。

少数族裔文学批评的发展与后殖民理论(post-colonialism)分不开。后殖民理论主要研究殖民时期之后宗主国与殖民地之间的文化话语权力关系，以及有关种族主义、文化帝国主义等新问题，大多采用解构主义、女性主义、后现代主义来消解中心、消解权威、倡导多元文化的方法，揭露帝国主义对第三世界文化霸权的实质。这里的第三世界还包含了第一世界内的移民族群。按照这种理论，第一世界掌握着文化输出权，可以将自身的意识形态看作一种占优势地位的世界性价值，通过文化传媒把自身的价值观和意识形态编码在整个文化之中，强制性地灌输给第三世界；而处于边缘地位的第三世界只能被动地接受，他们的文化传统面临威胁，母语在流失，文化在贬值，意识形态受到不断地渗透和改造。

20 世纪 60 年代以后，随着美国黑人公民权运动的兴起，以及各种后现代理论特别是解构主义理论的出现和传播，各个少数民族开始越来越关注本民族的文化传统以及白人主流文化和价值观对少数族裔文化的侵蚀。由此，少数族裔文学及文学批评大量涌现，以不同的风格抗议白人的霸权行为，颠覆、解构美国的主流话语，建构本民族的话语和文学传统，恢复与本民族历史文化的联系。

同时，解构主义也对女性主义文学批评产生了巨大影响。女性主义以女性在历史、社会、家庭中的地位和遭遇作为研究对象，其基本的前提是，妇女在社会文化中遭遇了结构性的不平等，即在社会结构中，妇女被看作第二性，附属于男性。整个社会，从政治、经济到意识形态、法律等各个领域，无一不打上了男性的烙印，男性处于霸权地位，价值标准由男性规定。逻各斯中心主义体现了男性权威思想，它以二元对立的思维模式把事物以阶序的方式总括起来，如阳性与阴性、男人与女人、理性与感性等，前者属于男性特征，后者属于女性特征。父权体系伸扬阳性价值，再把阳性与阴性等同于生物上的男性与女性，从而内化了男尊女卑的价值体系，确立了男性的优势地位。因此，女性只能是男性的“他者”。历史是由男性撰写的，权威由男性组成，真假、好坏、优劣等全由男性做出判断。这种由性别差异所带来的不平等既表现在现实生活中，也显见于文学领域。德里达对西方形而上学传统的逻各斯中心主义与二元对立思维模式的批判，与女性主义对男权中心思维的解构在一定程度上有异曲同工之处。

由于受到解构主义关于差异理论的影响，女性主义理论也从差异的角度揭示了男女之间的不平等现象，其理论经历了从生理差异向社会差异的转变。但是，20 世纪 70 年代后期，“两性差异论”受到了以美国黑人女性为主体的有色人种或称第三世界女性的挑战，因为它没有对不同文化背景下的不同形式的不平等作出辨别。第三世界的女性主义文学批评分别将本民族的妇女文学置于中心地位，考察种族和社会性别在双重文化、种族交往中的作用。它与后殖民批评联姻，形成了后殖民女性主义批评。

后殖民女性主义批评家不满于西方主流对妇女问题和社会性别的忽视，也不满于西方以白人中产阶级妇女为主的女性主义理论对“妇女”的同质化、概念化和普遍化，她们批判殖民主义和西方女性主义的意识形态和文化霸权，强调妇女经历的多质性和差异性。有色人种女性在讨论男女之间的权力关系时强调种族关系和阶级关系，认为一个女人的社会身份不仅仅是女性，她还隶属于某个阶级，来自于某个民族，并有自己独特的生活经验。黑人女性指出，当女性主义大力宣扬妇女走出家庭进入工作领域是实现自身解放的重要环节时，她们根本没有注意到，参加家庭以外的社会劳动对黑人妇女从来就不是什么要去争取的“权利”，而是她们生存的第一条件。因此，前期的女性主义理论，由于种族、阶级和文化的局限，不但不能解释女性经验的复杂性和多重性，还对其他背景的妇女重新边缘化，表现出白人中心主义倾向。在文学领域，黑人女作家也遭到歧视。白人女性主义者在她们的文学评论和文学史中，具有明显的种族歧视倾向，经常把黑人和妇女隔离开来，对黑人女作家及其作品忽略不计。而在黑人男批评家那里，黑人女作家有同样的遭际，即便提到黑人女作家，也经常不注意其中的性别意识。

黑人女作家及其创作在黑人男性和白人女性评论家那里的不公正遭遇，为黑人女性主义文学批评的诞生提供了契机。黑人女性也以差异、去中心和消解权威为理论武器，对否认妇女差异性的种族主义和性别主义进行解构。德里达对逻各斯中心主义的解构有助于黑人女性主义对与之同质同构的菲勒斯中心主义的消解，瓦解了黑人内部存在的父权意识形态。福柯的知识—权力、话语理论激发了黑人女性通过创作解构强加在她们身上的客体身份，确立了黑人妇女主体性的意识。同时，解构主义关于差异的理论话语也促成了黑人妇女对白人妇女把持的女性主义的“大一统”妇女观进行挑战，将差异理论引入不同文化背景的妇女研究中。当白人学术界的女性主义受到挑战时，性别和种族的文化差异和关系问题就已经转向黑人女性主义文学批评的中心舞台了。然而，一方面是对这种差异的强调，另一方面黑人女性主义者又渴望确定一种集体性的身份以反抗男女之间和种族之间长久存在的社会不平等，这两者之间存在着持续的张力。

如果说后现代理论强调在“重复”中力图追求“差异”[①]，那么对黑人女性主义文学批评的研究本身就是试图在女性主义的大一统下研究其中的差异性。集黑人研究与妇女研究于一体的黑人女性主义文学批评，改变了当代女性主义文学批评的议题和内涵，其独特性为传统的女性主义提供了一个新的视角和补充。黑人女性主义批评家认为性别不是影响妇女命运的唯一决定因素，首次把种族等性别以外的因素囊括进女性主义文学批评，同时，使黑人女性主义文学批评成为身份批评的先声。黑人女性主义批评家还首次对西方主流的女性主义理论中存在的种族优越感和文化霸权进行批评，并且得到了第三世界女性主义者的积极响应。可以说，黑人女性主义文学批评是引发后殖民女性主义批评产生的条件之一。另外，黑人女性主义批评家还研究了现行的文学批评体制的弊端，认为美国黑人妇女及其他有色妇女的创作需要不同的分析方法，现行的方法不适合她们。

黑人女性主义文学批评属于后现代的文化批评范畴。文化是一个与年龄、性别、种族、阶级、身份相关的问题，是统治阶级操控不平等系统并使之永久化的社会支撑物，使现存的事物秩序合法化。在对文化的研究中，人们经常批判把一种文化标准强加于另一种文化，从而把另一种文化确定为在某些方面是劣等的做法。文化研究质疑了那些被认为是理所当然的传统角色，包括性别、种族和阶级等，认为传统是文化地建构的。[②]

女性主义理论家把文化看作是社会冲突的产物，强调性别关系的社会冲突。由于女人经常被排斥在经济和政治生活的主流之

---

① Henry Louis Gates, "Criticism In the Jungle," Henry Louis Gates ed., *Black Literature And Literary Theory*, New York: Methuen Inc., 1984, p. 10.

② 参见[英]阿雷恩·鲍尔德温、布莱恩·朗赫斯特等《文化研究导论》，陶东风等译，高等教育出版社 2004 年版，第 12 页。

外，因此女性主义者也强调把文化当作再生产“不平等”的领域来进行研究的重要性。因为性别是在文化内部被建构的，所以女性主义者研究、考察了性别的文化期待和文化假定如何助长了“性别是天生不平等的”这一观念。女性主义者重视性别不平等中的文化作用，“这一点在文化研究发展中处于中心地位”[①]。根据盖尔·鲁宾(Gayle Rubin)提出的“性/性别系统”(sex/gender system)，性用来描述生物的或自然的区别，而性别用来描述男子气质或女人气质的社会作用。鲁宾认为，不同的社会指定了不同的、以生物差异为基础的各种角色，女性主义者质询的目标是这些角色所假定的各种文化期待。

在对“种族”和种族主义的研究中，文化和冲突也是关联着的。“种族”和性别一样，也是一个社会的而不是生物学的范畴。种族偏见是一个民族对另一个民族所持有的流行信念表达，就此而言，种族偏见是文化的。正如女性主义者坚持认为的那样，分配给女性的文化角色(性别角色)有助于解释她们同男性的不同的和不平等的关系。种族主义批评家也认为，正是这种对殖民地人民带有偏见的价值观和态度，被发展成了奴役他们和摧毁他们的文化的欧洲帝国主义的口实。[②]

二、文献综述

1977年，芭芭拉·史密斯的惊世之作《迈向黑人女性主义批评》一石激起千层浪，引发了一场范围广、时间长、影响大的学术论争，也标志着黑人女性主义文学批评的诞生。她在文章中大胆质疑传统的女性主义文学批评和黑人男性文论的普遍意义，其核心问题集中在黑人女性是否独立存在？黑人女作家是否存在？黑人

① [英]阿雷恩·鲍尔德温、布莱恩·朗赫斯特等:《文化研究导论》，第124页。

② 参见[英]阿雷恩·鲍尔德温、布莱恩·朗赫斯特等《文化研究导论》，第28页。

妇女是否拥有一个可以继承的文学传统？她们的作品是否值得研究？黑人女性的形象该当如何？她们的生活、经历、文化是否有别于白人女性和黑人男性？一言以蔽之，就是性别、种族和阶级等因素的相互交叉对黑人女性的生活带来什么样的影响。史密斯从批判白人男性学者、黑人男性学者和白人女性学者对黑人妇女文学的忽略、误解、歪曲与蔑视出发，指出了建构黑人女性主义文学批评的必要性和重要性。同时，她也指出了黑人女性主义文学批评原则：首先，就是承认黑人女性创作中的性别政治与种族政治和黑人女性本身的存在是不可分离的，同时也应承认黑人女作家们已经形成了一个有其自身特点的文学传统。其次，就是评论家应该从自身的经历而不是白人和黑人男性的思想与方法出发从事研究。

史密斯的这篇论文是黑人女性主义文学批评的奠基之作，为拓展和深化传统的女性主义文学批评"铲了第一锹土"。随后，美国黑人女性主义文学批评异军突起，逐渐形成了自己的一套理论话语，成为美国文学批评界一支不可忽视的力量，以至于有的学者认为，黑人女性主义文学批评可以和英美派、法国派女性主义文学批评并驾齐驱。[①] 黑人女性主义批评不仅在理论上独树一帜，而且在 研究手法上推陈出新，从单一走向多元，形成历史、社会、文化、心理、人类学等立体交叉式研究。

继史密斯那篇著名论文之后，美国黑人女性主义文学批评迅猛发展。从 20 世纪 70 年代末到 90 年代，黑人女性主义文学批评的各种大型文集频频涌现，标志着黑人女性主义文学批评进入成熟时期。从目前来看，以黑人女性主义文学创作及批评为主体的研究著述较多，如芭芭拉·史密斯主编的《家庭女人：黑人女性主

① 参见修树新《当代美国黑人女权主义文学批评理论》，载《学术交流》2003 年第 12 期。

义文集》、芭芭拉·克里斯廷的《黑人妇女小说家:传统的形成,1892～1976》以及《黑人女性主义批评》、奥黛·罗德的《局外姐妹》、彻里尔·沃尔主编的《改变我们的语言:黑人妇女撰写的批评、理论和创作论文》等。进入 90 年代中后期及 21 世纪初期,对黑人女性的文学创作、批评及理论方面的论著推陈出新,如麦克道威尔的《变化的一致》、奥伊·莫里的《托尼·莫里森和妇女主义(Womanist)话语》、吉娜·维斯克尔的《后殖民和非裔美国妇女的创作》、乔伊·詹姆斯等主编的论文集《黑人女性主义读者》等。

这些著作和论文集从不同的角度展现出黑人女性主义文学批评的发展,有的是从黑人女作家的文学创作入手分析其中的黑人女性主义观点,有的是对黑人女性主义批评家进行评述,也有的则直接把黑人女性主义批评家的论述整理出版。总体上来说,这些著述有以下共同特点:第一,强调黑人女性主义的文学创作和批评都是对黑人妇女所经受的种族、性别等因素的交叉式压迫的揭露和批判。第二,认为不论从文学创作还是从文学批评来看,黑人女性主义作家和批评家尽管存有矛盾之处,但是大致上来说她们在思想观点方面有连贯性和完整性,而且创作和批评的历史久远。第三,她们一般对个体的黑人女作家或批评家进行个案研究较多,综合性研究相对较少。总之,这些研究不论从哪方面着手,都认为史密斯、沃克、罗德、麦克道威尔、胡克斯、克里斯廷等黑人女性主义批评家的各种观点毫无疑问地影响了批评环境,丰富了女性主义批评。

中国学界对黑人妇女的研究比较多地集中在黑人妇女的文学成就方面,这主要与美国黑人女作家莫里森于 1993 年获得诺贝尔文学奖有关。这方面的研究成果非常丰富,国内重要的几本文学刊物如《外国文学研究》、《外国文学评论》、《国外文学》、《外国文学》及《当代外国文学》等,都经常刊登评论美国黑人女性文学创作方面的论文。对黑人妇女文学研究也出版过专著,主要有王守仁、吴新云合著的《性别·种族·文化:托尼·莫里森的小说创作》(北京大学出版社 2004 年版)、翁德修和都岚岚的《美国黑人妇女文学》(吉林大学出版社 2000 年版)。这些对文学作品的研究虽然也经常涉及批评理论,但由于其研究的角度不同,故并不能深入而全面地窥探黑人女性主义文学批评的方方面面。

到目前为止,国内对黑人女性主义文学批评的评介还很少有正式出版的专著,更多的是发表在期刊上的一些比较零散的文章,以及在关于西方女性主义批评的文集中的简单评介。第一篇关于黑人女性主义文学批评的译文出现在张京媛主编的《当代女性主义文学批评》(北京大学出版社 1992 年版)中,即芭芭拉·斯密斯的《迈向黑人女性主义批评》(又译为《黑人女性主义批评的萌芽》)。后来又有其他文章和著作翻译,如《后殖民批评》中编译了胡克斯的论文《革命的黑人女性:自己争取成为主体》(北京大学出版社 2001 年版),她的专著《女权主义理论:从边缘到中心》也被翻译出版(江苏人民出版社 2001 年版)。简短评论有:鲍晓兰主编的《西方女性主义研究评介》(三联书店 1995 年版),汇集了中国学者对西方女性主义的评介,其中有一篇《第三世界妇女和女权主义》简单介绍了美国黑人女性主义的要义;李银河的《女性权力的崛起》(中国社会科学院出版社 1997 年版)在介绍了西方女性主义的几大流派之后,用简短的篇幅描述了黑人女性主义批评的点滴情况;朱立元主编的《当代西方文艺理论》(华东师范大学出版社 2001 年版)在"女权主义批评"一章的最后部分"其他女权主义批评"中简单地介绍了黑人女性主义批评;宋素凤的《多重主体策略的自我命名:女性主义文学理论研究》(山东大学出版社 2002 年版)在最后一章"身份政治与后殖民女性主义理论"中用了一节的篇幅探讨了作为身份批评先声的黑人女性主义文学批评现状;张岩冰的《女权主义文论》(山东教育出版社 2002 年版)将黑人女性主义文学批评和女同性恋女性主义文学批评放在"他者妇女"视阈下探讨；林树明的《多维视野中的女性主义文学批评》（中国社会科学出版社 2004 年版）把黑人女性主义文学批评和同性恋女性主义文学批评、“酷儿理论”放在同一节里评介。由于黑人女性主义批评家在观点上表现出复杂而零散的特点，所以任何简短的论述都很难毕其功于一役。

进入 20 世纪 90 年代以来，尽管中国学界关于西方女性主义文学批评的文章、文集很多，但是对于黑人女性主义文学批评的评介仍然寥寥无几，大量的篇幅都花在主流的白人女性主义者身上。然而，白人女性主义批评并不能代表所有女性的观点，不能囊括所有不同民族、种族和地区的妇女的经历。因此，要对女性主义的全貌进行比较准确的把握，还应该去关注那些没有被西方女性主义批评家关注到的群体的状况。研究黑人女性主义文学批评的目的不仅出于对边缘地带的黑人女性的关怀，更是要将这种关怀扩展到整个女性乃至全人类的高度上，把种族道义责任提升到弘扬生命意义的层面上。对黑人女性主义文学批评的研究也适合当下全球“一体化”与“多元化”共存的文化背景。在文学研究领域，就是传统经典的白人文学与边缘、少数族文学并存，共同进入研究的视野。

性别和种族压迫使黑人女性主义文学批评关注的不仅仅是文学范畴，更是人的基本生存权问题，包括政治、经济、文化、信仰、道德、艺术、习俗和价值观念等基本权益。黑人女性主义文学批评不仅体现出黑人女性对文学的态度，也成为当今妇女运动的一部分。盛宁在《二十世纪美国文论》一书中对女性主义文学批评的文化内涵界定也适合黑人女性主义文学批评：如果要回答什么是女性主义文学批评，首先应该把女性主义文学批评视为一种意识形态，一种以社会政治变革为目的的文化运动，然而它同时又具体地表现为对整个西方文学传统的认识进行一次"破旧立新"的话语变革。[①]

三、本书框架

"黑人女性主义文学批评"和"女性主义文学批评"一样,到目前为止并没有形成一个完全统一的概念。本书使用这个概念依据的是美国著名黑人女性主义者帕特里西亚·希尔·柯林斯(Patricia Hill Collins)对这个术语的界定:黑人女性主义文学批评指的是黑人女性批评家从女性主义政治的角度对黑人妇女作家的创作进行分析。[②] 美国黑人女性主义文学批评是以美国黑人女性为中心的批评,其研究对象包括黑人女性的形象、创作和女性阅读等,以黑人女性主义的视角对文学文本进行全新的解读,对白人和黑人男性文学歪曲黑人女性形象和蔑视黑人女性创作进行猛烈批判。

本书以女性主义文学批评作为参照系,运用女性主义、后现代、后殖民等理论武器,基于对国内外最新资料的文本调查,尝试对黑人女性主义文学批评进行整体的、系统的研究,期望得到更清晰的架构、更丰富的内涵、更深刻的启示,使更多的人把目光转向非主流的弱势群体。

本书由六章组成。第一章为导论。第二章探讨黑人女性的双重边缘身份,认为种族身份和性别身份是黑人女性独特身份中最大的两个要素。作为黑人,美国黑人女性与黑人男性一样,经历了奴隶制和种族主义。美国白人种族主义者对黑人的偏见根深蒂

---

① 参见盛宁《二十世纪美国文论》,北京大学出版社 1994 年版,第 210 页。

② Hill Collins, "Defining Patricia Black Feminist Thought," in *Black Feminist Thought: Knowledge, Consciousness, and the Politics of Empowerment*, New York: Routledge, 1991, pp. 19-40.

固，黑人的身份被视为“物性”(thingness)，即不具备普通的人性，是介于人和动物之间的物种。种族主义者对黑人的歧视完全是凭借想象、为了自己的利益而产生的。对黑人的贬抑可用来突出西方白人的身份，显示其文化优越性，其中渗透着种族歧视、文化霸权和精神垄断。美国黑人一直被排斥在白人社会之外，在主流的边缘，是权威的“属下”。

另一方面，黑人妇女也面临性别问题的困惑。西蒙娜·波伏娃把女人在社会中的地位描写为“第二性”，是从属于男人的性别。男人为了确定自己的“此者”(the One)身份，必然树立起一个相对照的“他者”，女人就是这个“他者”。因为有了女人，男人才能定义自身的价值；把女人视为劣等群体，男人才能找到自身的安全感和优越感，才可以心安理得地统治整个世界。既是黑人又是女人的黑人妇女不可避免地遭受着种族歧视和性别压迫，她们处于社会边缘的边缘，生活在最底层。黑人女性的身份也因此经常是缺失的，不被看见。但是，当黑人男性用她们来描述种族问题时，当白人女性用她们来描述妇女的边缘身份时，她们又显得处处可见。

第三章探讨黑人女性主义批评意识的打造。黑人妇女发现一种奇怪的现象：在美国，只要说到黑人，就是指黑人男人；只要谈论女人，就是指白人妇女。在这两个群体里，黑人妇女的存在都被抹平。在黑人民族运动和黑人文学批评中，黑人妇女都是“局外姐妹”。黑人男人要求参与运动的妇女为了民族的利益甘愿牺牲性别身份，使所有的黑人妇女都统一到黑人男性的权威之下。而在黑人文学批评中，男性批评家对女作家的创作要么极尽轻蔑和误解之能事，要么就把黑人女作家排除在黑人文学经典和传统之外。黑人妇女在白人女性主义者那里的遭遇也同样不乐观，再次遭遇某种程度的种族歧视。

黑人女性意识到，在“所有的黑人都是男人，所有的女人都是白人”的社会里，黑人女性必须依靠自己的努力建构自己的身份和生活。正是在这种背景下，史密斯提出了建构黑人女性自己的文学批评的重要性，"黑人女性主义文学批评"由此正式提出，而且随着黑人妇女意识的提高和黑人女性文学的蓬勃发展而日益壮大。黑人女性主义文学批评家认为，性别差异和种族差异所带来的不平等是一个社会现实，其踪迹铭刻在文学文本的生产、接受与文学历史之中。黑人女性主义文学批评就是要通过对文学文本的生产、接受与文学历史的解读，探究这些不平等的根源，力图中止黑人女性受到多重压迫的现状。

第四章探讨黑人女性主义文学批评实践。黑人女性主义批评家首先解构了文学中黑人妇女的刻板形象描写，指出其中隐含的霸权话语和目的，试图通过文本分析，建构新的黑人女性形象。在她们看来，文学创作是黑人女性生存和建构主体性的一种方式，而不是一种"为美而美"、"为艺术而艺术"的奢侈品。因此，本书把黑人女性主义批评家对文学创作的强调归纳为"我写故我在"。黑人女作家把自己在美国的生存、对自我的追求、对理想的渴望书写进文学文本中，使文本成为证明自我存在、反抗种族歧视和性别歧视的话语。

黑人女性主义文学批评的主要成就在于挖掘出大量的被主流文学机制忽略或压抑的黑人女作家及作品，肯定了黑人女性丰富的文学艺术创造力以及这种创造力对形成文学传统的影响，这种影响既表现在肉体上又表现在精神上，证明美国黑人女作家有文学历史可寻，而且这个历史并不是支离破碎、不完整的。她们的创作有一种连续的传统，在题材、风格、意象和结构方面有许多共同特征。在对传统的继承方面，黑人女作家对于母系传统的追寻既不同于哈罗德·布鲁姆所说的适用于白人男性和黑人男性的"影响焦虑"，也没有吉尔伯特和古芭所说的适用于白人女性的"作者性焦虑"。黑人女性经验的独特性，即种族、性别等多重压迫，迫使她们急切地认同一个文学母性系谱，并将文学母亲理想化，从文学母性系谱中汲取创作源泉和力量。

第五章探讨黑人女性主义文学批评的理论话语。“妇女主义”(womanism)是沃克创造的术语,用以描述黑人妇女对于女性主义的理解。这个术语不同于传统的“女性主义”(feminism),后者主要由白人中产阶级妇女主导,对有色人种妇女带有偏见并加以排斥。

针对解构主义对“差异”的强调以及对本质主义的颠覆,黑人女性主义批评家策略性地运用“本质”与“差异”的观点,即一方面使用“差异”理论解构白人女性主义者把所有的女性视为同质一体、忽视黑人妇女的差异特征的白人中心主义思想,解构历史上强加给黑人妇女的本质身份,同时承认女性之间的差异性;另一方面,黑人女性主义文学批评并不完全否认黑人妇女的“本质”的存在,当然这个“本质”绝不同于白人种族主义者强加在她们身上的、用来控制她们的所谓“本质的黑人妇女”。

确立黑人女性的主体性是黑人女性主义文学批评的重要目标。虽然黑人女性在面临确立主体性的现代课题时受到解构主义等后现代理论的影响,并且也借鉴了其中的“去中心”、“消解权威”等方法和理论,但是她们还是认为后现代的某些“高深理论”在消解中心、解构权威的同时,在观念上表现出一定程度的优越性,在语言上使用晦涩难懂的抽象形式。结果这些理论家形成了一个由少数人组成的“理论种族”,把大多数人排斥在外。克里斯廷的论文《理论种族》就是对某些霸权理论的批判。克里斯廷用了一个双关语——“种族”,该词也指美国黑人,她认为黑人从来就是一个有着丰富理论的民族,其理论来源于美国黑人的经验、实践和文化传统。

第六章归纳了黑人女性主义文学批评的启示与局限性。主要启示表现在黑人女性主义批评没有简单地搬用或模仿西方传统的女性主义批评理论,而是大胆地提出质疑,这在强调差异的今天尤为重要。局限性主要表现为其解构多于建构的批评范式,对自身问题的反思较少,与其他流派的对话、比较也不够。

第二章 黑人女性身份话语

> 白人把包袱扔下，叫黑人捡起来，黑人捡了起来，因为他不得不这样做，但是他并不背着它走，而是把包袱递给他家里的女人。就我看来，黑人妇女是世上的骡子。
>
> ——左拉·尼尔·赫斯顿：《她们眼望上帝》

根据阿雷恩·鲍尔德温等在《文化研究导论》一书中对身份的定义，身份就是我们如何确定我们是谁的问题。在文化研究中，身份用来描述存在于现代个体中的自我意识。鲍尔德温等认为："在现代，身份被理解成一个规划，它不是固定的。作为现代身份之特征的自传式思维创造了一个连贯一致的关于过去身份的意识，但是那种身份必须要在当前得到支持而且要在未来被改造。不断的身份重塑揭示出关于自我的意识在某种程度上是一个幻象，因为塑造身份需要一个不断的与'非我'(not-self)或'非身份'(non-identity)——外部世界——的互相作用。"[①]

在西方现代社会,某些特定身份被赋予了优先于其他身份的地位,如男性优先于女性,白种欧洲人优先于非白人。"身份政治"(identity politics)这个术语用来描写那些非白种的、非欧洲的、非异性恋的、非男人的身份已经进入政治舞台。女性主义批评家朱迪斯·巴特勒(Judith Butler)主张:"身份是对性进行界定的话语产物,我们是根据已经被书写为我们社会的文化传统的那个剧本底稿来演示男性气质与女性气质、同性恋与异性恋的。按照这种观点,身份是文化的建构而不是预设的。"[②]

与性别身份一样,"种族"这个范畴也是一个虚构的概念,只是以不同的方式、在不同的时期和地点构造出来的,以服务于种族主义的种族化话语。种族是建构的,但并不是说被种族化的存在仅仅作为被限制者存在,它也被赋予了一定的能力,通过差异来认知自我。[③] 这样,自我意识得到提升,使人们认清关于自身和自我生活的真实性,自我建构才能产生。

黑人女性的身份和自我既与性别的文化建构密切相关,也与种族的虚构紧密联系。种族歧视、性别压迫等互相交叉,影响了黑人妇女的身份。种族身份、性别身份是黑人女性独特身份中最大的两个要素。黑人女性主义文学批评是黑人女性在文化领域里建构自我的重要途径。

第一节 种族身份

"种族主义"(racism)一词从语言学上来讲是从"种族"(race)

① [英]阿雷恩·鲍尔德温、布莱恩·朗赫斯特等:《文化研究导论》,第231～232页。

② 转引自[英]阿雷恩·鲍尔德温、布莱恩·朗赫斯特等《文化研究导论》,第232页。

③ Moya Lloyd, *Beyond Identity Politics*, London: SAGE Publications Ltd., 2005, p. 41.

一词派生出来的。而“种族”一词出现在17世纪，当时欧洲的科学研究把人从生物学的角度划分为不同种类。尽管按照生物学划分人类群体的观点已被推翻，也就是说，把世界上的人口划分为不同种族等级的生物学证据已经被证明是虚假的，但是“种族”这个词仍然被用来把人群在全球范围内和全社会范围内划分为主宰的与被主宰的。种族主义是一种极其复杂的现象，除了显而易见的身体攻击之外，还有一些更加微妙的隐蔽的形式，包括从体制化的歧视实践到对黑人和白人差别的刻板的表征形式的宣传。克劳斯·凯瑟琳(Cross Kathleen)认为，种族主义既是有关白人对自身及他们在世界中的位置的观念，也是关于黑人在种族主义社会中的经历。① 在美国，黑人②作为一个少数族群体，一直生存于充满敌意的白人占多数的社会之中。奴隶制、种族隔离、歧视黑人的法律等只是这种敌意的显而易见的表现形式。

---

① Kathleen Cross, "Racism and Feminism: White Women, Power and Resistance," Tess Cosslett, Alison Easton and Penny Summerfield, eds., *Women, Power and Resistance: An Introduction to Women's Studies*, Bristol: Open University Press, 1996, p. 198.

② 从20世纪60年代开始，随着黑人种族意识的加强和反对种族歧视的呼声日益高涨，对黑人的称呼也在发生变化，“black”一词开始被广泛使用。然而，80年代以来，黑人作家一直在用“Afro-American”、“African-American”及最近的“African American”(汉语一般将这三个词均译为“非裔美国人”、“美国非裔人”)这些名称来指涉自己的身份。在“Afro-American”中，Afro是形容词，这个名称强调的是一个美国人的非洲特征感。而“African-American”这个词则把美国特征和非洲特征视为一个人身份的同等重要的组成要素。最近，越来越多的批评家倾向于把中间的连字符去掉，目的是强调有着非洲血统的美国人。从slave、nigger、Negro，到colored、black，再到African American，词语的变化是否折射出人们的意识形态的变化呢？其变化的程度如何，对黑人的生活有什么样的影响？这些问题的研究将涉及众多社会问题，在此不赘述。为了统一起见，本书在谈及美国黑人时一般使用了“黑人”和“非裔美国人”两个种用法。在谈到一般情况时，使用“黑人”，因为这个词适用范围广，容纳量大；在具体讨论、引用英文著作原文时，根据原作者的用法而定，如原文用“African American”，则汉语对应为“非裔美国人”。

一、种族主义阴影下美国黑人的历史记忆

王岳川在《后殖民主义与新历史主义文论》一书中写道：

> “历史记忆”是一个民族经过岁月汰洗以后留下的“根”，是一个时代风雨吹打后所保存的“前理解”，是一个社会走向未来的反思基点。①

自从1619年第一批非洲黑人被运到了美国，便开启了美洲黑人奴隶制度的历史。大批的非洲黑人被贩卖到美国，像牲口一样在市场上被买卖。他们的生活惨不忍睹，不但被剥夺了一切正常的权利，而且还随意被用私刑折磨或者杀死。他们被迫放弃自己的语言、文化和家庭，成为白人主人的生产工具。白人奴隶主一方面不让黑人有学习的机会，识字的奴隶被看作是危险的人物，因为农场的商业体制要依赖这些贫穷的、没有文化的劳动大军，能够读写的奴隶是不可靠的；另一方面，又反过来说黑人天生智商低下、愚昧无知，因此只适合做奴隶，这样奴隶制就是合法的、合乎道德的，不违背白人的人道主义原则。马克·吐温曾经精辟地分析过奴隶制得以存在的原因。他指出，如果一个国家要奴役一个民族，它第一项要做的工作就是使全世界的人都感到被奴役的民族低于人类，接下来就要让其国民相信这些人是劣等的，最不仁慈的一招就是让被奴役的人相信他们是劣等民族。②

美国内战的爆发导致了奴隶制的废除，种族主义又以其他的、更为细致的形式出现。获得人身自由的黑人奴隶虽然成了自由人，却不得不面临愈演愈烈的种族歧视和种族压迫。他们被迫生活在黑人居住区，对于种族隔离线(color-line)不敢越过雷池一步。

---

① 王岳川：《后殖民主义与新历史主义文论》，山东教育出版社1999年版，第53页。

② Abbey Lincoln, “Who Will Revere the Black Woman?” Toni Cade, *The Black Woman*, New York: Nal Penguin Inc., 1970, p. 80.

美国著名文论家、黑人学者亨利·路易斯·盖茨(Henry Louis Gates)所作的描述极为恰当:"奴隶制既是一种不道德的体制,也是一个巨大的固定的目标;一旦被废除,这个目标就会携带着种族主义分裂成许多碎片,这些碎片会向不同的方向移动。"①

种族主义的观念并没有随着奴隶制的废除而消失,种族歧视以不同的形式表现出来,尤其是对黑人精神和心理方面的奴役更为严重。在那个"平等但隔离"(separate but equal)的年代里,美国种族主义者采用了两种"洗脑"(brainwash)术:一是为黑人"洗脑",用心理战术来强化白人的优越性和黑人的低劣本质,加强白人对黑人的控制。二是为白人"洗脑",运用了两个荒诞的说法,即:黑人妇女为"坏女人"、性行为随便的人;黑人男性则强奸成性。② 以此制止种族间的通婚,反对刚刚被解放的黑人,使黑人从精神到肉体都服从于种族主义者所希望的那种意识塑形。结果,黑人灵魂深处产生一种无可排解的自卑情绪和痛苦。最终,黑人成为没有文化地位、未经心性陶冶、没有自主和民族自尊的"原始野人"。

直到20世纪初,90%的美国黑人居住在南方,其中25%生活在城市,黑人的平均寿命为34岁,而这时美国白人的平均寿命在48岁左右。黑人的文盲率占44.5%。③ 白种男人在19世纪40年代赢得选举权。而黑人男性直到19世纪80年代才在法律上获得选举权,但实际上,由于种族歧视法律的存在,黑人男性的选举权

---

① Henry Louis Gates, *The Signifying Monkey: A Theory of Afro-American Literary Criticism*, New York: Oxford University, 1988, p. 171.

② bell hooks, *Ain't I a Woman: Black Women and Feminism*, Boston: South End Press, 1981, pp. 60-81.

③ Henry Louis Gates, "W. E. B. Du Bois and 'The Talented Tenth'," Gates and Cornel West eds., *The Future of the Race*, New York: Alfred A. Knopf Inc., 1996, p. 127.

直到20世纪60年代末民权运动之后才得以实现。

在现代西方社会，奴隶制被按照种族文化差异划分的等级观念所替代，即“文化种族主义”。[①] 文化种族主义用习俗、语言、宗教等文化特征来解释历史的进程和社会功能。在过去，种族主义理论的两个基本特征为生物进化论和不平等主义，人们天真地认为可以用文化相对论和差别权来对付这两者，但是现在，种族主义的意识形态蜕变却恰恰表现为从强调种族之间生物学的不平等转向鼓吹“文化之间差异的绝对化”[②]。这种意识形态否认了人类之间的共性，断言各种文化的不可对比性和不可吸收性。其核心仍然是白人文化优越，把不同于白人文化的其他民族文化视为异己、不可理解的异国风情。实际上，这种种族主义与根据身体特征而形成的传统的种族主义并无两样，它们几乎原封不动地沿袭前人赋予黑人的异质性、怪异性、落后性、柔弱性、堕怠性。乔治·萧伯纳的话一针见血，他说：“美国的白人只许黑人做擦皮鞋那一类的工作，然后他们从中得出结论说，黑人除了擦皮鞋，什么都做不好。”[③]这是逻辑上有问题的循环论证，一个一直生活在低劣处境中的群体，没有提升的机会，就被认定为低等的。秦晖在《种族主义源流》的中译版序言中写道：

> 西方世界尽管制度性的种族歧视和种族隔离早已消除，法理上的种族平等也似乎已经成为共识，乃至成为不容置疑的“政治正确”。但在观念上，种族主义，包括传统的种族偏见和“全球化”背景下以敌视移民为主要诉求的新种族主义……

---

① 参见[法]皮埃尔-安德列·塔吉耶夫《种族主义源流》，高凌瀚译，三联书店2005年版，第39页。

② [法]皮埃尔-安德列·塔吉耶夫：《种族主义源流》中译版序，第9页。

③ 转引自[法]西蒙娜·德·波伏娃《女人是什么》，王友琴等译，中国文联出版公司1988年版，第16页。

仍然有所发展。[①]

许多美国黑人作家都探究种族主义对心理造成的影响。里查德·赖特(Richard Wright)在《土生子》中塑造的比格·托马斯是种族主义的牺牲品，他接受了社会对黑人的身份和角色的陈腐规定，认同一个社会期待的自我，结果在成为牺牲品的同时也成为残害别人的他者。直到他把枕头捂在白人女孩儿的脸上使其窒息时，他才感觉到自己真正活着，而在此之前，他对生活只有被动地屈从。现在，在暴力中，他得到的生存方式正是社会强加给他的、期望他拥有的。

二、白人眼里的黑人异类

白人作为社会秩序的维护者，把黑人视为异类，这种冲突从黑人踏上美国的领土那天起便产生了。在许多白人的眼里，黑人是一个野蛮的民族，仍然需要进行驯化；他们仍然是劣等公民，必须对其进行文明教化；他们是堕落的民族，“需要西方的关注”[②]，应该被拯救。白人统治寻求的就是要让黑人相信白人能带来光明，驱走黑暗；没有白人的拯救，黑人就会立刻跌回到野蛮、堕落和兽性的境地。

在西方，从伏尔泰到康德、黑格尔等哲学家和思想家，都阐述过白人优越论的观点，肯定了白人整体的和自然的优越性，一致认为黑人本性低劣，即使出身低贱的白人也比自由能干的黑人更能成就大事。黑人一出世，身上便带有“污点”。种族主义的想象以遗传的“污点”为中心，“污点”被看作是不可洗去的赃物，其基础是不可逾越的肤色藩篱。[③]

---

① [法]皮埃尔-安德列·塔吉耶夫:《种族主义源流》，第2页。

② [美]爱德华·赛义德:《东方学》，王宇根译，三联书店1999年版，第262页。

③ 参见[法]皮埃尔-安德列·塔吉耶夫《种族主义源流》，第24页。

18世纪,德克里斯多夫·梅纳尔斯简单地把人归纳为两类:一类是"美",也就是白人;另一类是"丑",也就是所有其他肤色的人种。根据阿瑟·戈比诺的说法,白种人的优越性可以从他们的"美丽肢体的恰当比例、脸部线条的匀称"[①]得到证明。最优秀的人类、那些被认为最能适应文明的人,必然是最美的。可以说,力量、智慧和美丽全被白种人垄断了。

西方的文化文明将头发顺直金黄、眼睛湛蓝、皮肤白皙、鼻梁高耸等突出特征组合在一起,就构成了有关"美"的范畴。这里的"美"不仅仅包括身体的美,还和道德美即心灵美、文化和智力水平相关。[②] 在西方传统中,好、美丽、聪明、文明等价值范畴往往联系在一起,是应该发扬光大的东西;丑、恶、愚蠢、落后等范畴便成了西方文化的对立面,是应该消灭的东西。而后者在西方人眼里就是黑人的属性。黑人和白人之间界限分明,白人是标准、中心,黑人是边缘、他者。把黑人自然地、理所当然地置于社会的边缘位置是种族歧视的很重要的方面。这样做可以建构白人理想的社会,突出白人的中心角色。

在文学、艺术和文化中,美国黑人从历史上就被冠以与黑色相关的负面的含义。黑人象征着罪孽,代表道德标准低下的原型,是邪恶的根源。黑人的黑色皮肤代表着愚昧、黑暗、邪恶。整个美国社会,从政府到媒体,从近代到现代,从没有真正地把黑人与这些阴暗面分开,从来没有消除对黑人的偏见。这样,种族间身体特征不同就成为智力和道德不同的标志,黑人的身体特征不符合西方白人的规范,就既意味着外表丑陋,又暗示着内心的丑恶和堕落。因此,黑人皮肤的颜色成为他们的特殊标志,是他们被边缘化、被

---

① [法]皮埃尔-安德列·塔吉耶夫:《种族主义源流》,第14页。

② Paul C. Taylor, "Malcolm's Conk and Danto's Colors," *Journal of Aesthetics & Art Criticism*, 1999, 57(1).

诋毁的原因。

由于肤色的原因，黑人在美国社会中被迫成为卑屈的角色，这种卑屈使他们不得不居于下层阶级的地位。尽管黑人通过展示他们的技巧和能力，试图推翻这一定位，然而即便黑人确实能够展示出自己的技能，白人优越主义者仍然认为他们只是例外而已。因为种族主义曾经创造出一套种族“天性倾向”学说[①]，认为欧洲人征服了世界，这是他们的天性使然；非欧洲人被殖民化了，也是其本性造成的，愚昧、肮脏、低劣就是黑人的本性；征服者或统治者生性高贵，被征服者或被统治者生性低贱。

种族主义者为了使其说法合理化，还把《圣经》搬出来，试图证明自创世纪以来，黑色皮肤的人就是邪恶的，天生只配做奴仆。《圣经》中，汉姆的后裔是黑色皮肤，种族主义者在解释“对汉姆的诅咒”这个典故时，特别强调肤色和其他身体特征，目的是使奴隶制和对黑人的压迫合法化。他们声称，上帝用诅咒汉姆及其后裔的方式颁布奴隶制，这个诅咒决定了黑人的卑屈地位，同时，白人也被赋予控制黑人的责任。上帝和《圣经》在诋毁黑人的同时也肯定了白人的优越性，上帝给予阿伯拉罕的祝福和荣誉就是把白人放在宇宙的中心，把奴隶作为财产赠给他。这实际上也是西方父权制的表现，“上帝将主人与奴隶的关系等同于丈夫与妻子的关系”[②]。支持奴隶制者也肯定男性在家庭中的统治地位。

而且，几个世纪以前，当黑人被当作奴隶运往美国时，他们就已经被奴役者剥夺了自己的文化、语言、宗教和身份，被迫接受主人的文化、语言和习俗。黑人被主流社会的文化所同化，但是同化的结果并没有改变他们的地位，因为白人虽然没有把他们完全当

---

① 参见[法]皮埃尔-安德列·塔吉耶夫《种族主义源流》，第 60 页。

② Dexter B. Goedon, *Black Identity: Rhetoric, Ideology, and Nineteenth-century Black Nationalism*, Carbondale: Southern Illinois University Press, 2003, p. 56.

动物看待，但也不认为他们是完整的人。在白人眼里，黑人仍然不具备完全的人性，仍然是“它性”(it-ness)。[①] 被殖民化的黑人的自我就是“物性”(thingness)，物性使忍受奴役合法化；唯有作为“物”，黑人才会成为不含危险的奴役对象，毕竟物比人容易驾驭。经过几代的变更，黑人成了一种东西，一个驯化了的物种，但是仍然存在性别之分。

对黑人的非人性描写以约瑟夫·康拉德最为典型。他在《黑暗的心灵》中对白人在刚果河上遇到黑人的描写发人深省，黑人被认为是“史前的人”，行走在这里就如同“行走在人类社会初始的一个夜晚”。单是老远看着他们，就能把人“吓得魂不附体，就像那些神志正常的人面对神经病院里爆发的一场疯狂的暴乱”。更重要的是，在白人眼里，这些黑人不是人，而是怪兽：

> 我们看惯了被征服的锁在镣铐中的怪兽，在这儿，你可以看到如怪兽一般自由行走的生物。就好像不是在人的世界里。那些人——不，不能说他们不属于人类……他们嗥叫着、跳跃着、旋转着，做出可怕的鬼脸。然而……最使你不安的是他们发出野蛮狂乱的喧闹声而他们却与你有共同的祖先。丑陋，是的，丑陋极了。[②]

这部小说中所包含的对非洲文化的再现是有偏见的，它把非洲身份建构为非理性的、野蛮的“他者”。把非洲黑人描写成另外一个世界、另外一个世纪的人，是白人的对立面，拒绝赋予黑人应有的人的属性，这是当时流行的种族主义观念的写照。弗朗兹·法农(Frantz Fanon)在《论民族文化》一文中指出，生活在美国的黑人

---

① Houston Baker, *Workings of the Spirit*, Chicago: University of Chicago Press, 1991, p. 207.

② [英]巴特·穆尔-吉尔伯特等编：《后殖民批评》，杨乃乔等译，北京大学出版社2001年版，第184页。

的问题与生活在非洲的黑人的问题并无根本上的不同。美国白人与统治非洲的欧洲白人没有任何差别。[①] 白人早已习惯把所有的黑人装在一个袋子里。黑人在美国遭到的也是非人的待遇。

在 19 世纪的美国，黑人的智力和身份被贬低的程度可以从当时美国重要人物约翰·科尔豪的身上窥见一斑。科尔豪曾经担任过美国国会议员、国防部长、副总统、国务卿等要职，他在谈到黑人问题时说，如果他能发现一个黑人懂得希腊语和文法，那么他就相信黑人具有人的基本属性，而且也应该被作为一个真正的人来对待。[②]科尔豪一直是顽固守旧的美国南方的代表。他坚持认为，一个有着黑人血统的人绝不是人类社会的正式成员，仅仅是一个奴隶而已。黑人要想证实自己是人类社会的真正成员，必须有一个哪怕只有一个黑人能够掌握精妙完美的希腊语文法，也就是精通西方文明的精华。科尔豪一方面把能否精通西方文明精华视为衡量一个人是否具有人的特质的标准，从而显示出他的西方或者白人中心主义思想；另一方面，要求黑人证实自己具备完整的人性，表现出他对黑人的蔑视和侮辱。

科尔豪只是西方众多显赫的种族主义者的继承人，在西方像弗兰西斯·培根、戴维·休谟、托马斯·杰弗逊等名人都是从能否写诗这个方面来说明黑人智力低下的。因为在他们眼里，黑人是不具备读写能力的。至少从 18 世纪到 20 世纪初期，种族主义者始终主张黑人没有写作传统，是劣等文化的负载者。但是，奴隶女孩、黑人女诗人菲丽丝·惠特里(Phillis Wheatley)恰恰用诗歌反驳了种族主义者的诬蔑。惠特里能够学会读写，足以显示了黑人

---

① 参见[法]弗朗兹·法农《论民族文化》，罗钢、刘向愚编《后殖民主义文化理论》，中国社会科学出版社 1999 年版，第 165 页。

② 参见[美]亨利·路易斯·盖茨《理论权威，(白人)权势，(黑人)批评：我一无所知》，张京媛主编《后殖民理论与文化批评》，北京大学出版社 1999 年版，第 160 页。

的智力水平。尽管如此,当时许多白人根本不相信那些诗歌为惠特里所写,他们还专门成立了考察委员会,当场验证惠特里的智商,结果当然超出了他们的想象。具有讽刺意味的是,科尔豪生活在惠特里之后的时代。

种族主义者何以对黑人的歧视如此根深蒂固,玛丽·贾霍达在谈到被看作敌人的"族群外分子"如何促进族群内部的团结一致时这样解释:"人们知道一个外敌的存在是怎样促进族群的团结一致的,其结果是,当这个敌人不存在时,就造出一个。"[①]塔吉耶夫借用弗洛伊德的话来进一步解释这种关系:一个族群的人要团结在一起,只有一个条件,"那就是在这个族群以外还有其他的人来承受打击"[②]。著名黑人女作家、文论家、诺贝尔文学获奖者托尼·莫里森(Toni Morrison)从文学的角度分析认为,美国文学的一个重要主题就是把内在的冲突转移到"空白的黑色"上,转移到被束缚的、被迫沉默的黑色身体上。在其专著《黑暗中的游戏:白色性和文学想象》中,莫里森分析了白人对其社会身份进行思考时,如何用一个虚构的"具有非洲特征的人"作为替罪羊的。她认为美国黑人被美国白人作家利用,以克服他们自身的恐惧和不安。她发明了一个新术语——"美国非洲主义"(American Africanism),这个词表示白人中心主义者对黑人的所有看法、假设、解读和误读:

> 黑人奴隶制大大丰富了这个国家的创造性,奴隶制比任何其他东西都能突出自由。因为在建构黑人性和奴役的过程中,人们不仅可以发现不自由(not-free),而且从由肤色产生的明显的反向性中,还可以看到"非我"(not-me)。其结果就是产生了想象的运动场。这种从集体需要中产生出来的、用

① 转引自[法]皮埃尔-安德列·塔吉耶夫《种族主义源流》,第58页。

② [法]皮埃尔-安德列·塔吉耶夫:《种族主义源流》,第58页。

以减轻恐惧、使外在剥削理性化的观念，就是美国非洲主义——一个虚构的独具美国特色的黑色性、他性、惊恐和欲望。①

莫里森的"美国非洲主义"与爱德华·萨义德提出的"东方主义"(Orientalism)有着相似之处。萨义德的《东方学》提供了一种"西方"(Occident)对"东方"(Orient)的表征的解读，这种解读类似于白人对黑人的解读。他认为，"东方"只是西方人的一种文化构想物，是西方为了确证自我而建构起来的"他者"。"东方"是西方的一个发明，是一个"代表着罗曼司、异国情调、美丽的风景、难忘的回忆、非凡的经历"②的地方。东方主义是思考、演说和表征世界的一种方式。通过这种方式，它理解世界并对世界作出陈述，而所有这些都是建立在把世界二分为东方和西方的基础上的。东方被作为西方的"他者"创造出来，是强大西方的一个虚弱陪衬。这个对立的话语模式的优位者是"西方"、"欧洲"、"白人"、"第一世界"。在这个"欧洲中心"的想象建构中，东方常常被"负面地符码化"，与无声、贪图感官享受、阴弱、专制、非理性、落后等联系在一起，而西方则以正面的、积极的形象出现，如阳刚、民主、理性、有道德、强悍、进步等。③ 东方主义者改变了东方的本来面目并使其神秘化，用来突出西方的身份，显示其在文化上的无上优越感。他们虚构了一个"东方"，使东方与西方具有了本体论上的差异，并使西方得以用新奇和带有偏见的眼光去看东方，从而创造了一种与自己完全不同的民族本质。这样一种通过想象而形成的学术研究，成为强权政治的理论基础，使西方产生居高临下地观察东方进而

---

① Toni Morrison, *Playing in the Dark*: *Whiteness and Literary Imagination*, p. 38.

② [美]爱德华·萨义德:《东方学》，第1页。

③ 参见[英]巴特·穆尔-吉尔伯特等《后殖民批评》，第76页。

剥夺东方的野心。在萨义德看来，东方主义者为自己的政治、经济和文化利益而编造的一整套重构东方的战术，其中渗透着种族歧视、文化霸权和精神垄断。

塔吉耶夫指出，一个族群的自我欣赏意味着对其他族群的蔑视和排斥。[①] 白人把黑人描述成愚昧、丑陋、落后、野蛮等形象，其目的正是为了突出自身的文明、高尚、开化的优越性。黑人女性主义者、后殖民批评家贝尔·胡克斯(bell hooks)[②]也发现："早在白人优越论者登上美国海岸之前，他们就建构了黑人形象，以维持和强化他们的种族优越观念、政治帝国主义和统治与奴役的意志。从奴隶制开始，白人至上主义者就认为形象控制是维持所有种族统治体系的重要手段。"[③]形象在决定和控制政治和社会权力方面，扮演着至关重要的角色。形象所具有的深刻的意识形态特征不仅决定了其他人如何看待"我"，也决定了"我"如何看待自己。

三、双重意识与文化身份认同

在奴隶制时期和以后的很长时间内，美国黑人都缺乏社会聚合(social cohesion)，缺乏社会聚合就是被异化(alienation)的表现。德克斯特·戈登(Dexter B. Gordon)在《黑人身份》中写道：

> 就黑人经验而言，异化是由黑人和白人的语言共同构成。因此，异化这种现象所包含的就不仅仅是压迫性的物质条件，或者作为物质现实的社会聚合的缺损。在这方面，白人的语言起到了对黑人进行边缘化的作用，而当黑人对这种语言强

---

① 参见[法]皮埃尔-安德列·塔吉耶夫《种族主义源流》，第3页。

② 胡克斯有意把名字的第一个字母小写，以对抗白人的传统文化观念。

③ bell hooks, "Introduction: Revolutionary Attitudes in *Black Looks: Race and Representation*," Hazel Arnett Ervin, *African American Literary Criticism*, New York: Twayne Publishers, 1999, p. 350.

加给他们的描述符(descriptor)通过默认的方式顺从时,异化就发生了。[①]

奴隶制时期,黑人的家庭被迫四分五裂,造成黑人与他们的同胞之间产生异化,与他们的非洲家乡疏远。由于黑人不愿意或者不能够与压迫者的文化连接,他们与白人之间也产生异化。更重要的是,在白人的主宰下,黑人只能设法隐蔽真正的自我,由此产生一种"自我异化"(self-alienation)。因此,他们无法对自身身份进行控制。

到19世纪废奴时期,被异化的、无法控制自身身份的黑人逐渐认同一个集体身份。集体的黑人主体叫作"黑人"(black people)。所有的黑人都结合在一起,成为一个"黑人"。他们都认同一个共同的身份,既超越了个体差异,也超越了时间差异,跨越了现在和过去,所有的人分享这个共同的身份。这个身份构成的基础是他们共同的宗教信仰、历史经验、语言、民族血统、地理、经济环境的因素。这个共同身份的认同只是黑人作为集体在美国寻求生存机会的手段。

显而易见,身份不是由血统决定的,而是社会和文化共同作用的结果,种族、阶级、性别、地理位置、政治语境等都会对身份的形成造成很大的影响。在白人文化为主流文化的现代美国社会,黑人的身体获得了自由,但是他们的精神却因为强势文化的冲击而倍感困惑,文化身份认同成为黑人面临的最大挑战。美国黑人在思考自己的身份时,通常考虑到的是如何界定"自我"、"我是谁"、"我"与什么认同、怎样看待"我"与他者的关系、"我"从何处来、身在何处等问题。霍米·巴巴认为:"对于认同来说,身份绝不是一个先验的东西,也不是一件成品;认同不过是向一个总体'意象'靠

① Dexter B. Goedon, *Black Identity: Rhetoric, Ideology, and Nineteenth-century Black Nationalism*, p. 23.

近的有问题的过程，因为那个意象——作为认同的地点——标志着一种矛盾情感的所在。它在空间上的表征总是分裂的——它使缺场的东西在场——并暂时延异——它是一种总是在别处的时间的再现，一种重复。这个意象不过是权威和身份的一个附带物。"①

黑人在美国被迫接受白人统治，强势的白人文化无时无刻不在向黑人扩张，竭力消除黑人本民族的文化及历史。在《种族主义源流》一书中，塔吉耶夫对现代种族主义的批判尤其指向一种他所说的"多元论或强调差别权的新种族主义"。种族主义的定义不是简单地以种族——文化遗传基因的优劣判断为基础的种族等级论，因为现代种族主义不是以种族优越论为基础的，而是以相对主义的种族(或文化)为基础，以强调差别权的方式提出来。这种差别论种族主义否认人类的共性，将不同种族和文化群体的特性或差异予以绝对化，把这些特性和差异视为积极价值的体现。在这种强调绝对文化差异的观念中，作为主流文化的白人文化与被视为绝对低劣的黑人文化形成对照，生活在这个对照的阴影之下的黑人形成了一种复杂的双重身份——美国人和非洲人。在现代，"非裔美国人"(African American)这个术语本身就显示了主体在属于非洲和对美国的要求权之间的矛盾，黑人对文化身份的认同至少包含着这样的矛盾：作为"非裔美国人"的身份，就是由两方面构成：一方面对"非洲"的认同，黑人属于非洲大陆；另一方面，又是对"美国"的认同，黑人又属于美国。"非洲"的主体位置强调了黑人的传统，结果使黑人在美国很难找到自己的位置。而"美国"又指向一个属于美国的主体，那种强烈的白人内涵又否认了黑人的传统。

---

① [美]霍米·巴巴：《纪念法农：自我，心理和殖民条件》，罗钢、刘象愚主编《后殖民主义文化理论》，中国社会科学出版社 1999 年版，第 210 页。

早在20世纪上半叶，美国黑人学者杜波伊斯（Du Bois）就在《黑人的灵魂》一书中提出美国黑人具有“双重意识”（double-consciousness）的理论。美国黑人出生时都戴着面罩，被赋予了“第二视力”（second-sight），美国无法使他们产生真正的自我意识，而是让他们通过另外的世界对他们的反映来看待自己：

> 这是一种非常奇特的感觉，这种双重意识，这种永远通过别人的眼睛来看自己，用另一个始终带着鄙薄和怜悯的感情观望者的世界的尺度来衡量自己的思想，是非常奇特的。它使一个人感到自己的存在是双重的——是一个美国人，又是一个黑人；两个灵魂，两种思想，两种彼此不能调和的斗争；两种并存于一个黑色身躯的敌对意识，这个身躯只是靠了它的百折不挠的毅力，才没有分裂。①

美国黑人的历史就是这两种敌对意识不断斗争的历史。作为一种过程，双重意识指两种相对立的文化世界观在心里发生冲突的状态，就是把两种思想、两种不可调和的斗争、两种对立的理想加以内化。美国黑人渴望成为具有自我意识的独立人，渴望使这个双重的自我融合为一个真实的、圆满的自我。在融合的过程中，美国黑人决不愿使美国非洲化，也不愿自己的黑人灵魂被美国的主流精神漂白，只是希望自己是一个拥有黑人灵魂的美国人。杜波伊斯的“双重意识”理论清楚地阐明，当被压迫的主体拒绝认同主流文化对他们的价值的贬低、对他们加以客体化、规定他们的形象时，就产生了双重意识。但是，这只是一种较为理想的文化认同方式。

在对身份认同的过程中，美国黑人经常表现出两种极端的观念：一种是把黑人文化与白人文化的关系视为冲突，摒弃黑人自身

① [美]杜波伊斯：《黑人的灵魂》，维群译，人民文学出版社1959年，第3～4页。

的文化传统,以白人的文化价值观为标准去寻找身份。其结果有可能形成一个异化的自我意识,使人们忘记自己的名字、语言、环境和遗产,认同他人的语言,而陷入意志消沉、绝望的境地。① 另一种是以黑人文化为自豪,拒绝接受或承认白人的文化,转向黑人的非洲传统文化以寻求身份的确证。这两种观念都没有立足于现实,不利于黑人在美国社会的发展。最理想的身份认同应该是面对现实,把白人文化和黑人的传统文化结合起来,科学吸收,建构一个全新的美国黑人形象。

先看一看上述第一种极端观念。早在 20 世纪 50 年代,弗朗兹· 法农就写下《黑皮肤,白面具》这部批判殖民主义文化的早期经典之作。法农从精神分析学的角度,一方面重新审视殖民主义者对殖民地的文化态度和表意策略,探讨殖民主义者是如何在文化上构造殖民地,从而更好地把握和控制殖民地。法农指出,殖民主义隐藏在种族和文化优越性面具之下,为资本主义经济利益服务。另一方面,他精辟地剖析了这种压迫所造成的严重结果,认为黑人试图模仿白人,力求使自己成为白人,但是又改变不了作为黑人的特征,两者的矛盾可能导致人格严重分裂,心理失常,精神崩溃:

> 一切被殖民的民族,即一切由于地方文化的独创性进入坟墓而内部产生自卑感的民族,都面对开化民族的语言,即面对宗主国的文化。被殖民者尤其因为把宗主国的文化价值变为自己的而更要逃离他的穷乡僻壤了。他越是抛弃自己的黑

① Judylyn Ryan, "Contested Visions/Double-Vision In Tar Baby," Nancy Peterson, *Toni Morrison: Critical and Theoretical Approaches*, Baltimore: The Hopkins University Press, 1997, pp. 65-66.

肤色、自己的穷乡僻壤,便越是白人。[①]

法农把黑人试图学习白人、拥有白人文化的想象,看成严重的精神妄想症。由于被盖上黑人的印记,同时徒劳地力求使自己成为白人,黑人就形成了一种过度敏感的心理失常,过分受到外来的限制,从而他作为一个人的基本特性被异化。

法农对殖民地文化与白种人文化的同化持悲观态度,认为同化的结果不过是使黑人更深地陷入想要"得到白人另眼相看"的妄想狂的精神分裂怪圈。其原因正如阿卜杜尔·穆罕默德等后殖民批评家分析的那样,黑人总是生活在主流文化和附属文化的碰撞之中,总是力图把两种文化融合在自己身上,但是,"融合和同化从来没有在平等的基础上进行过,而一直是向主流文化归附的同化。在与主流文化的关系中,融合运动一直是不对称的,主流文化中的成员很少有人感到不得不去理解各种各样的种族文化,可是少数民族们为了生存却总是不得不去掌握霸权文化(但没有因而获得享用通行于统治部门的权力)"[②]。

英国小说家丹尼尔·笛福(Daniel Defoe)创作的《鲁滨逊漂流记》清晰地显示出主流文化和非主流文化之间的不对称融合。从小说中白人鲁滨逊与黑人星期五的比较中可以看出:前者是威严、聪明、白色的殖民者,后者是野蛮、无知、黑色的被殖民者。在书的结尾,鲁滨逊完成了两项任务:一是他把那个荒无人烟的小岛(也指非洲)改造成一个富饶的祖国(即英国)的复制品;二是他按照自己的想法把星期五重新创造成一个接近白人的人。在白人眼里,星期五只有在摒弃了他自己的文化、吸收了另一种文化即白人文

① [法]弗朗兹·法农:《黑皮肤,白面具》,万冰译,译林出版社 2005 年版,第 9 页。

② [英]阿卜杜尔·穆罕默德、大卫·劳埃德:《论少数族话语的理论:目标是什么?》,巴特·穆尔-吉尔伯特等主编《后殖民批评》,第 338 页。

化时,他的低劣性才被根除。

主流文化具有永远不变的排他性,种族差异和文化差异只不过是异国情调,供主流社会远远地欣赏和品味。伊里斯·杨(Iris Marion Young)在剖析文化帝国主义对黑人的压迫时指出,主流社会的价值意义操作了其他人的存在方式和形象,而且将这部分人排斥在主流的范围之外并称之为"他者"。主流文化成为社会价值、目的和成就的代表,主流群体的经验和文化被当作标准加以普遍推广。[①] 主流文化给被压迫者冠以刻板的形象,并扣上本质的帽子,这样,黑人就被定义为本质上便如此,不可更改。而实际上,正如安东尼·阿皮亚所说:"不同民族在语言、道德感情、美学态度或政治思想等方面的差异,即最能影响各民族之间相互交往的差异,在任何程度上都不是由生物体决定的。"[②]如同东方只是西方人按照他们的标准建构的一个不同的、负面的"他者"形象一样,黑人身份问题不是本质特征的表示,而是一种政治文化建构。法农在《黑皮肤,白面具》中指出,传统的"黑人"实际上是一个白人虚构的形象,他认为身份政治就是反抗性的政治。

美国黑人文化身份认同时的矛盾也表现在语言的使用上。对于黑人来说,他们虽然遭受白人统治、文化侵略和种族歧视却只能哑口无言。历史证明,话语是身份建构的关键问题,"拥有语言者拥有权力"[③]。语言不仅建构、丰富人们的经历,而且也被用来限制他人,使他人边缘化。那些被殖民、被压迫、被边缘到从属地位的黑人知识分子认识到,为自己发出呼声尤为重要,因为那些当权

① Iris Marion Young, *Justice and the Politics of Difference*, Princeton: Princeton University Press, 1990, pp. 55-60.

② [美]安东尼·阿皮亚:《未完的争论:杜波依斯与种族幻想》,张京媛主编《后殖民理论与文化批评》,北京大学出版社 1999 年版,第 137 页。

③ Gina Wisker, *Post-Colonial and African-American Women's Writing*, New York: St. Martin's Press, Scholarly and Reference Division, 2000, p. 24.

者就是用语言控制他们的。从黑人被贩卖到美国开始，他们就被迫学习说英语。通过使用语言，语言本身所携带的价值观念和等级观念也潜移默化地渗透进黑人的思想中，这是种族统治的手段。因此，许多黑人都相信，掌握名家大师的语言是黑人通向文明、获取精神自由和社会平等的唯一途径。他们把英语视为“优雅而精致的语言”，而他们自己从非洲带来的语言有“暗淡无光和粗野毛糙的品性”。白人语言文化的优越性渗透进黑人的心灵，一些黑人想不惜一切代价向白人证明自己想象力丰富，拥有同样的智力。他们一方面要抨击那些否定黑人智力的言论以及认为黑人不具备人的特质、不属于人类的观念；另一方面，他们也接受了白人的观点，即高雅的语言和文化可以逐渐提升和开导他们未开化的同胞。这种双重意识的结果就可能使黑人在学会使用英语的同时，失去了民族身份和用民族语言表达的能力。事实上，这些人都成为戴着白面具的黑肤色的人。

并不是所有的黑人都把模仿白人的价值观视为唯一的身份认同方式，实际上，许多美国黑人通过各种形式积极认同自己的非洲文化传统。19 世纪产生的美国黑人奴隶叙事(slave narrative)，就是用黑人自己的文化抵抗种族主义的一种文学现象或文化思潮。到了 20 世纪 20 年代，这种抵抗升级为张扬黑人文化及种族肤色的哈莱姆文艺复兴运动(Harlem Renaissance)。居住在纽约市哈莱姆区的黑人知识分子首先发起的这一文化运动，旨在展现美国黑人自身的优秀文化，表现种族自豪感，力图改变美国黑人在公众中的形象。这一时期的文学创作从作品的模仿转向敏锐的分析，著名的作家如兰斯顿·休斯、吉恩·图默、左拉·尼尔·赫斯顿等为黑皮肤、为独立的自我而歌颂，号召黑人抛弃自卑心理，勇于面对自己的历史和传统。美国黑人大量地描写了他们对非洲文化、历史和传统的缅怀与继承，把非洲文明视为他们的生存之根。同时也批判了白人主流文化对黑人的意识形态和价值观念的渗透与腐蚀。哈莱姆运动的主要发言人兰斯顿·休斯声称，年轻一代的黑人艺术家大声疾呼，表达独立的黑皮肤的自我，无可畏惧，无可自惭。

哈莱姆文艺复兴使得美国黑人明白他们自己的文化传承，他们摒弃了对西方白人文化一味地模仿的做法，开始追寻长期以来被忽视的非洲艺术传统，并创造出新的艺术产品，从而使自己成为艺术主体，克服了长期以来作为白人艺术的附属品或者消费者的境况。哈莱姆文艺复兴运动的旨意与其后发生于法国的黑人文化传统运动（negritude movement）的声明惊人地相似，这两种运动都是反抗白人的主流文化对其他文化的内质、其他种族的自我意识的任意涂抹。美国黑人知识分子发现，白人种族主义者首先对黑人的民族文化的起源施以埋没并使其窒息的策略，然后宣称这个民族是劣等的种族。种族主义不仅试图塑造黑人的现在和将来，而且还重新塑造他们的过去，实行文化疏远政策：转向黑人的过去，对其肆无忌惮地歪曲、损伤并否认。他们把非洲大陆说成野蛮之地，把所有的黑人统称为"黑鬼"，黑人没有历史，或者没有有价值的历史可寻，当然也没有文学传统。"殖民主义不会简单地满足于把他的统治强加于被统治国家的现在和未来……殖民主义不会仅仅满足于把一个民族藏于手掌心并掏空该民族大脑里的所有的形式和内容，相反，它依仗一种乖张的逻辑转向并扭曲、诋毁和破坏被压迫民族的过去。"[①]法农通过对白人的文化殖民行为进行剖析，肯定了黑人文化运动的意义和作用。法农把文化运动称为"对过去某些部分的追回"，被殖民的知识分子发现他们民族的过去没有羞于见人的地方，相反，过去是尊贵的，辉煌的，庄严的。对过去的民族文化的张扬不仅恢复了民族原貌，而且也会因此对民

① ［法］弗朗兹·法农：《论民族文化》，罗钢、刘象愚主编《后殖民主义文化理论》，第278页。

族文化的未来充满希望。透过“黑人文化传统的自豪感”这一口号，黑人从过去常常寻求被承认转变为积极寻找黑人的身份。

黑人文化传统认同运动是“道路，而不是目标；是手段，而不是终点”[①]。发生于20世纪60年代的黑人美学运动就是黑人文化传统认同运动的延伸和发展。这次的美学运动不仅仅是消除种族隔离的诗学，它还试图用体现新意识形态的“黑人权力”(black power)取代西方的文化霸权。“黑人权力”呼唤美国黑人联合起来，珍视他们的遗产；呼唤拒绝种族主义体制和价值，用黑人自己的文化标准指导黑人的生活。在黑人美学家看来，白人美学是超越历史的文化霸权行为，其中暗示的是对美国黑人从文化和政治上实施的压迫。作为对白人主宰的反抗，黑人美学家们也用了二元对立的概念，用黑色对抗白色，宣称“黑色是美的”。黑人美学话语特别强调这种象征性的颠覆，旨在对抗、颠倒、取消已经存在的文化模式、价值和标准。它试图表现美国黑人大众的生活，建构与普通美国黑人一致的身份，形成特殊群体，即“黑人民族”。“黑人美学”不但与黑人权力运动紧密相连，而且也成为反抗美国白人根深蒂固的种族主义和对黑人形象的贬低、确立美国黑人的身份和文化的理论支撑，其中包含的民族主义话语影响了美国黑人作家以及美国黑人的民族主义意识形态。

这场运动不但大大影响了美国黑人文学批评的进程，抨击了白人建立的文学世界，还激励了很多位于边缘的群体向中心移动，如土著美国人、同性恋者、妇女等。但是它也暴露出黑人在建构自己的文化身份时的弱点。正如黑人女性主义批评家芭芭拉·克里斯廷(Barbara Christian)指出的那样，当它试图掌管权力的时候，

① [英]巴特·穆尔-吉尔伯特等:《后殖民批评》导言，第61页。

黑人艺术运动就变得和对手一样，唯我独尊，彻底压制异类。[①] 它所带来的负面影响不容忽视，特别是“中心”与“边缘”的建构模式简单地按照单一原则来划分社会，这与种族主义、性别主义的意识形态异曲同工，因为它们就通过否认人类的多样性和复杂性、按照老套套对他们分类等办法使人变得非人化。另外，它强调完全抛弃美国白人的语言文化价值观，规定创作所使用的语言标准与主流社会完全相反，试图做到不受白人的任何影响。

任何一个在经济、文化等方面处于弱势的民族都不应该放弃自己本民族的文化，盲目追逐西方的文化和价值观念。当然，对本民族的文化盲目崇拜、完全排斥其他民族的文化是故步自封的做法，也是不可取的。文化作为一种整体的生活方式包含众多内容，在不同的民族中有着不同的表现形式。事实上，不同民族之间是不能以同样的标准来衡量的，因为每个民族都有其不同于其他民族的特点，从习俗礼仪到道德规范，从外貌特征到文化内涵，无一不渗透着一个民族的特征。不同的文化形态之间应该互相交流、取长补短，走双重扬弃的道路，即：既保留本民族文化的精华，又吸收其他民族文化的有益成分。任何取媚西方和全盘西化的做法都是行不通的。

人类的差异意味着存在着不同观点看法，这是有益的。但是，如果这些不同观点被用来说明和阐述文化、经济、社会和政治优缺点时，就会产生论争。这种论争具体到美国就是欧美主流话语和美国黑人的次要话语之间的对抗，也反映了黑人内部在接受或排斥主流世界观时的冲突。所以，重新定义“黑色”一词的内涵，客观公正地展现出它的好的与坏的特点，在当今社会仍然是有必要的。

---

① Barbara Christian, "The Race for Theory," Joy James and Tracey D. Sharpley-Whiting eds., *The Black Feminist Reader*, Malden: Blackwell Publishers, 2000, pp. 17-19.

当人们戴着有色眼镜来看一个民族时，得到的资料永远都不是真实可靠的，很难对这个民族进行公平合理的洞察，当然结果也不可能准确。因此，美国黑人面临的挑战就是如何面对并超越别人强加给他们的各种条条框框的限制。对于美国黑人来讲，如何将他们的真实身份和真正个性——不论是个体的还是整个黑人民族的——呈现给世界，如何将他们不同的人生感受传达给公众，都是一项艰难而有意义的任务。

第二节　性别身份

黑人作为一个民族受到种族主义者的歧视，生活在社会边缘；女人作为一个性别群体，受到性别主义者的歧视，也属于社会的边缘群体。人类社会是由各个不同民族构成的，从性别上看又是由男性和女性共同组成的，人类的文明和文化也是由两性共同建构的，离开了其中任何一方，人类将走向毁灭。这是一个不容辩驳的事实。在这样一个大前提下，为什么还要有一种性别对另一种性别的压制和排斥呢？对此，法国著名的女性主义先驱西蒙娜·德·波伏娃一语道破天机："压迫给压迫者带来了好处。"[①]把女人贬为不同于男人的次等性别，就可以使最平庸的男人获得优越感，也会觉得自己非同凡响。在任何情况下，只要把女人限定在某一个生存范围内、某一个等级上，男人就可以通过她们来实现自己的主体性，这是男人确定自我的手段。

经典的"社会契约论"把公民社会分成公共领域和私人领域。前者是男人们工作的场所，男人在这里发表言论，管理国家的政治、经济及军事；后者是女人活动的场所，她们在这个家庭空间里哺育子女，做饭洗衣，还要给男人提供情感的保障以便于男人能在

---

① ［法］西蒙娜·德·波伏娃：《第二性》作者序，第12页。

公共领域更好地工作。男人成了赚钱买面包来养活家庭的主力军，女人则在生产、养育、照顾生产需要的工人，但是传统的文化和社会体制从来也没有为她们的劳动提供报酬。所以，唯物主义的女性主义者认为，妇女首要的、被压迫最沉重的场所是在最舒服、最安全和最自然的家里。在劳动市场上，女人的工作被认为不如男人的有价值，因而工资也较低。她们的工作被看作是辅助性的，工作的范围只在女性化的行业中，像教学、护理、保姆、社会工作、心理分析等。在这些行业里，女人的工资均不如男人的高，因此她们必须多承担一些家务，而这些家务却不能用工资衡量。可以说，妇女，不论是属于哪个阶层、哪个民族或种族，都经历了剥削性的压迫。

一、"第二性"的身份

在人类的文明史上，妇女的地位和作用从来也没有得到应有的理解和尊重。在父权制的文化语境中，妇女一直处于被支配、被统治的无权状态，从来都是被压抑、受歧视的性别，以"第二性"(the second sex)、"他者"(the other)的身份被置于边缘的地位。历史上的妇女不能拥有任何财产，本身却是男人的财产，她们受教育的机会很少；她们的身份是依附于男性而建立起来的，是父亲的女儿，兄弟的姐妹。她们从父亲家搬进了丈夫家，完全没有自主性，没有独立性。妇女的社会地位和经济地位完全取决于男人的意愿。如果有哪位女性试图反抗这种模式，她就会被视为怪异的巫婆或者低能的老处女，最终被社会抛弃。白人妇女虽然不像黑人妇女那样在市场上被公开买卖，但是她们实际上也是男人们私下的一种交易品。

在父权制下，男人既是男性的又是女性的身份的仲裁者，因为人类身份的文化标准是男性身份，即男性气质。这种文化标准存在于反对妇女的权力、声望、特权和优越性中。[①] 所有其他人的定义都只能与其相对。对白色来说，黑色是“其他的”；对男人来说，女人是“其他的”。成为一个“他者”就意味着在社会的外围、边缘，是次等的。波伏娃认为，男人为了确定自己的“此者”(the One)身份，必然树立起一个相对照的“他者”，女人就是这个“他者”。女人的作用就像固定的星星，男人通过它来把握生存的航标。因为有了女人，男人才能定义自身的价值；把女人视为劣等的群体，男人才能找到自身的安全感和优越感，才可以心安理得地统治整个世界。这样女人就是同主要者(the essential)相对立的次要者(the inessential)。“他”是主体(the Subject)，是绝对的；而“她”则是他者，是附属的。波伏娃在《第二性》一书中分析道：

> 男人相信他的身体同世界的关系是直接的、正常的，认为他的知识是客观的，同时却认为女人的身体是阻碍和禁锢，处在它所特有的东西的重压之下。亚里斯多德曾说：“女性之所以成为女性，是因为她们缺少某种特质，我们应该看到，女性的本性天生就有缺陷，因而在折磨着她。”至于圣·托马斯，则说女人是“不健全的人”，是“附属的”人。《创世记》对此有一个象征性说法，说夏娃是用亚当“一根多余的肋骨”做成的。[②]

女人就连出世都不是独立的，上帝不是为了她而创造了她，而是为了接受她的崇拜才造出了她。上帝把她赐给亚当，从此她生活的全部都在她的配偶那里。

人类就是男性，因为男人是根据女人与男人的相对关系来解释女人的，而不是由女人自身的情况作出解释。女人不被当作一种自主的人。传统的观念认为，女人缺乏重要性，所以男人没有女

---

① bell hooks, *Ain't I a Woman: Black Women and Feminism*, p. 99.

② [法]西蒙娜·德·波伏娃:《第二性》作者序，第 4 页。

人不要紧，女人没有男人便无所依傍。男人以简单的"性"来判定女人，对他们来说，女人主要是作为一种性感的动物出现的为他们而存在的性。她是参照他而被定义的，而不是相反；她是附属的，是他的"他者"。男人的情况则大不相同。著名后殖民理论家佳·查·斯皮瓦克(G. C. Spivak)指出："人们自然会把哲学家的'我们'与'我们男人'联系在一起，这是对人性的总的认识。虽然历史的主体明摆在眼前……男人的概念的历史却从来没有引起过疑问，似乎'男人'这个符号没有来源，没有历史，没有文化的和语言学的界限。"[①]甚至在今天，尽管女人的处境已经发生改变，但她们仍然被严重束缚着。从立法者、传教士到哲学家、科学家，他们都曾努力证明男人的主宰地位就如同女人的从属地位一样，是天经地义的。女人的处境和黑人的极为相似，从奴隶制下解放出来的美国黑人被赋予的地位是"平等但是隔离"，而女人的地位尽管有所改观，从家长式统治下解放出来，但是，从前的主人仍然希望她们待在她们以前的地方，真正的平等并没有实现。

以美国妇女在历史上的角色变化为例，可以进一步看出妇女地位变化的实况。本杰明·华兹沃斯牧师的一番话最好不过地概括了北美殖民地时期妇女的地位："也许你比你的丈夫更聪明，你的出身也更高贵，而且，结婚时你所带来的家产也比他的多，但是，既然他是你的丈夫，上帝就理所应当地给了他一家之长的地位，让你从属于他。"[②]美国独立之前，妇女不具有自我独立的身份，只能以"女儿"、"妻子"的身份确立社会角色。当美国为独立于英国的殖民统治而战时，《独立宣言》这份家喻户晓的声明以这样的句子

---

① [美]佳(加)·查·斯皮瓦克：《在国际框架里的法国女性主义》，张京媛《后殖民理论与文化批评》，第89～90页。

② 转引自王恩铭《20世纪美国妇女研究》，上海外语教育出版社2002年版，第3～4页。

开头:“我们认为下面的这些是不言而喻的真理:所有的男人生而平等……”女人在这里根本不被提及,由此足以看出当时妇女的社会地位,所谓“人权平等”指的是美国男人的权利,与女人无关。

独立战争以后,为了使共和国健康地成长,不仅需要一个健全的政治体制,而且公民还要有高尚的道德情操。为此,美国妇女被冠以“共和国的母亲”的称号,其职责就是操持家务,抚养孩子,以自己的无私奉献、顺从贞节的道德来培养共和国的接班人。“共和国的母亲”这一概念是一把双刃剑,它在称颂妇女的美德、提高妇女的家庭地位的同时,在许多方面又限制了妇女的发展。①

妇女的活动范围局限于家庭,职责是照顾丈夫和孩子。妇女的活动天地越来越窄小,在 19 世纪逐渐形成了“妇女的领域”。只有勤勤恳恳、心甘情愿地在“妇女的领域”劳作才有资格称得上“真正的女性”(true womanhood)。“真正的女性”可以用 8 个字来概括其内涵:虔诚、纯洁、顺从、持家,简称“四德”。当然,“真正的女性”主要针对 19 世纪上半叶的美国中产阶级白人妇女而言,并不包括下层妇女、黑人妇女及移民妇女。因为对下层妇女、黑人妇女及移民妇女来说,“妇女的领域”是一种可望而不可即的奢望,她们生活的第一需要是如何谋生、如何使一家人生存。尽管如此,“妇女的领域”和“真正的女性”这两个概念代表了主流文化的观念,许多人对其加以接受并内化之,按照这种社会期许的模式来定义女性。所以波伏娃说:“女人不是生就的,而宁可说是逐渐形成的。”②

女人不是天生的,而是父权意识形态的建构。这是波伏娃在她的被称之为“女性《圣经》”的理论专著《第二性》中的中心观点。波伏娃的基本思想——女人不是天生的,而是后来按照男人的意

① 参见王恩铭《20 世纪美国妇女研究》,第 11 页。

② 参见[法]西蒙娜·德·波伏娃《第二性》,第 251 页。

愿被造就出来的——受到后来人的质疑。后来的观点认为，女人在先天方面的确与男人在诸多方面存在着不同，这些事实是无可更改的，女人并不完全是社会使然，因此，较为中肯的表述是：女人的生理特征是先天的，然而女人作为“他者”的社会地位和身份却是后天造成的。但是，波伏娃反对以自然生理结构为基础的性别本质主义的思想，为妇女的独立和平等在理论和观念上扫清了道路，成为新女性主义向男权社会挑战的宣言。

波伏娃的《第二性》是第一部对女性的生理、生活、地位和身份进行比较全面的研究的理论著作，它的出版成为女性主义第二次浪潮的思想依据和理论基础。首先，波伏娃从生物学的角度探讨了雌雄两性的性生活，从最简单的单细胞动物到复杂的哺乳动物，详细讨论了单性生殖和有性生殖的种种表现，得出两者具有同等重要作用的结论，从而驳斥了将女性视为性感动物、等同于子宫的观点。同时揭露了弗洛伊德的“恋父情结”是按照“恋母情结”炮制出来的事实，并且认为弗洛伊德的观点是以男性为中心的、把女性的生理、心理和处境归结为“性”的“性一元论”。

其次，沿着从童年到老年的生命发展轨迹，波伏娃以各类妇女(女同性恋者、妓女、恋爱中的女人、神秘主义的女人或修女、独立妇女或职业妇女)为研究对象，广泛地探讨了女性的个体发展史，尤其是各个年龄阶段、各种类型女性的心理、生理及处境的变化，最后得出结论：妇女要得到解放，必须正视她们与男性的自然差异，同男人建立手足关系。[①]

波伏娃从存在主义的道德论出发，把马克思主义的观点运用到自己的理论中，努力把妇女从她们的劣势地位中解放出来。她认为，妇女的次等身份使她不得不成为男人的“他者”。妇女没有机会形成自己的计划或者超越自己，因而妇女的命运是由男人主

① 参见[法]西蒙娜·德·波伏娃《第二性》译者前言，第2页。

导的社会历史决定的，妇女被视为天生所成，作为一个客体是毫不改变的，因为她的超越是永久地被别人超越的。波伏娃不懈地批判生物决定论，反对形而上学论，因为它把妇女幽禁为他者身份，把妇女置于天生固有的领域，使她不能进入人性、自主和自由的真实身份。妇女的悲剧在于本质的主体的基本需求与非本质的处境要求之间的矛盾冲突。

波伏娃第一次揭露了人们习以为常的女性形象背后所隐藏的男性优越的价值观念。男人把女人看成恶魔或者天使，试图将所谓的女人的本质变成日常生活的东西，使妇女在潜移默化的影响中认同并接受这些本质，旨在强化男性权力和意识，掩盖了现实生活中女人的真正体验，特别是她们的不幸遭遇。波伏娃发现根本不存在像“永恒的女性气质”这样的东西，她的批判为后来的女性主义文学批评提供了一个新的视角。她打破了关于妇女的传统神话，指出了其中隐含的性别歧视观念，有助于女性从理论的高度认识到女人的他者地位，并使这一从属地位昭然若揭。

妇女和黑人、犹太人一样，都是被压迫的，黑人和犹太人可以确定他们被压迫的开始历史时期，而女人则不同，妇女的从属地位存在已久，女人从来就存在，从来就被压迫，一直低男人一等。因此，反抗这种次等地位的女权主义[①]运动早已产生。美国当代女性主义者约瑟芬·多诺万在20世纪末为其专著《女权主义的知识分子传统》第三版所写的前言中指出，19世纪的女权主义并不是

---

① 汉语对“feminism”这个词的翻译反映出了对西方两次妇女运动的特点的理解。对20世纪60年代以前的妇女运动，英文“feminism”被翻译为“女权主义”，特指这一时期的妇女运动以争取与男性平等的公民权利为宗旨，呼吁妇女获得投票选举权、接受教育及进入专业领域工作的机会等。“Feminism”被翻译成“女性主义”，起因于20世纪60年代兴起的第二次妇女运动浪潮。“女性主义”主要指妇女围绕性别而进行的斗争和研究，强调女性的视角和意识。本书在使用这两个术语时，基本上遵循这个原则。但是，在引用汉语原文时，一般尊重作者或译者的使用方法。

真正意义上的妇女运动的第一次浪潮，西方社会早期的女权主义浪潮发生在15、16和17世纪。今天的女权主义者所关注的许多问题，比如强暴、性骚扰以及对妇女的暴力行为，在那时就已引起妇女们的注意。同样，那时的妇女就已提出，她们作为理性的、有尊严的主体应当得到合理的教育和他人的尊重。[①] 女权主义的这一次浪潮于17世纪末、18世纪初达到顶峰，但在18世纪的大部分时间却一直遭到反对，女权主义的各种诉求受到嘲笑，最终被镇压了下去。

二、女性身份的重构

启蒙主义运动使人们的思想观念发生转变，人们逐渐认识到，人不需要依赖上帝或者某个大智者来挽救自己的命运，人的潜能是无限的；人人都有天赋的平等权利，都有平等发展的机会，妇女也应该获得受教育权和公民权。可以说，启蒙思想的传播在妇女的意识形态中产生了深刻影响，成为开启妇女思想解放的一把钥匙。所以当受过教育的妇女在废奴运动中积极认真地工作，却发现她们被男性废奴主义者排除在外、没有行使权力的资格时，她们终于意识到获得权利是实现男女平等的重要手段。于是，女性主义运动的第一次浪潮是以权利为主要依托的。

美国妇女的第一份具有深远历史意义的文件《权利和意见宣言》以美国人极为熟悉的语言开始："我们认为下面的这些是不言而喻的真理：所有的男人和女人生而平等；造物者赋予他(她)们若干不可剥夺的权利……"这份宣言模拟了《独立宣言》的语言，从而更有力地强调了两性的平等权。

第一次美国女权主义运动在早期阶段与19世纪上半叶的废

① 参见[美]约瑟芬·多诺万《女权主义的知识分子传统》，赵育春译，江苏人民出版社2002年版，第1～2页。

奴运动存在着密切的联系，这不仅因为妇女出于道德上的愤慨和感情上的同情而投身于其中，而且还因为女性与黑奴在受压迫、受歧视方面存在某种程度的相似之处。《独立宣言》在谈到"人人平等"时，指的是白人男性，既不包括黑奴也不包括女性，这两个群体都被认为低人一等，都被剥夺了许多理应享受的公民权利，如政治选举权和财产拥有权。这种相似之处使妇女们较早地把她们的解放与黑奴的解放联系起来，认为"正是在为砸碎他的镣铐斗争中，我们才确切地发现自己也在枷锁中"①。

女权主义运动的第一次浪潮以男女平等为基本出发点，其目的是争取天赋人权，其关注的焦点是妇女个人的与集体的政治和社会权益的关系，最终成功地为妇女赢得了选举权。尽管20世纪20年代妇女赢得选举权以后，整个社会对妇女的关注程度大大增加，但这实际上并没有提高妇女的社会地位。虽然妇女的受教育程度普遍得到提高，然而她们的受雇水平低，不仅工作范围被局限在一些传统的女性工作领域，就是工资待遇也远远低于男性。选举权和教育机会的获得并没有给妇女的社会地位带来实质性的变化。人们仍然按照性别的不同划分等级：男人重要，女人不重要；男人有价值，女人没有价值。女人不同于男人，因此，女人不应该与男人形成竞争，女人的社会角色由男人来确定——女儿、妻子、母亲、情妇。这些角色的基本作用都相同，即安分守己地照顾好男人和家庭。不仅妇女的社会身份由男人来确认，而且她们的社会价值也应由男人进行评判。

美国妇女运动再次高涨的原因之一就是妇女思想的解放，这在很大程度上得益于当代女性运动的思想先驱、著名的妇女领袖贝蒂·弗里丹(Betty Friedan)。她那本在妇女中广为流传的《女性的奥秘》，披露了对女性思想造成毒害的流行的社会观念。这种

① 转引自王恩铭《20世纪美国妇女研究》，第28页。

观念不但认为女性最大的快乐就是做个贤妻良母，而且还竭力把妇女愉悦和惬意的天地锁定在家庭范围。弗里丹指责美国的社会文化对妇女职能的限定严重地限制了妇女智力的发展，迫使她们放弃理想的追求，从而使家庭演变成美国妇女的"舒适的集中营"。弗里丹等人的思想在妇女中引起共鸣，她们认识到妇女的精神生活贫乏，更没有实现自我价值的可能。追根溯源，是整个社会性别歧视的意识形态造成的，因为社会不给妇女提供男性所享受的自我发展和自我完善的机会，妇女很难找到确定自己社会身份、社会地位和社会角色的有效途径，于是，她们就与社会产生了异化，变成了一群与社会脱离关系的局外人，被排除在主流社会之外。结果妇女发现自己的社会属性慢慢被社会本身腐蚀得荡然无存，因而发出了"除了家庭主妇之外，我还能是谁"的惊呼。弗里丹一下子把女性奥秘的面纱揭开，使妇女问题即刻清晰明朗化。她们开始认识到，她们在公共领域和私人领域都受到社会的压迫，所以妇女的问题不是个人的问题，而是社会问题；要解放她们，妇女必须集体行动起来。

在 20 世纪 60 年代出现的女性主义运动的第二次浪潮诉诸从思想观念上改变妇女的社会神话，以男性与女性的基本差异作为出发点，探讨性别歧视在思想、文化与社会领域的根源与运作。因此，这一时期提出了一个重要的口号："个人的即政治的。"女性主义运动者认为，政治不应该只局限于政府、选举等领域而远离普通人，应该有一个更为宽泛的定义，使政治与个人联系起来。在这样的理念下，女性主义者征引个人的经历，挖掘性别歧视在政治、社会、文化等各个领域的根源。

这一次妇女解放运动与美国的民权运动、反种族歧视、反对对越战争运动、欧洲风起云涌的学生运动及各种其他社会运动密切相关。在这些运动中，女性与男性并肩作战，结果却受到来自男性的压抑和不公平待遇，因此，她们决定另走他途，争取女性的完全平等。同时,新一代的女性主义者发现,女性主义运动多年来的风风雨雨,并没有形成一套自己的话语理论。妇女一直都在沿用男人的话语和理论企图达到自己的解放目的,她们在重复男人的声音,说男人所说的话,谈男人所谈的事。这就是女性主义运动没有获得完满的症结所在。按照美国黑人女性主义者奥黛·萝德(Audre Lorde)的话说就是"主人的工具永远不会拆除主人的房子",用男人的理论话语永远不可能摧毁男人的价值体系。于是,建构属于妇女自己的一套理论话语就成为当务之急。

第二次浪潮及以后的女性主义理论基于主要内涵可划分为自由女性主义、马克思主义的女性主义、激进女性主义以及精神分析和后现代女性主义等。虽然女性主义包含各种不同的理论方法,但是各种理论之间有一个共同的基本假设,即妇女在社会文化中遭遇了结构性的不平等,女性主义理论就是要探究这个性别不平等的根源,消除妇女所受的压迫。

自由女性主义的主要特征可以用以下几个词来概括:自由、选择、权力、平等、理性和控制。[①] 即妇女是自由的,有选择权和其他权利,应该被平等地对待,能够行使理性,控制自己的生活。自由女性主义思想的一贯主题就是要求像男人一样的待遇,允许妇女做男人做的事情,有参与工作和政治生活的平等权利。

马克思主义的女性主义认为,妇女受压迫不是由于偏见、无知或个人的故意行为,而是资本主义的政治、社会和经济制度的产物;性别的不平等与社会经济的不平等密切相关、不可分割。早期的马克思主义者认为,妇女受到的压迫在于资本和私有财产的存在。当代的马克思主义者则认为,性别歧视产生于资本主义以前,在资本主义制度下,妇女受到压迫的原因不是由于私有财产,而是

---

① Marysia Zalewski, *Feminism After Postmodernism: Theorising Through Practice*, London: Routledge, 2000, p. 6.

由于有薪水的劳动与家务劳动的分离，妇女由于被排除在有薪水的劳动之外而受到了更多的压迫。资本主义制度为其自身的存在造成了“公私分离”的局面。表面上，妇女在家里私下为男人工作；实际上，妇女也是在为资本而工作，尽管地点是在家里。马克思主义女性主义关注解决妇女受压迫的物质层面，即妇女进入公共领域和家务劳动、照顾孩子的社会化问题，它更多地从经济的角度来看待妇女受压迫的问题。

激进主义女性主义产生于 20 世纪 60 年代妇女解放运动的实践。约瑟芬·多诺万指出：“正如 19 世纪的女权主义者在废奴运动中因她们的男同伴的恶劣态度而意识到她们所受的压迫一样，20 世纪的激进女权主义者也是从‘新左派’运动中男性激进分子的傲慢态度中发现了她们自身的处境。”①这一流派主张革命而非改良。激进的女性主义者认为，性别压迫是由于父权社会把男女之间的生理差异等同于社会建构的阳性与阴性特质，从而内化了男尊女卑的社会运作模式。在“个人就是政治”的旗号下，激进的女性主义致力于“提高觉悟”和“对性别敏感”，认为父权制或者男性的统治才是妇女受压迫的根源，妇女应该从自身的经历出发，把主要精力投入到与她们的压迫者——男人——的斗争中去。

由弗洛伊德创立、荣格和拉康等人发展的精神分析学说，既是女性主义攻击的对象，又是女性主义的理论来源之一。女性主义者最初对弗洛伊德的精神分析抱有敌意，认为他提出的“阴茎嫉妒说”具有生物决定论的倾向，体现了父权社会对妇女的偏见。晚期的女性主义发现，弗洛伊德的某些理论在颠覆传统的主体观方面有相当的启发性。精神分析女性主义者们所关注的是受压迫妇女的性角色，这个关注点起源于弗洛伊德的理论。按照弗洛伊德的观点，小孩子在两岁半到六岁之间会产生恋母情结，即所谓的“俄

① ［美］约瑟芬·多诺万：《女权主义的知识分子传统》，第 196 页。

狄浦斯情结”，男孩与女孩克服俄狄浦斯情结的过程不同。男孩为了避免被父亲阉割的命运，较早地放弃他的初恋对象——母亲，以便逃出父亲的手掌。他的“自我”（欲望）向“超我”（集体的社会道德良知）屈服。其结果是，男孩与文化充分地融为一体，他将与父亲一起征服自然和女人，这两者都被认为是含有同样的非理性力量的。与男孩相比，女孩没有阴茎可以失去，所以女孩与她的初恋对象母亲的分离是缓慢的。结果，女孩没有完全融入文化。她不是作为统治者而是作为被统治的对象存在于文化的边缘。精神分析模式帮助人们从社会和历史的角度探讨个人的成长史，为性别差异的非本质论提供了例证。“弗洛伊德对当代世界人类社会构成的理解使人们进一步认识了妇女受压迫的本质。”①

后现代的女性主义者接受了波伏娃对“他者”的理解，但把它完全颠倒过来使用。妇女依然是“他者”，但后现代女性主义者不是把“他者”解释为应该拒绝的处境；相反，她们积极肯定这一点，并利用这一点从文化思维方式上解构逻各斯中心主义（logocentrism）的二元对立模式，揭露逻各斯中心主义把男人和女人、文化和自然、阳性和阴性等概念对立起来，伸扬前者而否定后者的价值体系。后现代女性主义在对父权制的批判中完成了对西方逻各斯中心主义传统的解构。在女性主义者看来，逻各斯中心主义与所谓的“菲勒斯中心主义”（phallocentrism）是一回事，由此派生了另一个词，即“菲勒斯逻各斯中心主义”（phal logocentrism），意指有关这个世界的一切解释、有关这个世界的意义，最终都是男性说了算，这里存在着男性话语霸权。后现代女性主义认为，任何一种女性主义都无力代表地域、种族、文化、阶级、性倾向不同的另外一些妇女，女性主义应该肯定多样性、差异性。

女性主义运动的迅猛发展、理论的大量建构以及女性文学的

① ［美］约瑟芬·多诺万：《女权主义的知识分子传统》，第127页。

兴盛激发了女性主义文学批评的勃兴。事实上，女性主义运动几乎都是从对文学的解读开始的，而妇女运动的存在又是女性主义文学批评发展的前提条件。各种不同理论和方法的女性主义批评家都认为性别差异所带来的不平等显见于文学文本的创作、解读和文学传统之中，因此，女性主义文学批评就肩负着揭示、批判这种不平等根源的任务。

三、女性主义文学批评

女性主义文学批评和理论在对性别不平等根源的探究与改变妇女受压迫的文化改造工程中，扮演了重要的角色，它把性/性别与政治带入了文本分析与研究的领域。在女性主义批评理论中，政治始终是一条主线。其政治性一方面表现在它与女性主义运动的密切关系上，另一方面则表现在对文学进行的社会历史的分析和对文本中性别压迫的揭示上。所以重构一个去男权中心的社会、重写妇女的历史与意义，始终是女性主义文学批评的内在驱力。女性主义批评家认识到，男权中心思想已经渗透到文学史的各个方面，文本的生产、解读和文学史的编写都铭刻了性别歧视的意识形态。因此，对女性主义者而言，文学是建构女性身份和模塑女性主体的话语场域，文学批评理论是话语性实践，两者在求取改变思想观念方面发挥了积极作用。女性主义文论由于受到不同理论的影响，在研究方法上也就形成多个分支，从不同的角度挖掘妇女受压迫的根源。

女性主义文学批评按照其关注的重点和研究方法的不同，大体上可以分为英国派女性主义和美国派女性主义及法国派女性主义。当然三者之间不是截然划分的，它们之间也互相交流、互相影响。美国女性主义文学批评家伊莱恩·肖瓦尔特（Elaine Showalter）对三者的分析最为精辟：英国女性主义对文化研究表现出较大的关注，其批评基本上是马克思主义的，它着重压迫；美国女性主义更注重批评实践，其批评是文本分析的，它着重再现；而法国女性主义的理论建构比较突出，其批评是精神分析的，它着重压抑。[①]

（一）英美派女性主义

英美派的女性主义批评有一个基本的共同前提，即女性有自己的文学传统。其批评有两个出发点：第一，解读文学经典作品，解构文学机制呈现出的“男性中心”的失衡现象；第二，重新挖掘女性作家和作品，再造经典书目，重寻文学母亲系谱。肖瓦尔特在《走向女性主义诗学》一文中，将女性主义文学批评分为两类：一是女性主义批判（feminist Critique）；二是女性中心批评（gynocritics）。“第一类关涉的是作为读者的妇女——女人作为男性文学生产的消费者”，注重对文本进行社会历史分析，特别关注文本中妇女形象的存在和刻画，批判男性作品中女性形象的扭曲、性别符码化与僵化的过程，是对以男性为中心的文学传统的解构。这类批评在女性主义文学批评发展的初期占主导作用，但是这种批评是以男性为导向的，所以不能了解妇女的实际经验和感受。“第二类女性主义批评关涉的是作为作者的妇女——妇女是文本意义的生产者。它涉及女性文学的历史、主体、文类与结构。”[②]它着眼于未来，期待建立研究女性文学的框架，发展以研究妇女经验为基础的新的批评模式。

女性主义批评首先考察、分析、审视了男性文学对女性的误解和扭曲，即所谓“女性形象批评”。通过分析，她们认为，男性文学中的女性形象总是按照男人的喜好憎恶存在的，并不是真实的女

---

① 参见宋素凤《多重主体策略的自我命名》，山东大学出版社 2002 年版，第 24 页。

② Elaine Showalter，“Toward a Feminist Poetics”，张中载、王逢振主编《二十世纪西方文论选读》，外语教学与研究出版社 2002 年版，第 469 页。

性形象的再现。波伏娃通过对蒙特朗、劳伦斯、克洛代尔、布勒东和司汤达等五位作家作品的分析得出结论："（女人）处于被限定的存在中……只要她拒绝扮演这个角色，就会被视为'祈祷的螳螂'、'吃人的女妖'。在任何情况下，她都以特权的他者出现，通过她，主体实现了他自己；她就是男人的手段之一。"①

传统的女性形象是男权社会得以维持的重要手段，是父权对女性进行压迫的另一种形式，男性的话语淹没了女人为自己进行解释和描述的声音，使这种形象能够流传下来。女性被描写成天使或妖女，其中渗透着男人的意识形态和偏见。

早期的女性主义者对男作家笔下的女性形象的批评通常把文学与生活联系起来，理论深度欠缺。凯特·米勒特（Kate Millet）在 1970 年出版的《性政治》一书中，确立了女性主义作为一种文学批评方法的地位，使女性主义批评家从理论深度上挖掘女性形象。米勒特提出了"性即政治"的思想，即从政治的角度来理解两性的关系。她认为，男性文本再现了男权中心文化和思想，通过女性主义的阅读可以披露其中的权力和政治运作。米勒特的阅读策略突出了女性作为读者的地位，以女性的视角颠覆男性的作品，最终解构父权文化和意识。

在解构了男性文本中的性别歧视现象之后，女性主义批评家转向了文学母亲系谱的追寻，挖掘出了大量的被淹没的女作家。她们发现，男性批评家对女性作家极尽贬抑之能事，认为女作家首先是"女人"，然后才是"艺术家"。② 所以，认为女性文学缺乏形式，思路狭隘，没有理性，过于情绪化，总之，否认女性的创作力。正是出于对父权文学批评思想的反驳和对女性文学的连续性和一致性的认定，从 20 世纪 70 年代后半期开始，出现了探讨女性文学

① ［法］西蒙娜·德·波伏娃：《第二性》，第 233 页。

② 参见宋素凤《多重主体策略的自我命名》，第 55 页。

传统和创作力的著作，其中肖瓦尔特的《她们自己的文学》和桑德拉·吉尔伯特(Sandra Gilbert)与苏珊·古芭(Susan Gubar)合著的《阁楼上的疯女人》最有影响力。

在《她们自己的文学》中，虽然肖瓦尔特承认并描述了英国小说中的女性文学传统，但是她强调自己的观点，即不相信存在着任何的生物学上的女性本质，这个传统中出现的任何共同模式都不是由生物特征引起的，而是由于妇女在历史上被迫屈从于同样的压迫导致的。“这是继妇女在父权制下形成一种独立的亚文化的观点之后，她提出的又一理论。”[①]正是由于肖瓦尔特的努力，文学批评的目光扩展到了经典名家以外的范围，文学史上许多鲜为人知的女作家得到了她们应该得到的关注和认可。从这个意义上讲，她对女性文学乃至整个人类文学的贡献都不可磨灭。但是，由于肖瓦尔特在这部作品中忽略了种族和阶级因素，研究的范围只限于西方白人女性文学，结果引起了黑人女性主义者和同性恋女性主义者的不满和谴责。肖瓦尔特在随后出版的《姐妹的选择：美国妇女文学的传统和变化》中承认并弥补了自己的过失，并在其2009年出版的专著《同伴陪审团：从安妮·布拉德斯特里特到安妮·普鲁克斯的美国妇女作家》中，再次将研究范围扩展到美国黑人女性文学。此书介绍了250多位美国女作家，大部分黑人女作家囊括其中。

桑德拉·吉尔伯特与苏珊·古芭合著的长篇巨著《阁楼上的疯女人》试图重建19世纪女性文学的面貌。她们除了重读这个时期重要的女性作家作品外，还尝试着对女性创作力的本质进行理论化，从新的视角阐释女性文学的独特传统。她们认为，女性作家作为女人的特殊经验与历史文化处境始终会影响到她的创作。吉

① Toril Moi, "Feminist Literary Criticism," Ann Jefferson and David Robey, *Modern Literary Theory*, London: B. T. Batsford Ltd., 1987, p. 216.

尔伯特和古芭对妇女文学传统的理解和重构的方法与肖瓦尔特不同:肖瓦尔特认为,妇女文学传统的连续性确实存在,妇女文学传统之所以显得断裂,是因为它被男性中心的文学机制斩断和埋没,因此,文学研究就是要对这一断裂的传统进行挖掘和修补,恢复其连续性。吉尔伯特和古芭则更多地使用现代理论和方法阐释妇女文学传统存在和延续的内在本质原因。莫伊(Toril Moi)在《女性主义文学批评》一文中总结了吉尔伯特和古芭的主要观点:

> 她们的中心论点之一就是,这些女作家以一种双重的文本策略表述她们的愤怒,这种双重性包括天使和恶魔、可爱的女主人公和愤怒的疯女人,她们代表了作家自我意象的两面性,也是她们反对父权的叛逆策略。①

"阁楼上的疯女人"(《简·爱》中的疯女人伯莎·梅森)既代表了简·爱的反抗男权中心的欲望,也是女作家夏洛蒂·勃朗特被压抑的女性创造力的象征。疯女人就是叛逆的作家本身。她们假设了一位隐藏在父权制文本表象背后的"真女人",并且认为女性主义批判的任务就在于发现这个"真女人",在显性的父权制文本下面,发现隐性的文本的真相。

英美派女性主义文学批评是一种社会—历史的批评方法,这是一项具体的实践性的工作,表现出浓烈的意识形态色彩。她们揭示出妇女作家之间的传承关系,鼓励当代妇女建立自信、加强团结,摆脱父权意识形态的体系,致力于文学母亲系谱的寻找与重建。

(二)法国派女性主义

法国女性主义者埃莱娜·西苏(Helene Cixous)、露丝·伊丽

① Toril Moi, "Feminist Literary Criticism," Ann Jefferson and David Robey, *Modern Literary Theory*, p. 216.

格瑞(Luce Irigaray)和朱丽亚·克里斯蒂娃(Julia Kristeva)虽然更加注重理论层面的研究,更注重语言、哲学、心理分析等话语系统中女性的构成,重点不在妇女的经验和经历,但是她们对文化中女性的关注,表现出对身份问题的关注。

法国女性主义者受弗洛伊德和拉康的精神分析学说、索绪尔的语言学、德里达和福柯的解构主义理论的影响,从剖析男性话语入手,力求达到解构男性中心的意识形态和压迫妇女的二元对立、建立女性自身价值标准和独特话语的目的。埃莱娜·西苏最受人关注的是她的"阴性书写"理论。她认为,写作是一种生产和再生产生命的载体,妇女只有通过写作才能回到自己的身体,解除压抑。所以妇女要用身体来写作,用肉体来写,用"乳汁"写,用"血液"写。在西苏看来,书写是女人可以抵抗象征秩序的场域,也是充满颠覆和救赎意义的场域。西苏的阴性书写要颠覆和抵抗的是代表男性价值体系的逻各斯中心主义的二元对立。西苏写道:

> 写作这一行为将不但"实现"妇女解除对其性特征和女性存在的抑制关系,从而使她得以接近其原本力量;这行为还将归还她的能力与资格、她的欢乐、她的喉舌以及她那一直被封锁着的巨大的身体领域;写作将使她挣脱超自我的结构,在其中她一直占据一席留给罪人的位置。①

通过身体写作,妇女就会创造出一种无法攻破的语言,这种语言可以摧毁各种清规戒律、等级隔阂。写作使妇女回到前俄狄浦斯阶段,与母亲合二为一,摆脱了父权制文化的压制和扭曲。写作是女性塑造自我、重获新生的必然途径。在写作中,妇女那被压抑的创造力爆发了,她打破沉默开口说话。写作为妇女铸造了反对理念的武器。

---

① [法]埃莱娜·西苏:《美杜莎的笑》,张京媛主编《当代女性主义文学批评》,北京大学出版社1992年版,第194页。

与西苏把写作和女性的快感联系起来而倡导“阴性书写”、“描写躯体”的概念相似，露丝·伊丽格瑞尝试在妇女的写作中建构一种“女人话”。这是一种反抗父权制的语言策略，就是进入父权体系内部，表面上模拟男性的理论话语，屈从于父权制，而实际上她却进入男性话语为她设置的非理性的位置，在字里行间的空隙中流露出女性气质，对父权体系进行颠覆。伊丽格瑞写道：

> “她”也是自己内含含混混的他者。正因为这样，人们说她是神经质的、不可捉摸的、惶惶不安的、善变的——更别提“她”说起话来，话头四散流去，使得“他”没办法辨别出任何连贯一致的意义。对理性逻辑来说，那些矛盾的话似乎是有些疯言疯语，带着先入为主的框框来听的人，是听不出她说什么来着。她在陈述的时候——至少在她敢于开口说出的时候——女人不断地自我修正。她才刚说到一些闲事、一句感叹的话、半个秘密，才刚起了个话头，没说完，一转身，就又从另一个话头开始说苦道乐了。人们必须用不同的方式倾听，才能听出“弦外之音”：这个意义在过程中总是迂回行转，不断地拥抱字词，同时又丢弃它们，以免被固定化、僵化。①

这就是伊丽格瑞的“女人话”，从女性的生理形态引申出了多元的、非中心的、不可界定的女性特征来对抗男性的单一价值观念，去除了以男性为中心的语言。

朱丽亚·克里斯蒂娃不赞成把语言和生理结构混为一谈，并在这个基础上把书写风格分为阳性和阴性，她认为这样做无异于把男性和女性再一次放进菲勒斯逻各斯中心二元对立的模式。克里斯蒂娃对男性中心的解构可以从她对“女性特质”的探讨中得到理解。尽管谈到“女性特质”，但是她不承认有本质的女性，认为

① 转引自宋素凤《多重主体策略的自我命名》，第133页。

“女性特质”不是女性天生的本质，而是一连串选择的结果。所以她拒绝给“女性特质”下定义，而是把它看作一种“位置”，就是“被父权象征秩序边缘化的位置”[①]。克里斯蒂娃把女性特质强调为一种父权建构，使女性主义者能够反击各种来自菲勒斯中心主义的从生物学角度的攻击。克里斯蒂娃对边缘的强调也可以使人们从“位置性”方面而不是本质方面来审视女性特质的被压抑状况。

对边缘的认识也取决于人们所占据的位置。如果男权思维认为女性位于象征秩序内的边缘位置，就可以把她们解释为杂乱无序的界线或边境地带。从男性中心的角度看，女性与边缘地带的混沌融合在一起，这样，她们就拥有边缘地带的所有特征：她们既不在里面，也不在外面；既不被知，又不是未知。女性就在这个位置上，给男人提供了足够的机会来诋毁女性，认为她们代表黑暗和无序，既是妖魔的化身，又是天使的转世。女性所处的边缘位置既使男人把女性与荒乱混沌视为一体，又使男人把这个边境地带视为保障男性象征秩序免受混乱无序干扰的保护屏障。

克里斯蒂娃的“位置性”理论就是把女性置于边缘的位置上，当然不是迎合菲勒斯中心对女性的描述，而是因为她看到在这个边缘上具有潜在的颠覆性。这个位置可以提供一个特殊的观察视角，可以使人的潜能释放出来，扰乱严谨的象征秩序。“任何一种位置都不是女性本质的真理”[②]，只是男性权力试图让女性认可而对女性虚构。克里斯蒂娃通过对边缘位置的描述试图说明，要解构男权的象征秩序，女性需要在社会中找到自己的位置，但绝不是从属的位置；需要强调男性与女性在经验方面的差异，但不是由男

① Toril Moi, "Feminist Literary Criticism," Ann Jefferson and David Robey, *Modern Literary Theory*, p. 212.

② Toril Moi, "Feminist Literary Criticism," Ann Jefferson and David Robey, *Modern Literary Theory*, p. 212.

性按照父权结构塑造性别差异。

综上所述，不论女性主义者从何种理论出发，也不论她们采用什么样的方法和话语，她们努力的基本目标是相同的，就是解构女性在社会文化中遭遇到的结构性的不平等，确立女性的身份和地位。除此之外，更大的目标就是重构一个没有男权中心的社会。女性主义的文学批评把性、社会性别和政治带入了文本分析和研究领域，政治的有效性始终是一个终极关怀的目标。女性主义政治不是仅仅关注眼下的社会与政治问题，而是从更深一层求取改变文化和意识形态的可能性，探讨性/政治与文学生产、文学传统、文本性、文学经典及文学接受等复杂问题的互动性。而且，女性主义者也把女性写作当作一种颠覆性的、抗拒旧有文化的力量。

第三节　双重边缘身份

既是黑人又是女人的黑人妇女经历的歧视，与白人妇女和黑人男性经历的歧视既类似又不同，她们的经历有时与白人妇女的相近，有时与黑人男性的相近，但是她们经常经历的是来自种族和性别的双重歧视；通常她们完全是作为黑人妇女经历着歧视，这种歧视大大超过了种族歧视和性别歧视相加之和。[①] 各种压迫交叉在一起，把黑人妇女排斥在社会的最边缘。

黑人饱尝殖民主义、帝国主义、奴隶制、种族隔离及其他压迫，他们有着共同的经历，这些共同性渗透进所有黑人的家庭结构、宗教体制、文化和社区生活，因而他们形成了一种共同的黑人意识和认识论。而女性主义者也提出了类似的观点。她们声称妇女经历

① Kimberle Crenshaw, "Demarginalizing the Intersection of Race and Sex," Joy James and Denean Sharpley-Whiting, *The Black Feminist Reader*, Malden: Blackwell Publishers Inc., 2000, p. 217.

了父权压迫的共同历史，她们所享有的共同物质条件超越了妇女由于种族、阶级、宗教和性倾向的不同而产生的差异，成为女性主义意识和认识论的基础。这样黑人妇女的观点就具有上述两者的特点，但是也有可能更偏向于其中一方。在某些方面，黑人妇女与黑人男性更为接近，而在另一些方面，可能又会偏向于白人妇女，或者两者都不偏向。黑人女性主义社会学家黛勃拉·金把这种现象描述为“和/或(both/or)”方位[①]：既是一个群体的成员，又疏离它。她认为，黑人妇女生活在这种矛盾之中。黑人妇女的多重现实处境导致了黑人妇女政治中的多重意识，既属于又不属于的状态构成了黑人妇女的反抗意识。

一、身份缺失

在20世纪以前的美国，对“妇女”一词的定义从心理和哲学的角度来讲是不包括黑人妇女的。妇女应该属于白皮肤的上层阶级，她们纤细、柔弱、美丽而且没有性欲，黑人妇女则被认为膀大腰圆、皮肤黝黑、相貌丑陋、说话粗声大气而且性欲过旺，丝毫不符合西方传统妇女形象的标准。

1851年，在一次妇女权利讨论会上，白人男性与会者坚持妇女的刻板形象，认为妇女身体虚乏，意志脆弱，因而不能承担政治活动的任务。黑人妇女政治家、教育家索珠娜·特鲁斯(Sojourner Truth)慷慨激昂地说：“看看我的胳膊，我耕地、种植、收割粮草，没有男人能赶上我——难道我不是女人吗？我像男人一样能干一样能吃——如果能得到的话——也经受皮鞭！难道我不是女人吗？我生育了13个孩子，看着他们一个个被卖为奴隶，当我悲

① Patricia Hill Collins, “Social Construction of Black Feminist Thought,” Joy James and Denean Sharpley-Whiting, *The Black Feminist Reader*, Malden: Blackwell Publishers Inc., 2000, pp. 190-191.

伤欲绝地哭泣时，除了耶稣又有谁听到？——难道我不是女人吗？”[①]

特鲁斯的一句“难道我不是女人吗”，挑战了男性对妇女的陈旧观念，也说明了女性主义运动在批判父权制时把黑人妇女的经历考虑在内具有重要意义。特鲁斯用自己的生活经历揭露了父权体系中关于女性气质的意识形态，这种意识形态与黑人妇女的实际经历之间存在极大的矛盾。她的演说不但驳斥了传统文化中妇女不如男性的观念，更重要的是，她首先宣告了妇女之间的差异。

黑人女性主义批评家贝尔·胡克斯受特鲁斯的启发，曾于1981年出版专著《难道我不是女人》。用“难道我不是女人”这样简洁有力的话语作为自己著作的名称，既表现出对特鲁斯的纪念和仰慕，也斥责了在黑人权力运动和女性主义运动中黑人妇女被边缘化的现象。这两个运动都声称要让黑人妇女获得自由，但是，在这两个运动中黑人妇女的身份一直是缺席的。胡克斯指出，黑人妇女从来也没有被当作单独的不同的类别对待：

> 在美国，任何一个群体都不像黑人妇女那样，身份被社会化到无法生存的地步。我们从来没有被作为一个群体，与黑人男性分开或者明显地区别，也没有成为这个文化中更大的群体——“妇女”中的一部分。当黑人被谈论的时候，性别主义就会发生作用，反对承认黑人妇女的利益；当女人被谈及时，种族主义就会发生作用，否认黑人妇女的利益。当谈论黑人时，焦点集中在黑人男性身上；当谈论女人时，焦点又集中在白人女性身上。……“男人”这个词仅指白人男性，“黑人”这个词仅指黑人男性，“妇女”指的是白人女性。[②]

① Kimberle Crenshaw, "Demarginalizing the Intersection of Race and Sex," Joy James and Denean Sharpley-Whiting, *The Black Feminist Reader*, p. 220.

② bell hooks, *Ain't I a Woman: Black Women and Feminism*, p. 7.

胡克斯道出了一种真实的社会现象:“黑人”被视为“黑人男性”的同义词,“妇女”被视为“白人女性”的同义词。黑人妇女归于哪一类也可以,但就是不能独立存在;不论归于哪一类,她们的经历都不被看见。“黑人妇女”从来没有被看成是单独的、不同的范畴,提到黑人妇女,人们并不是指属于“黑人妇女”范畴的某个人,而是指一个要么属于“黑人”,要么属于“女人”的人;或者既属于“黑人”,又属于“女人”。这有一石双鸟、一箭双雕之效。[①] 其结果是黑人妇女既不被看见,又无处不在:不被看见的是她自身的生存权利,无处不在是因为她满足所有人的需要,包括白人男性、黑人男性和白人妇女。在关系到她们自身权益的时候,她们永远不被看见;但是当被用来维护他人的利益时,她们又无处不在。

美国当代著名黑人女诗人、批评家奥黛·罗德(Audre Lorde)对此感受颇深。她在其著名演讲《把沉默转化为语言和行动》中指出,很多妇女把自己奉献给“沉默的事业”(the cause of silence):

> 在这个国家里,种族差异制造出扭曲的视觉,一方面黑人妇女被抬得高高可见,另一方面,通过非人化的种族主义她们又被弄得无处可见。即使在妇女运动中,我们不得不为给我们带来伤害的能见度、为我们的黑人性而奋斗。为了在叫作“美国”(america)的这条龙的嘴里生存,我们必须学会这首先最重要的一课——我们从没有生存。没有作为人生存。[②]

罗德在她的文集《局外姐妹》中称自己是“局外姐妹”(sister outsider),实际上是在感叹黑人妇女的极其困难的身份定位。用这个词语,罗德把自己置于“或者”(either/or)以及“和”(both/

---

① Barbara Johnson, *A World of Difference*, Baltimore: Johns Hopkins, 1987, p. 168.

② Audre Lorde, *Sister Outsider: Essays and Speeches by Audre Lorde*, Calif: The Crossing Press, 1984, p. 42.

and)之间。[①] 也就是说，黑人妇女相对于黑人男性和白人妇女来说，既是他们的同类，又是他们的局外人；与他们有着千丝万缕的联系，但是又被他们排斥在外。罗德对她本人的自我的定义是：黑人、同性恋者、母亲、女人。但这并不是简单的固定的身份，而是表示罗德一直在不停地为自己协商一个可以说话的位置。

黑人妇女独立身份的缺失历史久远。安娜·朱丽亚·库珀(Anna Julia Cooper)是19世纪美国著名的妇女运动活动家，她以自己的经历描述了黑人妇女的尴尬处境。当时的美国仍然实行种族隔离政策，她在一次旅程中看到两个洗手间门上各挂着这样的牌子：女洗手间和有色人种洗手间。库珀感到疑惑：既是“女人”又是“有色人种”的她该前往哪一个呢？选择任何一个洗手间，都是对完整自我的挑战，都会抹杀自己完整身份的重要一部分，任何一种选择都意味着对自我身份的割裂。这也暗示黑人妇女的身体没有可安置的空间，她的身份在社会中是缺席的。

二、边缘上的边缘

如果说黑人妇女的身份还存在的话，那也是作为性工具和劳动力而存在的，处在双重边缘的位置。后殖民批评家斯皮瓦克在《属下能说话吗?》一文中，探讨属下(subaltern)妇女没有发言权的处境。作为属下的女性，不论她们身居何处，都会由于经济上的相对劣势和性别上的从属地位而被双重边缘化。她最关心的是这些妇女能否为自己说话，或者她们是否只能以扭曲的、引起人们兴趣的方式被别人了解、描述或代言。结果发现，处于性别劣势的女性属下根本没有说话的地方，她们很难以自己的声音向世人展示她们自己的经验。她认为，位于知识暴力所标识的封闭地区的边缘

① Gloria T. Hull, “Living On the Line,” Cheryl A. Wall, *Changing Our Own Words*, Rutgers, The State University, 1989, p. 154.

的属下是被压抑、被边缘化的群体，而第三世界女性的身份被加倍抹掉、双重边缘化了：

> 在属下阶级主体被抹去的行动路线内，性别差异的踪迹被加倍地抹去了。……既作为殖民主义历史的客体，同时又作为叛乱的主体，性别的意识形态建构一直是以男性为主导的。在殖民生产的语境中，如果属下没有历史、不能说话，那么，作为女性的属下就被更深地掩盖了。①

作为女性的属下处在这种边缘的边缘上，她们的经验很难引起人们的注意。斯皮瓦克指出，西方知识分子一直试图利用权威代表非主流的从属阶层，特别是在"为她们说话"，"作为她们的代言人"。斯皮瓦克举例说明，在 19 世纪早期，印度英国殖民主义者在关于禁止"萨梯"(sati，是印度的妻子为亡夫自焚殉葬的陋俗)的话语中如何利用权威为被殖民妇女说话。英国殖民主义者和印度本土男性之间，为争相代表殖民地女性的"最高利益"而竞争，这实际上巩固了霸权者的自我形象。英国话语被认为是对解放印度妇女的呼唤，印度男性话语则自愿地顺从"萨梯"。在这两种话语里，处在双重边缘位置的印度妇女的声音都是经过扭曲变形的声音。殖民主义者和父权制都打着"仁爱"的旗号，虽然表面上看起来是在维护妇女的利益，把妇女作为拯救对象，但实际上谁都没有真正地为双重边缘化的妇女的利益考虑过。

斯皮瓦克进一步分析认为："妇女的问题似乎是最有问题性的。显然，如果你是穷人、黑人或女性，你便在三方面都具有问题性。"②妇女本身就是有麻烦的性别，那么对于身兼黑人和女性两

---

① [美]加·查·斯皮瓦克：《属下能说话吗?》，罗钢、刘象愚主编《后殖民主义文化理论》，中国社会科学出版社 1999 年版，第 125 页。

② [美]加·查·斯皮瓦克：《属下能说话吗?》，罗钢、刘象愚主编《后殖民主义文化理论》，第 135 页。

重角色、生活在贫穷中的黑人妇女来说，她们不仅没有说话空间，就是生存空间也是很成问题的。

著名黑人女作家托尼·莫里森（Toni Morrison）在她的长篇小说《宠儿》中描写了一位奴隶制时期倍遭凌辱的女奴，因为不愿让自己的女儿长大后遭受同样的折磨而将其杀死的故事。虽然这位女奴的做法比较极端，对女儿的爱也非同寻常，而且小说也带有虚构的性质，但是作者的确掌握了一些原始资料，是根据当时发生的实例而创作的，并非纯粹虚构。它足以说明当时女奴的悲惨境况，她们所遭受的凌辱已经到了无法忍受的地步。在生存都难以保障的情况下，谈何社会地位。左拉·尼尔·赫斯顿（Zora Neale Hurston）在她的长篇小说《她们眼望上帝》中，借主人公之口说出了黑人妇女的社会地位：

> 白人是世界上万事万物的主宰，黑人男人也许在某个偏远的地方拥有一定的权力，但是我们并不知道。所以白人把包袱扔下，叫黑人捡起来，黑人捡了起来，因为他不得不这样做，但是他并不背着它走，而是把包袱递给他家里的女人。就我看来，黑人妇女是世上的骡子。①

在这里，克里斯蒂娃的“位置性”理论可以用来解释黑人妇女的双重边缘位置。她把男性对女性在历史上的压迫描述为女性被置于父权象征秩序的边缘。她的边缘理论并不独对女性而言，它也适用于所有被压迫的团体。在美国，黑人是被压迫的群体，也是被白人社会边缘化了的种族，处于主流社会的象征秩序的边缘地带。而在黑人所处的这个边缘地带内部，也存在着一种父权象征秩序，其中心是黑人男性，黑人妇女被解释为杂乱无序的界线或边

---

① Zora Neale Hurston, *Their Eyes Were Watching God*, New York: Harper Perennial, 1998, p. 29.

境地带；从男性中心的角度看，黑人妇女是混沌的混沌，其位置就是边缘上的边缘。克里斯蒂娃对边缘的强调可以使人们从"位置性"方面而不是本质方面来审视女性特质的被压抑状况。同样，我们可以从"位置性"方面来审视黑人妇女的双重边缘处境。黑人妇女由于其种族而被置于边缘，又由于其性别而被进一步边缘化。

早在奴隶制时期，白人就以种族和性别为基础，建立了一套社会等级制度：最上层是白人男性，其次是白人妇女，再次是黑人男性，黑人妇女在最底层。大多数美国人，包括黑人在内，都接受了这个等级划分，而且还有意无意地将其内化(internalize)，其影响难以消除。杰西·福赛特(Jessie Fauset)在小说《梅子包》中表达了这样的心声：男人的日子比女人好过，有色人种的男人比有色人种的妇女好过，白种男人比白种女人好过。

黑人妇女除了经受与黑人男性一样的来自白人的压迫之外，还因为是女人而经常遭到白人主人的性攻击。强奸成为实施种族恐怖的武器。当黑人妇女被强奸时，她们不是被简单地当作一般的女人，而是被作为黑人妇女强奸的。她们的女性特征使白人男性有机可乘，她们的黑色特征又使她们无法反抗种族主义的控制。[①] 然而，在美国的司法制度中，白人男性强奸黑人妇女是"难以想象的"。一般的观点是，白人男人不屑于对黑人妇女的身体感兴趣；或者即便真有此事发生，那也不值一提，更无需大惊小怪。

奴隶制时期，白人奴隶主不但对女奴隶实施性强暴的手段，使黑人妇女遭到非人的待遇，而且还迫使黑人妇女裸体并对其鞭打惩罚，以羞辱、践踏黑人妇女的自尊。奴隶主认为，让女奴裸体出现在大庭广众之下可以强化她们的堕落形象。即便奴隶制被废除以后，美国黑人妇女并没有从白人的控制和压迫之中完全解放出

① Kimberle Crenshaw, "Demarginalizing the Intersection of Race and Sex," Joy James and Denean Sharpley-Whiting, *The Black Feminist Reader*, p. 223.

来，白人男人仍然对黑人妇女进行性侵犯。强奸黑人妇女不仅是一种性欲的发泄方式，也是种族主义者蓄意破坏黑人妇女日渐增长的自信心和自尊的手段，是重新确立白人对黑人控制的一个重要途径，目的是维持他们早已建立起的社会等级秩序。强奸是黑人妇女遭受多重压迫的一个重要方面，要消除社会对黑人妇女的暴力就必须承认这种现象。

几个世纪以来，性骚扰问题一直困扰着女性，她们对此提出的虚弱无力的抗议使她们更加痛苦。性骚扰与权力相关，女性主义对父权制的研究表明，男性对女性的控制是通过多种手段获得的，对妇女的性征采用强制力就是其中之一。它是有权之人对无权者进行控制的证明和手段。"用语言或者通过肉体上对妇女的性侵犯与男性实施权力和暴力征服妇女有直接联系。"[①]这一点表现在黑人妇女身上就是种族和性别的交叉联合，使黑人妇女处于边缘之边缘的位置。黑人妇女遭受性暴力并不仅仅因为她是女人，还因为她代表的黑色性对白人和黑人男性的含义，她毫无抵抗之力。从种族的角度看，她在白人男女之下；从性别角度看，她又处于黑人男性之下。

黑人妇女不仅仅是白人男性的性暴力的牺牲品，也是其种族内部男性的性牺牲品，只是后者历来都受到忽视或者人为地加以掩盖，结果这种事件的恶劣影响从来不被重视，这也是造成黑人妇女的形象受到严重扭曲、其社会地位和遭遇不被正视的重要原因。除此以外，黑人妇女还要在肉体和精神上承受来自黑人男性的更加凶猛的压迫。黑人女性主义批评家芭芭拉·克里斯廷(Barbara Christian)分析了出现这种现象的原因，认为按照白人主流社会的价值标

---

① Nellie Y. Mchay, "Remembering Anita Hill and Clarence Thomas," Toni Morrison, ed., *Race-ing Justice, En-gendering Power*, New York: Pantheon Books, 1992, p. 279.

准,男人应该在社会中实现自己的男性权威,但是黑人男性由于受到种族歧视,他们的男性权威在白人社会无法实现,受到严重压抑扭曲,所以他们只能把他们的阳性气概再加上积攒下来的愤恨一股脑地发泄在比他们地位还低的黑人妇女身上。虽然这种说法不够全面,但其中折射出的黑人内部的性别歧视问题却是事实。

除了种族和性别压迫之外,黑人妇女还遭受经济剥削。在奴隶制下,为了发展种植园经济,更多地从奴隶那里榨取利润,奴隶主把黑人男人和女人视为"平等",这里的"平等"主要指在体力劳动和承担皮鞭惩罚方面。强调黑人男女的"平等",奴隶主就可以为所欲为地给女奴隶强加体力劳动。所以说,黑人妇女根本享受不到白人妇女一直享受的待遇,即弱不禁风,需要男人的庇护。①如此一来,白人男性就形成了一种自相矛盾的观念:一方面把白人妇女关在家里保护起来,认为女人的天性使她们无力承担体力劳动;另一方面又把黑人妇女赶出家门,到棉花地里劳动,因为她们和黑人男性是"平等的"。女奴不只是待在家里的女佣,她们大多数是和男人一起在田地里干活的劳动力,她们也因此与黑人男性在一定程度上建立起伙伴关系,不同于白人男女之间的征服与屈从关系。② 另外,与黑人男性相比,黑人妇女比较容易找到工作,那些低报酬的体力活儿似乎专门为黑人妇女准备着。尽管如此,在美国所有的妇女中,黑人妇女仍然是受压迫和剥削最深的一个群体。她们不但要做所谓的"男人的体力劳动",劳动之余还要从事被认为是女人应该干的家务,忍受一般人(不论是男人还是女

---

① Aoi Mori, *Toni Morrison and Womanist Discourse*, New York: Peter Lang Publishing Inc., 1999, p. 6.

② 这也是为什么在黑人女性主义运动中,她们强调的是集体的、整个种族的生存问题,而且一直希望能与黑人男性团结起来,实现真正的男女平等和种族自由。这一点也不同于白人女性主义者,白人女性更多地谴责男人的压迫,以敌对的态度对待男性,其目标就是走出家庭牢狱、解除心理禁锢,其关注的范围属于个人和女性群体。

人)无法忍受的艰难困苦。黑人妇女的这种生存能力给父权制神话带来威胁,因为父权意识形态一直都把女人视为天生的弱者。为了自圆其说,种族主义者和性别主义者宣称黑人妇女不是"真正"的女人,而是男性化了的、次于人(sub-human)的生物;认为黑人妇女拥有男人特征,而不是女人的特征。这种说法实际上是父权制维护其自身体系的谎言。

工作对黑人妇女来说不是解放的象征,而是受压迫的沉重负担,它象征着种族、性别和阶级的多重压迫。由于受教育机会的限制、经济上的剥削以及黑人男性不负责任地离家出走①,黑人妇女不得不外出工作,供养她的孩子和她自己,仅仅是维持生计而已,因为她们的工作都是粗杂而廉价的。正如格德·赖尔纳(Gerda Lerner)所说,黑人妇女知道她们必须工作,不论婚后还是单身。工作对她们来说不同于对白人妇女,它不是获得解放的目标,而是迫不得已的生活必需。②从传统上看,黑人妇女在外工作的数量远远超过了白人妇女,而白人妇女却据此认为黑人妇女基本上不受父权制的压抑。这里,黑人妇女必须工作的事实与妇女不应该外出工作的观念相抵触,导致了黑人妇女在个人生活、感情和与他人的关系中出现麻烦。不应该外出工作就意味着有经济保障,这一点又离黑人妇女很遥远。结果黑人妇女承受的负担进一步加重,这不仅因为她们必须承担白人女性不需要承担的责任,还因为黑人社群认为她们没有按照女人的规范来行事。③ 因此,对黑人妇女的性别压迫不能单从根植于白人经验的父权制来解释,还要考

---

① 黑人男性被白人社会的传统观念束缚,因为自己不能承担保护和供养家庭的责任,即不能实现自己的男性价值,与家人在一起有损其男人形象,故经常离开家庭。

② Gerda Lerner, *Black Women in White America: A Documentary History*, New York: Vintage, 1973, p. 24.

③ Kimberle Crenshaw, "Demarginalizing the Intersection of Race and Sex," Joy James and Denean Sharpley-Whiting, *The Black Feminist Reader*, p. 222.

虑到黑人社群中存在的性别观念。

种族、性别和经济的压迫使许多黑人妇女都成为家庭的顶梁柱，是家里的“女家长”(matriarch)，在白人社会这样的角色是由男性承担的。这种家庭结构为主流社会所利用，试图说明黑人妇女在家庭中行使了不正常的主宰权，致使黑人社群得不到发展；而且黑人妇女的解放早已实现，她们的地位远远高于黑人男性。这种编造的假象是主流社会控制黑人妇女的行为和意识、进一步把她们推向边缘位置以实现种族等级的借口。[①]

三、身份抗争

黑人妇女作为一个群体，在美国社会中处于一个不寻常的位置，她们不仅处于职业阶梯的底端，而且总的社会地位也比其他任何群体都低。处在这样的位置上，她们忍受的是种族歧视、性别歧视和阶级歧视的压迫。白人妇女和黑人男性尽管也是受压迫者，但是他们的社会地位都比黑人妇女优越；前者是因为种族的关系，后者则是因为性别的关系。胡克斯对两者的地位作了分析：

> 他们可以是压迫者，或者是被压迫者。黑人男性可能是种族主义的牺牲品，但性别主义让他们可以作为妇女的剥削者和压迫者。白人妇女可能是性别主义的牺牲品，但种族主义使她们能够成为黑人的剥削者和压迫者。这两个群体都进行了支持他们利益的解放运动，并支持对其他群体的继续压迫。正如白人妇女的种族主义破坏了女性主义的斗争一样，黑人男性的性别主义破坏了根除种族主义的斗争。只要这两个群体，或者其中任何一个，把解放定义为获得与白人男性统治阶级一样的社会平等，那么他们在持续地对他人的剥削和

---

① Aoi Mori, *Toni Morrison and Womanist Discourse*, p. 9.

压迫中便有既得利益。[1]

黑人妇女在种族和性别两方面都处于弱势，因而生活在社会的最边缘，不可能去扮演剥削者或压迫者的角色。相反，白人妇女和黑人男性都有可能与白人男性一样成为压迫者。黑人妇女的双重边缘身份远非“黑人”和“妇女”两者简单相加之和；其经历也大大超出了人们的想象。种族主义和性别主义的交互作用把每一种压迫推向更深层。批评家卡伦·达格尔(Karen Dugger)认为，种族主义和性别主义的共同影响实际上是一个两者之间互动的过程，而不是两个互相独立的平行过程在影响方面的累积相加。“对黑人妇女来说，种族主义和性别主义应该被看成是以上述这种方式联合在一起，从而创造出一个独特的社会位置，而不是形成一种对双重损害的添加形式。”[2]种族和性别的交叉影响使得黑人妇女占据独特的社会空间，她们集体的历史经验有力地塑造了她们的性别身份和对生活的态度，由此产生了不同的意识形态及对性别角色的不同态度。

黑人妇女意识到自己的性别和种族弱势，这是她们为身份而抗争的前提。黑人妇女经历的种族主义还包括来自白人妇女的歧视，因此承认与白人妇女的差别及共同点，可以消除虚假的女性主义的普适化(universalism)，即“所有的女人都是白人”，这种普适化把白人中产阶级妇女的经验视为所有妇女的经验的标准；承认与黑人男性的差别和共同点，可以揭示出抹杀性别差异的实质即

---

① bell hooks,“Black Women: Shaping Feminist Theory,” Joy James and Tracey D. Sharpley-Whiting eds., *The Black Feminist Reader*, Malden: Blackwell Publishers, 2000, p. 144.

② Karen Dugger,“Social Location and Gender-Role Attitudes: A Comparison of Black and White Women,” Esther Ngan-ling Chow, Doris Wilkinson and Maxine Baca Zinn eds., *Race, Class, Gender: Common Bonds, Different Voices*, California: SAGE Publications, inc., 1996, p. 32.

“所有的黑人都是男人”。

黑人妇女的边缘位置并不一定只有负面影响，这个位置也可以带来其他群体无法体验到的特殊经验和优势。克里斯蒂娃看到女性所处的边缘位置具有潜在的颠覆性，她的“边缘颠覆性”理论就是把女性置于边缘的位置上，当然不是迎合菲勒斯中心对女性的描述，而是强调其独特性，因为这个位置可以提供机会了解对女性本质的虚构性，这在妇女寻求解放的过程中具有中心的意义。同样，胡克斯在《女权主义理论：从中心到边缘》中也强调黑人妇女可以从自己的角度重新评价自己的生活。她认为，这个边缘的角度提供了特殊的优势：

> 处于边缘，意即虽是整体的一部分，但却处于主体之外。……我们过着这样的生活——在边缘——于是产生了一种看待现实的特殊方式。我们既从外面往里看，也从里面往外看。我们既看中心也看边缘。这两者我们都了解。……这种通过我们日常生活的结构印在我们意识中的整体观为我们提供了一种反抗的世界观——一种我们的压迫者多数不知道的看世界的方法——它支持我们，在超越贫困和绝望的斗争中帮助我们，加强我们的自身意识和我们的团结。①

胡克斯指出，边缘可以提供一个特别的本体论的姿态，被边缘化的主体经验优于主流的经验。边缘的位置也提醒黑人妇女，整个宇宙都是一个由边缘和中心构成的主体，把边缘和中心分隔开来也就分离了作为整体的人生存所必需的、重要的部分。

被边缘化的黑人妇女一直都在通过各种渠道发出自己的呼声。尽管在历史的书写中黑人妇女是沉默无声的，但是黑人妇女

---

① ［美］贝尔·胡克斯：《女权主义理论：从边缘到中心》序言，晓征、平林译，江苏人民出版社2001年版，第9～10页。

的沉默并不是因为她们没有发出声音。事实上，她们一直都是有声音的，只是没有人倾听而已。黑人妇女的沉默与白人妇女的沉默不同。女性主义者经常把妇女的沉默看作是妇女对男性权威的顺从，也许这对白人妇女来讲是对的，却并不适于黑人妇女。沃克的《紫色》中的索菲亚，在白人强权和黑人男性暴力下，没有沉默，仍然不停呐喊。正如胡克斯在《回敬：想想女性主义者，想想黑人》一书中指出的那样，黑人妇女以及其他少数族裔妇女的声音从没有消失过，对她们来说，奋斗的目的不是从沉默向言语的转变，而是改变言语的本质和方向，发出强迫听者倾听的言语。这就是女性主义的"正确的语言"。胡克斯提出"强迫听者倾听"，因为黑人妇女尽管在不停地呐喊，但是根本没有人愿意倾听她们的声音。社会对黑人妇女的存在视而不见，对她们的声音自然也是听而不闻。胡克斯以自己的亲身经历为例，指出黑人妇女从小就接受教育，要说"恰当的语言"，"从来没有人教我绝对沉默。有人告诉我说话很重要，但是要说一种它本身就是沉默的话"①。"本身就是沉默的话"是指不反抗、接受既定身份的话。

早在 19 世纪，最早的黑人妇女活动家之一安娜 · 朱丽亚 · 库珀就敦促黑人妇女说出她们的经历，使公众意识到种族主义和性别主义如何同时影响着她们的社会地位和身份。库珀以及其他早期黑人妇女活动家如索珠娜 · 特鲁斯等，为反抗黑人妇女遭受种族、性别和阶级多重压迫而抗争。她们提出了种族之间、阶级之间、性别之间的非对立的主张，认为女性主义运动所倡导的不是有知识的妇女与无知识的妇女的对立，也不是白人妇女与黑人妇女的对立、棕色与红色的对立，甚至不是女人与男人的对立，而是女人为争取话语权的最强烈的辩护，这个世界需要倾听她的声音。

---

① bell hooks, *Talking Back: Thinking Feminist, Thinking Black*, Boston: South End Press, 1989, pp. 6-7.

她们反对任何形式的分裂主义。对她们来说,所有的目标都是揭露并反抗各种不平等,站起来维护受压迫群体的权利,不论他是来自于哪个种族、阶级、性别或民族的哪个等级。这是每个人的义务。她们的活动得到了无数普通黑人妇女的支持,这些黑人妇女通过日常的不被注意的反抗策略,为后来的黑人女性主义批评的产生创造了有力的基础,对于黑人女性主义思想的形成和发展都是必不可少的。这些早期黑人妇女活动家的思想意识为当代的黑人女性主义运动所继承。黑人女性主义产生于沉默之中,又填补了这个沉默空缺。

黑人女性主义活动家帕特里西亚·希尔·柯林斯指出,黑人妇女的日常反抗行为有力地挑战了研究受压迫群体意识的两种流行方法:一种是认为从属群体认同了强势者,其本身不能独立解释受压迫的现象;另一种是假定受压迫者不像她们的统治者那样具有人性,所以不能说出自己的观点。① 这两种方法都把黑人妇女自己表述的独立意识视为虚假的或者次于主流的观点。因此,他们认为黑人妇女缺乏政治意识。但是美国黑人妇女既不是被动的受害者,也不愿意成为统治者的帮凶。她们对于自己的受压迫现象有着自己的看法。首先,黑人妇女的政治和经济地位使她们有着不同于他人的经历,这为她们形成关于现实问题的不同观点提供了可能性;其次,这些经历也激发出与众不同的、特别是不同于主导群体的黑人女性主义意识。这两个连锁式的要素构成了黑人妇女对自身处境的看法,她们作为从属的群体不仅经历了与主宰群体不同的现实,而且她们对这个现实的解释也不同于主流社会。

① Patricia Hill Collins,"Social Construction of Black Feminist Thought," Joy James and Denean Sharpley-Whiting eds., *The Black Feminist Reader*, Malden: Blackwell Publishers Inc., 2000, p. 184.

第三章　黑人女性主义批评意识的打造

> 妇女研究几乎毫无例外地集中于白人妇女的生活。黑人研究也经常是男性为主导，同样忽视黑人妇女。……由于白人妇女的种族主义和黑人男性的性别主义，在这两个领域中，都没有对黑人妇女的生活进行认真思考的空间。即便他们考虑到黑人妇女，白人妇女通常没有能力分析种族政治和黑人文化，而黑人男性一直对黑人妇女生活中的性政治内涵视而不见，甚至采取抗拒策略。
>
> ——格劳丽亚·胡尔、潘特里西亚·贝尔·司格特和芭芭拉·史密斯：《所有的女人是白人，所有的黑人是男人，但是我们中的一些人很勇敢》

黑人男性和白人女性以同样的方式对待黑人妇女，这两个群体都没有把黑人妇女视为独立存在的、有着不同经历的群体。以黑人男性为主导的黑人权力运动和以白人女性为主导的女性主义运动都高呼黑人妇女的问题可以在其中得到解决，提出要解放黑人妇女，为她们的利益而奋斗，但实际上两方面都没有把她们包括进去,两者都抹杀了黑人妇女的独立身份。不论在政治运动中,还是在文学批评方面,黑人男性和白人妇女几乎毫无例外地排斥了黑人妇女。黑人妇女发现,她们没有什么可以依靠的:她们不是男性,不是白人,不是贵妇身份,什么也不是。从这种深厚的荒芜现实中,黑人妇女努力创造出黑人妇女的自我。①

第一节　质疑"所有的黑人都是男人"

波伏娃的《第二性》主要谈了女人作为第二性存在的问题,她发现历史上女人被认为有先天缺陷,只是男性的一根多余的肋骨,附属于男性,所以她说:"人就是男性。"②这个世界是男人的世界。同样,在美国黑人的世界里,黑人就是黑人男性,黑人妇女作为女人的特质不存在,她的一切都融化在黑人男性的世界里。黑人妇女成为黑人男性的"局外姐妹"(罗德语)。

一、黑人女作家:黑人文学经典的"局外姐妹"

传统的文学批评中,一般有一条信念,即伟大的作品再现了人类的普遍经验。在解构主义的影响下,新的研究发现,在这些普遍经验的背后,隐藏的是当权话语对其他话语的排斥和压抑。文学史实际上是一种选择性的记录,作者能否名传后世取决于是否有人注意到了他们并且愿意把所注意的记录下来。因此,在男权社会,经典的作家都是男性的,许多女性作家被埋没,特别是当她们的作品表现女性意识、抗争不平等的社会时,更是受到排斥。美国

---

① Barbara T. Christian, "Layered Rhythms: Virginia Woolf and Toni Morrison," Nancy Peterson, *Toni Morrison: Critical and Theoretical Approaches*, Baltimore: The Hopkins University Press, 1997, p. 22.

② [法]西蒙娜·德·波伏瓦:《第二性》作者序,第4页。

黑人女性主义批评家黛伯拉·麦克道威尔(Deborah E. McDowell)认为,文学史犯有"省略之罪"(sins of omission)。[①] 除了省略之罪,男性批评家对女作家的创作也犯有轻蔑和歪曲之罪。

黑人女作家经常被黑人男性学者排除在传统之外。罗伯特·斯特普托(Robert Stepto)的《来自面纱后面:非裔美国叙事研究》声称是一部记载美国黑人艺术形式和意识的历史性著作,但是黑人妇女的叙事却没有出现在目录中。爱迪生·盖尔的《黑人美学》、《新世界之路:美国黑人小说》搜集的几乎全都是美国黑人男性学者在黑人美学方面的文章,而美国黑人妇女创作的作品或者理论则一律不被包括在里面。尽管许多美国黑人妇女作家,如弗朗西斯·哈珀、惠特里、赫斯顿、格温德林·布鲁克斯(Gwenddyn Brooks)等,在美学和意识形态方面为美国黑人文学的发展作出了巨大贡献,但是她们并没有引起足够的重视。

事实上,多数黑人男性批评家都对黑人女作家有所忽视,存在同样的偏见,只是方式程度不同而已。有的男批评家只是象征性地简单提及黑人女作家,有的干脆把女作家完全忽略。即使在第二次文艺复兴中作出特殊成绩的女作家鲍尔·马歇尔(Paul Marshall)、托尼·莫里森、艾丽丝·沃克的作品,在比格斯贝的《第二次黑人文艺复兴》中也没有被全面地、详尽地介绍,而只是被简单地概括提及,根本不可能与黑人男作家相提并论。这并不是因为女人不善于艺术技巧的处理,而是因为女人被迫退居到那些比她们"更有创造性"、"更聪明"、因而"更重要"的兄弟们的身后,因为这些兄弟相对来说处在更有权力的位置上。

那么,在黑人男评论家的笔下,偶尔被讨论的黑人女作家的境况是否乐观呢?史密斯给出的回答也是否定的,因为黑人男性根

① Deborah E. McDowell, "New Directions for Black Feminist Criticism," In Showalter ed., *The New Feminist Criticism*, New York: Pantheon Books, 1985, p. 186.

本就不能理解黑人妇女遭受的性别、阶级和种族等多重压迫，他们对黑人女作家生活和创作的原动力一无所知。因此，达尔文·特纳才会在他的《小三和弦：三位黑人女作家及她们对自我的寻找》中，肆意歪曲左拉·尼尔·赫斯顿作品的真实水平和成就，将其说成"造作的、忸怩的、非理性的、表面的、肤浅的"[①]。

安·杜西尔(Ann duCille)在她的论文《诠释菲勒斯》中，详细地剖析了黑人男性批评家对女性文本的扭曲和对重要细节的忽略。杜西尔分析说，黑人男性批评家之所以不能正确地解读黑人女性文本，是因为他们的阅读是以对男性作者和权威作品的阅读为依据的：

> 在盖尔等人的评价中，旁观者的身份超过了作为读者的权威身份。他从特殊的小说——一个黑人男性的或者某些黑人男性的虚构——推断出一种普遍的真实——"所有的黑人男性"。同时，他通过把女作家作品中人物的态度、问题、倾向和冲突认定为作家本人，来诋毁黑人女作家，否认她的创作想象力。[②]

劳伦斯·豪格(Lawrence Hogue)在解读艾丽丝·沃克、盖尔·琼斯(Gayle Jones)和托尼·莫里森及其他黑人女性文本时，认为这些文本发明了自己的美国黑人历史神话，其目的是支持女性主义关于女性现实和生存的假设。尽管豪格称赞这些小说在表现白人父权制的权力和压迫如何把黑人男性撞伤和击毁，从而导致他们对妻子和孩子施以暴力方面做出了一定的努力，但是，他同

---

① Barbara Smith, "Toward a Black Feminist Criticism," Winston Napier, *African American Literary Theory*, New York: New York University Press, 2000, p. 136.

② Ann duCille, "Phallus(ies) of Interpretation: Toward Engendering the Black Critical 'I'," Winston Napier, *African American Literary Theory*, New York: New York University Press, 2000, p. 455.

时也认为小说控制了某些历史“事实”,迎合了女性主义意识形态的需要。① 豪格批评黑人女作家在刻画黑人男性时不够真实,没有把黑人男性的英雄气概表现出来,因此,他得出结论:黑人男作家比女作家更能表现出美国黑人的经验,展示出历史事实。豪格代表了黑人男性的观点,所以黑人妇女的创作很难得到客观公正的对待。对其中的原因,沃克作过极为精辟的、引人深思的归纳:

> 黑人女作家之所以不能像黑人男作家那样被认真对待,有两个原因:其一,因为她是个女人。评论者看来非常不具备明智地讨论和分析黑人妇女作品的能力。一般来说,他们甚至不屑一试,他们更愿意谈论黑人女作家的生活而不是她们的作品。其二,因为黑人女作家看来并不让人喜欢,而且直到今日她们仍然是对男性优越感最不崇拜的人,因此,对她们的评论往往是凶残的。②

性别歧视和种族主义的存在使黑人妇女的创作在黑人和白人男性那里备受冷落,因为他们都从性别歧视中获得好处。白人男性话语和黑人男性话语之间有着许多共同之处,他们都优化男性价值,都给妇女安置了一个附属的位置。胡克斯说得好:“种族主义一直都是一种分裂的力量,它分离了黑人男性和白人男性;性别主义是一种聚合的力量,它将这两个群体连接在一起。”③

从男性的角度来理解作品,不仅会使黑人妇女的作品被误读,还可能在歪曲的评论中扼杀这些作品。白人男性批评家杰里·布莱恩对艾丽丝·沃克的《爱情与烦恼——黑人妇女作品选》的批评说明,他忽视了既为黑人同时又为女人的黑人女性群体的存在,认

---

① Ann duCille, “Phallus(ies) of Interpretation: Toward Engendering the Black Critical ‘I’,” Winston Napier, *African American Literary Theory*, p. 447.

② Alice Walker, *In Search of Our Mothers' Gardens*, p. 260.

③ bell hooks, *Ain't I a Woman*, 1981, p. 99.

为黑人和女性属于互不相干的两个话题。布莱恩之所以会犯这样的错误，还在于他根本就没有认真读过这本书，只是主观地臆断而已。黑人女作家以黑人妇女为主体的文学文本在白人种族主义者和黑人性别主义者的眼里根本就是无足轻重的，即便像托尼·莫里森这样有成就的作家，仍然不被看成“严肃的”、“重要的”、“美国的”作家，因为她没有把写作的中心放到描写白人男性上面，所以她超越不了“含义狭窄的头衔——‘黑人女作家’”。[①] 在白人评论家看来，对于黑人生活的描写和分析充其量只是非常肤浅的分析，绝不会有深刻的社会现实意义的。

黑人女性主义文学批评的发起者芭芭拉·史密斯的论文《迈向黑人女性主义批评》，在谈到黑人女作家的政治处境和社会地位时，使用了非常精辟的例子来说明黑人女作家及作品受到的忽视和扭曲是根深蒂固的，是长期的种族歧视和性别歧视的结果。如伊士米尔·里德在解释他的最新小说销路不好的原因时说：“然而，该书只销售了 8000 册，我并不隐瞒这个数字，8000 册。也许如果我是一位走红的年轻黑人女作家的话，我的书就会畅销了。那样，就要把我的书上塞满那些永远正确的贫民区的妇女……但是，我愿意现在这样，就让我自己的作品卖 8000 册吧。”[②]像里德这样对黑人女作家持有偏见者大有人在，这使黑人女作家面临更大的困难。虽然在最新的文学史编撰中，许多被忽略的黑人女作家被编入文学史中，而且被列入大学生的读书目录中，但是这只是主流话语解决争端的策略，只是表面上的包容，根本没有对这些少数族裔文学进行实质性的评价和阐释，只是满足学生的好奇心、避

---

① Barbara Smith, "Toward a Black Feminist Criticism," Winston Napier, *African American Literary Theory*, New York: New York University Press, 2000, p. 134.

② Barbara Smith, "Toward a Black Feminist Criticism," Winston Napier, *African American Literary Theory*, p. 136.

免被谴责为种族主义者而已。至少,这是部分原因。

史密斯看透了美国文学界和知识界存在的性别歧视和种族歧视,这两方面的原因导致了对黑人妇女和第三世界女作家的批评受到冷遇。她强调了这个事实:“时至今日,有关妇女创作的书籍、杂志、文章出版了成千上万,令人愤怒的是只有少数几页提到了黑人和第三世界妇女。”[①]这种现象出现的原因是什么呢?种族主义者和性别主义者有意反对作为写作主体的黑人妇女,因为批评家明白,性别主义和种族主义的交叉影响是这些作家生活的经历,也是她们创作中必定出现的主题。这些主题不仅威胁到白人男性对他们自己的看法,也会影响黑人男性和白人妇女对自己的看法。为了避免此种威胁和难堪,他们干脆避而不谈,因此也造成了对黑人妇女创作及主题的视而不见。

麦克道威尔在《阅读家庭琐事》一文中分析过这种现象,认为男性批评家根本无视作品中显而易见的主题,即反映黑人女性的经验和意识问题,而是随意曲解、误读文本。在对黑人女作家如沃克和莫里森的文本进行解读时,男性批评家的态度都是自以为是、以男人为中心。她详细地阐明了这一点:

> 批评家把所有的黑人女作家放在一起,然后把这些作家极其复杂和不同的主题置于不顾,而是集中在一个不太重要的方面——男人的形象,尽管这些文本的中心是落在黑人女性主体性和经验的复杂性方面。换句话说,虽然黑人女作家把黑人妇女刻画为家庭故事的主体,男性读者和批评家却试图侵占这块地方,据为己有,并将男人置于批评的中心。[②]

---

① Barbara Smith,“Toward a Black Feminist Criticism,” Winston Napier,*African American Literary Theory*,pp. 132-133.

② Deborah. McDowell,“Reading Family Matters,” Wall, Cheryl A. *Changing Our Own Words*, Rutgers, The State University, 1989, p. 84.

尽管麦克道威尔把男性的形象视为无关紧要、微不足道的说法有些偏激，但是她的确指出了文学批评中以男性为中心的本质，借用玛丽·埃尔曼(Mary Ellman)的说法，就是"菲勒斯批评主义"(phallic criticism)，即所有的价值和定义都把男性置于中心地位。这些读者和批评家都不是托里尔·莫依(Toril Moi)所说的"反对父权的男性"(man against patriarchy)。

麦克道威尔进一步指出，黑人女作家的文本在白人和黑人男性批评家手下的遭遇，如同奴隶制时代黑人妇女的身体在白人主人手下的遭遇一样。在这两种情况下，黑人妇女的身体/文本成了男人的"战场"。在这里，男人，不论是黑人还是白人，努力建构真实的和象征性的政治主宰，以显示其男性统治。文学批评界对黑人女作家的错误评论和否定态度给黑人女性主义文学批评意识的打造提供了契机。

二、黑人妇女：运动中的"局外姐妹"

半个多世纪以前，女性主义先驱、英国著名小说家弗吉尼亚·伍尔芙曾经在她的作品《三个金币》中说："作为女人，我没有国家；作为女人，我不要国家；作为女人，我的国家就是整个世界。"[①]伍尔芙的宣言道出了妇女与国家话语的关系，这种关系要比男人与国家的关系更为复杂。她指出，一直以来妇女被排除在民族与国家的重大决定过程之外，但是，当战事爆发时，国家却以民族大义之名，号召妇女的支持。伍尔芙对妇女与国家关系的阐述正好契合了黑人妇女与黑人民族主义运动的关系。

黑人女性主义的历史发展与民族主义有密不可分的关系，民族主义的兴起给黑人女性主义的发展提供了契机。20 世纪 60 年

① 转引自陈顺馨、戴锦华《妇女、民族与女性主义》，中央编译出版社 2004 年版，第 1 页。

代美国兴起的黑人权力运动时期，在民族团结统一的大旗下，种族问题成为美国黑人面临的所有问题的核心，也成为文学中最重要的主题。"民族主义"成为这一时期的关键词。然而，参与运动的黑人妇女发现，民族主义与父权意识形态和资本主义一样成为一种霸权标志，因为它把民族凌驾于其他范畴（如性别、阶级、宗教等）之上，用一套整合性的语法和修辞把性别和阶级统摄其下。黑人民族主义者对历史经验的差异的强调，对民族特色的强调，对民族命运与生存的现实的强调，成为黑人男性应对、压抑黑人妇女自觉意识与反抗实践的重要的社会修辞方式。民族主义在意识形态上被认定为一种包罗性的宏观的政治论述，是覆盖性别的不同政治诉求的"大伞"，把妇女问题框定在局部的范围之内。

民族主义的具体文化实践模式大部分体现在黑人美学话语中。黑人美学的动机就是要解构白人的一切，包括白人的思想、白人看待世界的方式。所以，这样的种族表征也需要相应的策略，如果说种族主义的话语强调对立，那么黑人美学者则强调统一，这样的统一经常与女性身份的建构冲突。这种策略表征可能把除了种族差异之外的其他所有的差异抹掉，性别差异也不例外。民族主义成了至高无上的事业，黑人民族成为至高无上的民族，而黑人妇女则成为被抹掉的部分，她们必须为民族主义事业牺牲个人或者整个女性群体的利益，不论这种牺牲有多大，也无需考虑其结果如何。

黑人运动所谓的"统一"，事实上就是整个黑人社群都统一到黑人男性的领导下，文化民族主义和黑人权力运动就成为黑人男性主导的领域。但是从性别主义的角度上看，这一运动又规定了男人和女人的不同角色。就黑人妇女而言，如何确立自己在民权和妇女运动中的立场和态度却不是一件容易的事情。一方面，黑人妇女在民权运动中被排斥在决策权之外，参与到运动中的妇女也只是被象征性地分配一些次要工作。民权运动中的男性活动家公开表示，黑人妇女要支持黑人男性、对他们有耐心，以维护男人的形象。参与运动的妇女应该位于次要的、服务性的地位，只能从事些打字、油印传单、煮咖啡一类的工作。黑人妇女有时还会遭到来自黑人男性的性骚扰。另一方面，作为黑人，她们长期以来饱受种族主义的歧视，遭受白人至上主义的欺压，致使她们一直生活在社会最底层，从这一点上来说，黑人妇女可以从黑人民权运动中找到更多的支持力量。正是因为处在种族歧视和性别歧视的双重压迫之下，所以黑人妇女的感受和渴求既不同于白人妇女也不同于黑人男性。她们对民族主义话语怀着既拥护又反对的双重态度。这时黑人妇女对身份的界定似乎是，要确定一种身份，就必须舍弃其他的身份。因为民族主义对统一性的强调与女性身份的建构发生冲突，而且以男性为中心的民族主义文学叙事也经常忽略或边缘化女性主体的需求。在民族主义话语中，种族作为至高无上的符号，从负面影响着黑人妇女的表征。从某种意义上来说，民族主义的话语中对性别的忽视就把女性疏远为局外人。

如果检视一下黑人美学运动中的黑人民族主义文学，不难发现黑人妇女都是以强加的刻板形象出现，这样的形象消除和否认性别特征和个人欲求。通常美国黑人妇女的形象被政治化，她们或者被刻画成再生殖的工具，或者是叛国者，或者是女神，总之，不论她们以什么样的形象出现，其作用都是为黑人民族或者社区的建构服务。如果文学创作不能遵循这个原则，必定要受到斥责。以黑人女作家福赛特的小说《楝树》为例，小说的副标题“美国人生活的小说”并没有直接表明这部小说是关于黑人的，而是探究黑人作为普通美国人的身份与自我问题，民族主义者因此认为这部小说有企图抹掉黑人性的嫌疑。实际上，福赛特要抹掉的是美国文化传统中存在的简单的黑人与白人二分法。无独有偶，在短文《黑人艺术家和种族山》中，兰斯顿·休斯尖锐地批评一名黑人艺术家要成为“诗人”而不是“黑人诗人”的想法，认为他模仿了白人，这样做正是妨碍黑人成为真正艺术家的大山——黑人趋向白色的冲动，将种族个性融入到对白人性的渴望。这篇发表于20世纪20年代的文章在60年代受到广泛欢迎，特别是黑人美学运动更是对其推崇备至。"黑色是美的"等口号试图唤醒黑人的民族自信心和自豪感，以示区别于白人，不与白人的价值观和道德标准"同流合污"。因此，福赛特的作品对于黑色的质疑和挑战不可避免地受到攻击和冷落，这也是她在文学史中位于边缘地位的原因之一。

在黑人男性对种族困境的思考中从未把黑人妇女考虑进去，就是在文学作品中，黑人妇女的经验也不被看见。在谈到里查德·赖特对赫斯顿的《她们眼望上帝》的批评时，芭芭拉·约翰逊发现，女主人公所面临的所有问题和经历在赖特的眼中都是看不见的，因为赖特的评价是，这部作品"没有信息，没有主题，没有思想"①。民族主义者认为赫斯顿的作品缺乏政治性，就是没有像赖特的《土生子》一样表现黑人对白人的仇视和报复的主题。而美国黑人读者，特别在黑人美学运动时期，更希望从文学中看到的是种族政治的表现，而不是性别政治。因此，如果黑人妇女发出与黑人男性相反的声音，她就会被认为是种族正义事业的背叛者，就会受到贬抑或者排斥。但是，如果黑人妇女站在黑人男性一边，共同反对种族主义，她们就不得不接受她们在运动中的从属位置。

许多黑人妇女对种族政治中无视性别政治的现象提出异议。黑人女作家和批评家经常把种族和性别问题融合为一体，把性别视角引入种族话题，突出黑人女性的多重身份、性征和需求。罗德在多次演讲中都呼吁采取措施，使黑人男性摆脱性别主义的羁绊，因为性别主义的存在不利于黑人民族解放斗争：

---

① Barbara Johnson, "Metaphor and Metonymy in Their Eyes Were Watching God," Henry Louis Gates, *Black Literature And Literary Theory*, New York: Methuen Inc., 1984, p. 215.

> 黑人男性必须提升他们的意识，认识到性别主义和憎恨妇女的观念都是他们获得解放的致命阻碍，因为他们同受一个滋生种族主义和仇视同性恋的群体的压迫。只有产生了这样的意识，黑人男性才能把性别主义及其对黑人妇女的损害看作偏离了黑人的解放，而不是斗争的中心。……我们之间持久的视而不见，只能有益于我们生活在其中的剥削体制。①

实际上，民族主义和女性主义不必是矛盾的，真正的民族主义者也必定是一位女性主义的拥护者，因为妇女的解放和整个民族的解放是紧密相关的，妇女的解放程度是一个民族的解放程度的标志。一个人或者群体要获得解放就必须明白，自由和解放不应该建立在对他人的压迫基础之上，人们必须对自己的行为负责。

三、黑人男性的负面形象：不可外扬的“家丑”

在“民族利益高于一切”的口号下，如果有人把种族内部的阴暗面揭示出来，不论在文学中还是现实生活中，都会成为众矢之的。如莫里森的《最蓝的眼睛》以及沃克的《紫色》一经出版，特别是《紫色》被搬上银幕之后，很快引起强烈争议。因为小说清晰地描写了黑人的家庭暴力和黑人男性的负面形象，特别是黑人男性对女性的强奸问题。争议的焦点是，公共媒体本来就缺少黑人男性的正面形象，如果再刻画这样的负面形象，会强化种族主义者对黑人男性粗鲁、无知、落后的刻板形象的印象。“反对种族主义的斗争似乎也迫切需要把黑人妇女经验中的某些方面放于次要位置，以便于较大范围的黑人社区获得安全。”②对黑人男性来说，黑人妇女倡导女性意识，这种做法本身就有分裂黑人的内部团结之

---

① Audre Lorde, *Sister Outsider*, New York: Crossing, 1984, p. 64.

② Kimberle Crenshaw, “Demarginalizing the Intersection of Race and Sex,” Joy James and Denean Sharpley-Whiting, *The Black Feminist Reader*, p. 226.

嫌，不利于对抗种族主义。

许多黑人女作家描写这种存在于种族内部的性别压迫的主题，并不是为了单纯揭露黑人男性的阴暗面，而是要进一步阐明黑人妇女、黑人男性和白人妇女各自经历了不同形式的性暴力，他们都是受害者。《最蓝的眼睛》中的黑人男子科林就是黑人男性遭受性暴力的一个典型人物。他出生时便被母亲抛弃，少年时被白人"强奸"又被迫强奸别人，祖母之死又让他饱尝被遗弃的滋味，步入成年之时又遭父亲抛弃。这些经历使他成为虐待妻子儿女的酒鬼，因此可以说是社会造就了这个人物。不可否认，科林是施虐者，但莫里森要告诉读者的是，他本身就是一名受害者，是种族主义和性别主义的牺牲品。

对黑人妇女来说，如果她们信仰女性主义，就会被认为犯有不可饶恕之罪，应受惩罚，其文学创作绝不被收入种族经典之内。有评论家说，黑人女性主义者内化了一条简单的性别线，使她们由于一些"简单的问题"而站在错误的一边。所谓"简单问题"，就是应该以种族利益为先，以男人的利益为主，这是最明显不过的了。所以，一个人可以是黑人，或者是妇女，但是想要同时拥有两种身份就被驱逐出黑人的大家庭。

除了沃克、莫里森之外，还有很多黑人女作家也都受到男人的谴责，理由是她们的创作"不但缺乏历史的准确性，还表现出对种族的不忠"[①]，把性别身份置于种族身份之上，把女性主义置于她们的黑人家庭之前，这样做有利于女性主义而不是黑人民族主义。黑人女作家遭到如此多的指责，是因为在黑人男性批评家、作家等其他知识分子看来，当代黑人女作家不仅把虚构故事写得不当，她们甚至在虚构女性主义文学的过程中，诋毁黑人男人。这实际上

① Ann duCille, "Phallus(ies) of Interpretation: Toward Engendering the Black Critical 'I'," Winston Napier, *African American Literary Theory*, p. 444.

就是动摇男权至上的社会秩序。因此,当女性读者仅仅从文本中读到一点对女性的含蓄肯定的时候,男性读者就清晰地看到了对男人的明显攻击;对黑人妇女来说,写作是她们把自己写进历史的奋斗,而男性却把它看成妨碍黑人男性的发展、黑人的互爱、黑人的历史的恶意形式,是历史的谎言。艾迪生·盖尔(Addison Gayle)在评论沃克的作品时说:"如果我们在历史中看她的作品,特别是如果她对黑人男性的刻画中存在任何准确性,那么我们就会处在比当时想象的更加麻烦的境地,但是我认为我们很好。"①"我们很好"是指黑人男性和女性的关系很融洽,并不像沃克作品中描述的那样,盖尔认为沃克的创作是对历史的歪曲。麦尔·沃金斯(Mel Watkins)对黑人女作家的指责更加露骨,他说:那些把黑人男性当靶子的黑人女作家就是把自己置于古老的美国黑人传统之外,甚至于黑人社群之外。沃金斯的"黑人社群"主要指的是黑人男性的世界。他宣称,直到最近,最著名的黑人小说家仍然是男作家。② 他所说的"古老的传统",就是男人的传统,是男人认可的领域。

正如黑人女性主义批评家安·杜西尔经过认真分析后指出的那样,黑人女作家的创作要想被黑人男性承认,必须遵循如下原则:承认本质的黑人经验和绝对的历史真实;艺术必须讲述真相("黑色是美的",这是唯一的真相,唯一可以讲述的故事);相信黑人男性和女性在性爱关系上很好。不过,只要看看安妮特·希尔(Anita Hill)和克拉伦斯·托马斯(Clarence Thomas)的听证会就可以知道黑人男性与女性的关系到底如何。听证会起因于黑人妇

---

① Ann duCille, "Phallus(ies) of Interpretation: Toward Engendering the Black Critical 'I'," Winston Napier, *African American Literary Theory*, p. 444.

② Ann duCille, "Phallus(ies) of Interpretation: Toward Engendering the Black Critical 'I'," Winston Napier, *African American Literary Theory*, p. 446.

女希尔指控黑人大法官托马斯对她有过性骚扰，这一指控引起巨大反响。被提名为大法官，托马斯成为黑人的偶像。因为黑人清楚，白人一直把黑人视为天生劣性的种族，因此，每一个黑人的每一次成功都是对这个种族的提升，而托马斯象征着黑人的又一次成功。理所当然地，希尔对托马斯的指证违背了“家丑不可外扬”的种族禁忌，向白人透露黑人男性的弱点就是对种族的背叛、对种族的不忠。对种族的忠诚就意味着黑人妇女要无条件地支持在白人世界里受压迫的黑人男性。有趣的是，从来没有人要求黑人男性做出这样的牺牲。

这次听证会几乎是第一次把现实中黑人内部出现的男女对抗事件公开，对于某些人来说，希尔是黑人种族的背叛者，或者说谎者。但是，耐丽·麦凯(Nellie Y. Mckay)指出，希尔只是讲出了这个国家千千万万的妇女所遭受的但又不敢讲的肮脏事实，所以女性能够认同她的陈述，黑人妇女更是这一事件的最大受益者：

> 对于她们(黑人妇女)来说，希尔的行为打破了多年来黑人妇女在与黑人男性的差异问题上的沉默与否认，这些差异是由于性别问题和她们在种族与性别冲突之下获得完整的人的权利造成的。因为在美国的所有生活，不论在哪方面，黑人妇女一直以来被两种忠诚撕扯着：一方面是对种族的忠诚，另一方面是忠诚于自己的性别。选择其中的任何一方都意味着对自我的对抗。但是，她们几乎总是把种族利益放在性别利益之上，即为了种族利益而牺牲了她们作为妇女和完整人性的自我。[①]

希尔的行为改变了这一切。希尔作为一名黑人妇女，说出了许多

---

① Nellie Y. Mchay, “Remembering Anita Hill and Clarence Thomas,” Toni Morrison ed., *Race-ing Justice, En-gendering Power*, p. 277.

黑人妇女不敢说的话，追求别人不敢追求的权利，这种权利就是希望自己作为“黑人妇女”的完整身份不被分裂为“黑人”和“妇女”。

遣责黑人妇女破坏“种族团结”的原则，实际上是不公平的，因为黑人男性首先置这个原则于不顾。大法官托马斯一直公然宣称，包括他姐姐在内的许多黑人妇女是依赖救济过活的懒惰女人。这种说法是在强化黑人妇女的刻板形象，迎合了白人保守主义者的口味。黑人男性破坏种族团结，却又偏偏扛着“种族团结”的大旗来打击黑人妇女。

在 20 世纪，尽管美国黑人文学传统开始建立，并在西方白人文学领域占有一席之地，但是对黑人妇女遭受性暴力的事实，特别是来自黑人男性的强奸，美国文学基本上保持缄默的态度。即便随着 20 世纪后半期大量黑人女作家及作品的涌现，黑人内部的强奸问题被揭露出来，许多学者在谈到黑人内部的强奸时，仍然不能深入挖掘黑人妇女的处境，深入探讨强奸对女性受害者的心理成长造成的负面影响。出现这种现象的原因是：其一，调查由粗暴的黑人男性引起的问题会将黑人女知识分子暴露于被批评的境地。因此，她们更多地集中于黑人男性作为受害者这个问题上。其二，黑人普遍认为黑人妇女应该为了种族的利益而忍受个人的痛苦，保持沉默是她们对种族的责任。其三，可能很多人会认为，黑人妇女自历史上就被白人随意强奸，当作发泄性欲的工具，根本就不被视为具有人性的人，因此，对她们施以性暴力既不犯法也不违背道德。

第二节　质疑“所有的女人都是白人”

胡克斯曾经在《黑人妇女：形成女性主义理论》一文中指出：

> 美国的女性主义从来都不是诞生于受性别压迫最严重的受害者那里；没有在那些每日在精神、身体和灵魂上受到摧残

的妇女中出现——这些妇女无力改变她们的生活现状。她们是沉默的大多数。她们受害的一个标志是她们接受了命运，没有明显的质疑，没有有组织的反抗，没有集体的愤怒。[①]

胡克斯的话道出了存在于女性主义内部的弊端。女性主义理论的价值在黑人和其他有色妇女那里几乎看不到，因为它是从白人种族的语境下发展而来的，当白人妇女作为女人为女人说话时，她们进一步强化了对黑人妇女的排斥。她们在分析父权制、性别问题时通常忽略了种族因素，视自己的声音具有普遍性和权威性，因而她们就被赋予了特权并且凌驾于其他女性之上。结果，传统的女性主义理论是"白色的"[②]，女性主义姓"白"。这样，其他非白人女性的具体问题被束之高阁、置之不理。

一、白色的女性主义：白人妇女中心化

斯皮瓦克在《女性主义与批评理论》一文中指出，美国主流女性主义批评的主要问题是"认同于与美国种族制度相应而生的种族主义"[③]。白人女性主义者存在着先天的"优越感"，她们似乎天生就不可能因此也就永远不可能理解黑人妇女的问题，犹如她们的皮肤永远无法变黑一样。黑人女性主义批评家汉兹尔·卡尔比(Hazel Carby)的论述对此有独到的见解：

虽然女性主义的学者们增加了非裔美国妇女的历史存在的能见度，但是她们是通过在另一领域中重新确立父权制来

---

① bell hooks, "Black Women: Shaping Feminist Theory," Joy James and Denean Sharpley-Whiting, *The Black Feminist Reader*, Malden: Blackwell Publishers Inc., 2000, p. 131.

② Kimberle Crenshaw, "Demarginalizing the Intersection of Race and Sex," Joy James and Denean Sharpley-Whiting, *The Black Feminist Reader*, p. 221.

③ [美]佳(加)·查·斯皮瓦克:《女性主义与批评理论》，张京媛《当代女性主义文学批评》，第310页。

完成的，而不是运用策略废除父权制。这使我们的抱怨与19世纪的黑人女祖辈们一样：女性主义的理论支持并且再造了一个种族主义等级。[①]

卡尔比认为，19世纪女性主义者有意识地忽视了非白人妇女；而当代的许多女性主义者也同样把黑人妇女降低到次等重要的位置。卡尔比的观点可能有些偏激，但是她的确洞察了女性主义运动内部存在的种族歧视问题。

1990年6月，在美国俄亥俄州阿克伦（Akron，Ohio）召开的全美女性学联合会（National Women's Studies Association，简称NWSA）第13次年会上，一批参加会议的有色人种女性主义者集体离开了会场，以表示她们对联合会总部的抗议。她们随后发表声明，抨击联合会是一个由白人妇女操纵的、只为白人妇女利益服务的团体。她们声称要建立一个真正能代表全体妇女的、特别是第三世界妇女的组织。

实际上，早在19世纪，多数南方白人妇女和部分北方白人妇女就鼓吹一种将黑人妇女排除在选举权之外的思想。20世纪60年代爆发的第二次女性主义运动反映了白人中产阶级妇女的人生价值观念，结果许多白人劳动阶级妇女和少数族裔妇女感到妇女运动中的诸多主张与她们的生活目标相互排斥。当妇女运动抨击男性社会给妇女强加的"郊区家庭主妇"的角色妨碍妇女的自立、自觉、自信时，贫穷阶层的妇女倒把"郊区家庭主妇"视为她们向往的生活目标。因此，芭芭拉·史密斯在《迈向黑人女性主义批评》一文中倡导黑人妇女自己的批评，她感慨地说：

使人痛心的是那些自称女性主义者的人们完全不体会除

---

① Geraline Washington Bates, *Womanist Aesthetic Theory: Building A Black Feminist Literary Critical Tradition, 1892-1994*, Indiana University of Pennsylvania, 1997, p. 5.

> 白人妇女之外,"妇女"二字还有什么其他含义;完全不理解她们仍需要同自己意识深处的种族主义作斗争。①

史密斯批驳白人妇女把全世界的"妇女"都划归到自己的名下,以自身的经历和体验来为所有妇女说话。当白人女性主义把性别压迫作为奋斗的起因,把男人视为天生的敌人时,她们没有考虑其他妇女的具体处境和需求。黑人妇女关注的主要问题——经济和种族压迫的问题、有关黑人男性和黑人孩子的问题等——并没有在白人妇女主导的妇女运动中得到讨论。② 黑人妇女看到的是妇女运动中存在的种族主义,白人妇女在了解和抵制她们自身的种族主义方面几乎没做任何努力。对美国黑人妇女来说,与性别歧视相比较,种族主义更是她们必须面对的问题,她们更向往首先解决种族歧视问题,这一点在许多黑人女作家的作品里都得到体现。种族问题未能得到很大程度解决之前,性别问题就不可能上升为社会的主要矛盾而被特别强调。

女性主义本身是很有问题的,因为它的纲领是要满足白人妇女的需要和要求,把所有妇女的历史置于白人妇女的历史之下,结果使白人妇女获得权威性的位置。实际上它表现出来的是"种族主义者的傲慢与主宰"③。投身于妇女运动的黑人妇女发现,白人妇女只是利用女性主义和黑人妇女的受害者形象,来达到她们的目的,即进入美国资本主义的主流。白人女性主义者从未改变她

---

① Barbara Smith, "Toward a Black Feminist Criticism," Winston Napier, *African American Literary Theory*, p. 132.

② Delores P. Aldridge, "African American Women Since the Second World War: Perspectives on Gender and Race," Alton Hornsby, *A Companion to African American history*, Malden: Blackwell Publishing, 2005, p. 396.

③ Delores P. Aldridge, "African American Women Since the Second World War: Perspectives on Gender and Race," Alton Hornsby, *A Companion to African American History*, p. 398.

们对边缘妇女的态度。运动中白人妇女占多数，只有她们有权力决定什么样的议题属于女性主义的议题，可以被讨论。非白人女性主义者一直处于从属的地位，即便在讨论有关种族问题时，黑人妇女也被视为"客体"。对于黑人妇女提供的第一手资料，由白人女性主义者决定其可信度和使用价值，因为她们认为妇女运动是"她们的"，黑人妇女和其他非白人妇女的加入是她们恩赐的结果。这样构成了白人与非白人女性之间的不平等关系，后者处于劣势地位。事实上，正如有的批评家指出的那样，一种社会运动不仅是一群个人的活动，也是一种正在进行的社会过程。与社会变化相连，非裔美国妇女也是美国社会的一部分。① 黑人妇女以及所有的妇女都应该参与到妇女的社会活动中，否则，运动就失去某些亲和力。因此，她们需要对种族、肤色、黑人的历史和文化进行深刻的而不是表面的理解。消除妇女运动中的种族主义是白人妇女必须做的工作。

白人妇女的种族中心主义不仅铭刻于政治运动中，也深深地铭刻在文学史和文学批评中。麦克道威尔从文学批评的角度，以后殖民批评的模式审视了白人妇女对美国黑人妇女的差异性的忽视。她指出，1970年以前，妇女作家是男性标准和观念的牺牲品，男人借保护之名，实际上对女作家采取蔑视和误解的态度。20世纪70年代以来，以去殖民化为目标的女性主义者反击男人对女作家的殖民化排除、省略和错误评价。麦克道威尔发现，到目前为止，虽然没有人对女性主义的定义做出精确的或者完整的陈述，但是从一开始，女性主义的理论家和实践者都以揭露过去对妇女的遗漏和扭曲为宗旨。然而具有讽刺意味的是，这项由白人女性主

---

① Delores P. Aldridge, "African American Women Since the Second World War: Perspectives on Gender and Race," Alton Hornsby, *A Companion to African American History*, p. 396.

义操纵的女性主义工程，其结果却把美国黑人妇女和其他有色人种妇女重新殖民化为“他者”：

> 早期的女性主义文学批评理论家和实践者多是白人女性，她们有意无意地排斥黑人女作家，犹如她们曾经强烈地反对的、来自于白人男性学者的排斥一样。白人妇女学者把白人中产阶级的经历作为标准，在文学史和批评研究中，盲目地排斥黑人女作家。[①]

最典型的例证是帕特里西亚·梅耶·斯帕克斯（Patricia Meyer Spacks），她在《女性想象》一书中仅讨论美国文学传统中的白人妇女。她还在此书的序言部分引用了精神医生菲丽斯·彻斯勒的话，为自己不涉及其他妇女的做法寻找依据：

> 对于美国第三世界妇女的心理状况，我提不出任何理论见解。……作为一个白人妇女，我很难也不可能对我没有经历过的东西去建构理论……同样，我谈论的书都描写了熟悉的经验，属于类似的文化背景……我的索引中出现的都是人人皆知的作品。

对于斯帕克斯的辩解，沃克反问道：“但是，斯帕克斯从来也没有生活在 19 世纪的约克射尔，那她为什么能对勃朗蒂姐妹进行讨论呢？”[②]斯帕克斯忽视了黑人和妇女双重身份同时存在的群体，在对比黑人和妇女的栏目中，根本没有考虑黑人妇女的存在。白人女性主义者犯了几乎与白人男性一样的毛病，在她们的批评中不提任何黑人或者第三世界女作家；当她们提到黑人作家时，竟然

---

① Deborah McDowell, “New Directions for Black Feminist Criticism,” Showaltter, Elaine ed., *New Feminist Criticism: Essays on Women, Literature and Theory*, New York: Pantheon Books, 1985, p. 186.

② Alice Walker, *In Search of Our Mothers' Gardens*, p. 372.

援用白人种族主义批评家对黑人文学的错误观点来引导读者。艾伦·莫斯的《文学妇女:伟大作家》一书中的70多页索引中提到四个黑人作家,但是在正文里只字未提第三世界妇女,表现出同样的种族主义错误。对此,史密斯称之为"赤裸裸的文化帝国主义"[①]。胡克斯以自己的亲身经历告诉人们,在专门的女性主义理论学习班上,课程书目的设置就明目张胆地排除了黑人妇女、美国土著印第安妇女、拉美妇女和亚洲妇女的作品,也没有关于她们的任何著作,所列的阅读书目都是白人妇女和男人的著作。[②]这是一种莫里森称之为"逃避知识"的行为,是"故意遗忘"(willful oblivion)[③]。这也是白人女性主义者维持其种族主义、阶级主义和优越教育思想体系的完整性的体现。

白人女性主义者不但直接把历史中黑人女作家的存在涂抹得几乎不留痕迹,还抹杀神话传说、宗教中的黑人女性形象,忽视非洲文明和黑人传统。奥黛·洛德在《给玛丽·黛里的一封公开信》中指出,黛里的极有影响的著作《性/生态学》表现出白人中心主义思想。书中的女神形象都来自白人、西方欧洲人和基督教者,没有一位非洲宗教中的神话女神被列入其中。只有在谈到不同宗教和社会语境中妇女的遭际时,才有非欧洲妇女出现,而这些妇女也只作为牺牲品和受害者存在。几乎在同时,贝尔·胡克斯也批评了贝蒂·弗利丹的《女性的奥秘》一书,因为她发现该书是从弗利丹及像她那样背景的女人的观点出发的,这些女人都受过高等教育,

---

① Barbara Smith, "Toward a Black Feminist Criticism," Winston Napier, *African American Literary Theory*, New York: New York University Press, 2000, p. 135.

② bell hooks, "Black Women: Shaping Feminist Theory," Joy James and Denean Sharpley-Whiting, *The Black Feminist Reader*, p. 142.

③ Toni Morrison, "Unspeakable Things Unspoken: The Afro-American Presence in American Literature," Joy James and Denean Sharpley-Whiting eds., *The Black Feminist Reader*, Malden: Blackwell Publishers Inc., 2000, p. 34.

属于中产阶级或者上层阶级，是结了婚的白人妇女即家庭主妇。这本书忽略了所有的非白人妇女和贫穷的白人妇女，表现出种族中心主义思想。

在上述两个事例中，黛里和弗利丹描述的生活无法与黑人妇女的生活产生共鸣，而且弗利丹的作品也无法在工人阶级的白人妇女中引起共鸣。产生这些裂痕的原因自然是由于黛里和弗利丹从自身的有缺陷的经验出发、对妇女生活的描写和概括过于简单化、局限化而造成的。“她们错误地把她们自己的经历与妇女的普遍受压迫经历联系起来，而忽视了不同于她们的那些妇女的经历。”[①]伊丽莎白·斯比尔曼把女性主义理论中存在的这种现象称为“& 号”(ampersand)[②]，就是把种族、性别、阶级和性倾向等要素视为分离的原子颗粒，只有用“和”联结时才偶尔地互相碰撞。

二、消解差异的女性主义：被省略的黑人妇女

女性主义者虽然强调女人首先是人，但在实际操作中她们往往只强调“女性”而忽视“人性”，这就使她们不免陷入狭隘的境地。

胡克斯很早就意识到白人女性主义者的褊狭，尽管她也承认白人妇女在改变美国妇女境况的运动中作出了巨大贡献。比如贝蒂·弗里丹(Betty Friedan)就被胡克斯推认为女性主义运动的先锋者之一，但是，她也坚持认为弗里丹的理论中并没有把所有的女性包括进去。胡克斯认为：“女权解放运动建立在一个狭窄的基础之上，它主要引起了人们对于特权阶级妇女(主要是白人)有关的问题的注意。我们需要能够为以广大群众为基础的运动提供思想和策略的理论，这种理论应该用建基于对性别、种族和阶级的理解

① Moya Lloyd, *Beyond Identity Politics*, London: SAGE Publications Ltd., 2005, p. 39.

② Moya Lloyd, *Beyond Identity Politics*, 2005, p. 45.

的女权主义观点来审视我们的文化。”[①]很多女性主义理论观点都是从生活在中心的特权妇女中产生的，其中的一些观点明显流露出弊端，缺乏对生活在边缘的人的了解和认识。其结果是女性主义理论缺乏整体性，缺少可以包含各种人类经历的广泛的分析。对妇女现状的分析呈一面之词，这是传统女性主义运动的显著特点之一。白人女性主义者根本没有考虑受过大学教育的白人家庭妇女的状况是否与广大妇女的生活经历相一致，是否能够或者可以成为一种参照。她们实际上沿用了白人男性建立起来的白人至上的种族主义的等级观点，从而否定了妇女们可以超越民族和种族的界限形成政治联合的可能性。尽管近些年种族主义偏见势力减弱了，但是许多女性主义者仍然没有意识到种族、阶级和性别三者是影响一个人命运的互为连锁、不可分割的因素。

白人女性主义者提出的女性的恶劣生活状况并不是现实生活中所有妇女的实际生活，她们的处境和面临的问题也千差万别，白人中产阶级妇女的处境绝不可以成为一种参照，用来衡量性别歧视或者性压迫对美国妇女的影响。所以，胡克斯批驳了传统女性主义的所谓“所有妇女都经受共同压迫”的观点，因为这样的论述意味着妇女们有很多共同的东西，而种族、阶级、宗教等因素都不会造成生活经历的差异。在传统的女性主义学术中，女性被假定为一个已被建构一致的团体，有着相同的利益和愿望。“共同压迫”(common oppressed)这种错误推断暗示所有妇女的共同性进而她们的共同斗争目标。于是，“把女性约束到一起的是一个她们的受压迫‘共性’(Sameness)的社会学观点。正是在这一点上，在‘女性’作为一个被话语构造的团体和‘女性’作为物质主体具体地存在于历史间，省略情况就发生了。一个话语上的共同一致的女

① [美]贝尔·胡克斯：《女权主义理论：从边缘到中心》序言，第5页。

性团体取代了历史上具体物质现实的女性团体”①。钱德拉·莫汉蒂(Chandra Mohanty)批判了白人女性提出的所谓妇女受压迫的“共性”，认为这种观点意味着存在一种普遍适用的、跨文化的性别或两性差异。这样的措词缺乏依据，妇女的经历因种族、阶级、信仰等因素而异，因此妇女受压迫的程度也因人而异。受压迫就意味着没有选择，但是在美国有许多妇女是有选择的。根据妇女的种族和阶级来看，她们经历了不同的压迫形式，有着不同的期待：有特权的妇女希望与同一阶层的男性达到社会平等；有的妇女希望同工同酬；还有的妇女希望可以选择生活方式。但是，女性主义思想的霸权统治使那些感受到需要不同策略、不同基础的妇女们常常受到排斥，不能发表言论。

李·弗里茨(Leah Fritz)进一步发展了“共同压迫”的观点，提出了“苦难不能用数量来比较和衡量”的说法②，这实质上是抹杀了不同阶层的妇女的差异。那些拥有物质特权、受过教育、有着各种不同的职业和生活方式可以选择的白人妇女，她们精神上的空虚自然不同于为了生计而在她们家当女佣的黑人妇女物质上的贫乏。这些黑人妇女正是由于种族歧视和阶级偏见而失去了良好的就业环境，她们不得不为这些标榜妇女解放、渴望实现自我的白人妇女当女仆，清洁刚刚在上面打印出《妇女解放宣言》的计算机；帮助那些呼吁妇女走出家庭、与男人获得平等就业机会的白人女性主义者带孩子、做家务。令黑人妇女倍感困惑的是，做一名女仆、保姆、工人、店员，与做一名悠闲的家庭妇女相比，前者是否更应该感到满足。面对迫于生计不得不外出打工赚钱养家糊口，而且干

① Chandra Mohanty, “Under Western Eyes: Feminist Scholarship and Colonial Discourse,” *Feminist Review*, 1988(30).

② bell hooks, “Black Women: Shaping Feminist Theory,” Joy James and Denean Sharpley-Whiting, *The Black Feminist Reader*, p. 134.

的是又脏又累、收入颇低的工作，黑人妇女更希望能在家中当个悠闲的家庭主妇。所以说，许多白人女性主义者在考察妇女的状况时忽略了非白人妇女和贫穷的白人妇女的存在，将所有妇女的处境等同起来。因此，对压迫的理解应该加上一些历史、政治等方面的参数。

当然，不可否认的是，白人悠闲阶层妇女确实面临许多问题，但是，她们是特殊情况，她们的经历不具有普遍性，并不能代表来自各种不同背景的妇女的情况。实际情况是："当白人妇女进入提高意识阶段，试图反抗她们已经离开的孩子和丈夫时，黑人妇女正在寻找办法，为黑人特别是黑人妇女的失业和就业不充分而呼吁。当白人妇女努力寻找创作和研究的时间时，黑人妇女却在为她们的孩子所接受的教育质量而向有关组织和群体呼吁。当白人妇女正在为走出家庭、进入劳动市场而谋划策略时，大量的黑人妇女表示，如果经济体制对她们的男人压迫不重的话，她们愿意回到家中，照顾她们的家庭。"[①]黑人妇女为了生存而工作，她们很少有人可以在工作与不工作中有选择的机会，因为生存对她们来说是第一位的。贝蒂·弗里丹在《女性的奥秘》中提出了女性主义的中心原则，即妇女们最紧迫的问题是走出家庭去工作，不再待在家里做家庭主妇。这种观点是不负责任的，因为对于贫穷的和劳动阶层的妇女来讲，工作既不是"解放妇女"，也不是一种自我实现，而只是一种自我生存的方法。因此，"能够工作"和"必须工作"是两个截然不同的概念，前者把工作视为休闲和自我实现的途径，后者则把工作视为生存之本。当今，白人妇女进入工作领域被认为是一大进步，是迈向独立的步伐；而黑人妇女进入这个领域时，却被

① Delores P. Aldridge, "African American Women Since the Second World War: Perspectives on Gender and Race," Alton Hornsby, *A Companion to African American history*, Malden: Blackwell Publishing, 2005, p. 396.

指责抢夺了黑人男性的饭碗,使他们失去了男性气概。

女性主义者的重要观念之一是关于家庭的问题,然而白人妇女对于家庭的理解不同于黑人妇女。很多白人女性主义者在分析妇女的受压迫状况时,都把家庭作为出发点,因为家庭被认为是延续父权制的最直接的场所。而对黑人妇女来说,虽然家庭也是压迫的一个来源,但它同时也是反抗压迫的一个基本源泉。"在奴隶制时期、殖民主义时期以及现在的独裁时期,黑人家庭一直都是政治上和文化上反抗种族主义的一个场所。"①白人妇女努力逃避家庭的狭窄局限,试图进入有报偿的劳动领域,她们因而雇用黑人妇女和工人阶级妇女从事她们不屑一顾的家务劳动。

有的白人女性主义者认为,性别是女性命运的唯一决定因素,但是正如胡克斯所说,黑人夫妇的孩子出生的时候,人们首先考虑的因素是其肤色,然后才是性别,"因为种族和性别将决定孩子的命运"②。对于没有经历过种族压迫或者阶级压迫的妇女来说,对妇女命运的分析仅仅集中在性别问题上要简单得多,这样做符合白人妇女的经历,却不能反映出广大妇女的命运,掩盖了女性现实状况的真相,其结果反映出西方父权统治思想对白人女性的影响,从而也就不能为女性主义理论提供坚实的基础。

女性主义必须有一个协调一致的概念,必须关注所有女性的权益,其中最基本的前提就是消除所有的统治思想,这样才能为构建理论或实践提供坚实的基础,才能形成结束性压迫的运动。女性主义的宗旨应该从主张社会平等转变为强调结束性压迫,因为女性主义把焦点集中在男性统治的意识形态和实践上,这"使女性

---

① Kathleen Cross, "Racism and Feminism: White Women, Power and Resistance," Tess Cosslett, Alison Easton and Penny Summerfield, eds., *Women, Power and Resistance: An Introduction to Women's Studies*, Bristol: Open University Press, 1996, p. 203.

② [美]贝尔·胡克斯:《女权主义理论:从边缘到中心》序言,第5页。

主义的宗旨看起来更像是两性之间的战争宣言而不是一场结束性压迫的斗争”①。追求社会平等只能使少数想要获得与白人男性同等地位的白人妇女受益,而对大多数普通妇女来说,则是遥不可及的事情。下层的、贫穷的尤其是非白人妇女,并不把妇女的解放理解为获得与男性同样的社会平等。女性主义还是一种正在形成的理论,必须对它进行批评、质疑、重新审视,并且探求新的可能性。

三、策略性联盟:来自后殖民女性主义的声音

“黑人妇女”、“有色人种妇女”、“第三世界妇女”,这三个词表示的范围不一,但是其基本意义相同,都表示与西方白人妇女相对的群体,都经历阶级、种族或殖民和性别的压迫,而且都是后殖民女性主义理论家关注并为之奋斗的对象。因此,了解后殖民女性主义对西方女性主义的批判也有助于理解黑人女性主义的批评话语。

后殖民主义理论的出现将“身份”批评推向了新的高潮。爱德华·萨义德的《东方学》系统地批判了在历史和文化交往中占主导地位的西方殖民意识对东方的再现和再创造,从而揭示出东方从属地位的思想化和制度化的根源。即使在殖民主义土崩瓦解之后,西方殖民思想仍然根深蒂固地存在于人们的意识深处。对此现象体会最深刻的,莫过于旅居西方世界的第三世界知识分子。他们观念和行为上的西化与对本民族文化的忠诚使其时时处于矛盾之中,不断思考着自己确切的身份。经过西化的第三世界妇女更是处于双重身份的矛盾之中。美国黑人既然是从非洲被迫移居到美国,那么其处境与其他第三世界民族并无二致,甚至更悲惨。所以他们也把自己视为居住在第一世界内的第三世界民族,黑人

① [美]贝尔·胡克斯:《女权主义理论:从边缘到中心》,第40页。

妇女也面临着与第三世界妇女一样复杂的处境：

> 一方面，不管她决定采用什么位置，她早晚必须从三个互相撞击的身份中加以选择。是有色作家？妇女作家？还是有色妇女？哪个身份是第一位的？她将自己的忠诚放置何处？另一方面，她常常发现自己与语言相冲击，这种语言所处的意识形态视白人男子为规范，被普遍用作传播现有权力关系的工具。①

后殖民女性主义批评家主要关心如下议题：第一，相对于第三世界男性而言，第三世界妇女丧失了主体性而沦为工具性客体，丧失了声音和言说的权力，仅仅减缩为一个空洞的能指。批评家就是要去发现那被压抑的精神和肉体的“沉默”，阐释一种新的历史认知体系，确立女性主体的历史坐标。第二，在回顾民族历史时，性别问题被提出，揭示女性被建构的状况，既可以使妇女活动在民族领域内浮出地表，又可以对构成民族主义的男权加以描述。让女性被看得见的过程就是评价她们在民族奋斗中既有贡献又有反抗的过程。第三，西方女性主义是白人妇女主导的领域，存在严重的文化霸权行为和种族优越的意识形态，因此，后殖民女性主义就要揭示第三世界妇女被再次边缘化、殖民化的现象。

钱德拉·莫汉蒂从批驳西方学术对于第三世界的不充分认识入手，分析了西方女性主义关于第三世界女性的著作特征，指出其中渗透着种族等级意识。她在论文《在西方的注视下：女性主义与殖民话语》中认为，一些女性主义著作以话语方式把第三世界女性生活中的物质和历史异质性殖民化，于是生产/再现出一个复合的、特殊的“第三世界女性”——一种看似随心所欲地建构，然而又

① 转引自刘涓《“从边缘走向中心”：美、法女性主义文学批评与理论》，鲍晓兰主编《西方女性主义研究评介》，三联书店1995年版，第121页。

携带着西方人道主义话语的权威标志。莫汉蒂指出，这些女性主义者错误地认为存在着一种“纯粹的”或“本质的”第三世界妇女。这些女性主义著作以一种跨文化的家长制或男性统治的特殊的、独一无二的观点进行性别差异分析，这导致了“差异的第三世界”的一种同样简约的、同质的建构，这些稳固持久的、非历史的东西即便不是压迫了这些国家的所有但显然也是大部分女性。[①]

虽然莫汉蒂并不否认大部分西方女性主义有关第三世界女性的著作具有描述和资料方面的价值，而且这些女性主义者把自己的身份确定为在文化上或地理上有别于“西方”，但是她也指出：“西方女性主义学术不能逃脱这样的挑战，即置身于一个全球经济和政治格局中，并检验自身在其中扮演的角色；不然的话，就会忽视第一和第三世界之间复杂的相互关系，以及它对所有国家女性生活的深刻影响。”[②]莫汉蒂进一步分析这种影响的结果：西方女性主义在透视特殊的第三世界女性时，掺杂着帝国主义情绪。女性主义者对“女性”这个范畴的描述就很有问题，“女性”被描述为基于共同受压迫的特殊团体，其利益和愿望相同，而不管阶级、种族或人种的具体差别，这是一种家长制观念。然而，当女性主义者把所有的妇女都笼统地包含进“女性”这个范畴时，她们并没有忘记把非白人妇女视为“差异的第三世界”，即相应地产生了一个“一般的第三世界女性”的形象。[③] 这个“一般的第三世界妇女”有着一些不同于西方白人妇女的共性，她们过着一种基本上是残缺的生活。因为她们既受女性性别的约束，又具有第三世界的所有特

① Chandra Mohanty, “Under Western Eyes: Feminist Scholarship and Colonial Discourse,” *Feminist Review*, 1988(30).

② Chandra Mohanty, “Under Western Eyes: Feminist Scholarship and Colonial Discourse,” *Feminist Review*, 1988(30).

③ Chandra Mohanty, “Under Western Eyes: Feminist Scholarship and Colonial Discourse,” *Feminist Review*, 1988(30).

征：愚昧、贫穷、无知、保守、迷信、琐碎、以家庭为指向、受迫害等等。这样，第三世界女性就被建构为一个无权的同质团体。

正是在这里，即“女性”作为一个同质范畴的观念被应用到第三世界女性中，莫汉蒂注意到了殖民主义的运作。她认为，“受压迫的女性”这一范畴完全是通过性别差异产生出来的，这种观点遮蔽或删改了妇女经受的阶级、种族差别和其他复杂情形：“通过在同一语境中对第三世界女性的再现和西方女性主义的自我再现相对比，我们会看出西方女性主义独自成了这个反历史的真正‘主体’，相反，第三世界女性从未超越过她们处于落后状态的一般‘客体’地位。”[①]把第三世界置于客体的位置，其结果是剥夺了第三世界妇女的发言权，抹杀了那些边缘的和抵抗的经验模式。这也是殖民化的表现之一，因为这样的话语渗透并维护着西方优越的霸权概念。只有把“女性”和“东方”定义为他者或者边缘时，男性和西方才能作为中心来再现自己。因为西方女性的特殊的自我再现，需要“第三世界女性”的支持和维系。只有把“第三世界女性”定义为落后的、无知的、需要白人姐妹拯救的群体，带着西方优越感和霸权观念的女性主义才得以维持。但是，在姐妹情谊之外，第三世界妇女仍然感受到“种族主义、殖民主义和帝国主义”的存在。[②]

针对某些女性主义者在描述黑人妇女及其他有色人种妇女时表现出种族中心主义和西方霸权观念的现象，著名后殖民理论家斯皮瓦克认为：“为了充分认识第三世界并扩展不同的读者群，必须重视这一领域的巨大的多相性研究。第一世界的女性主义者必

---

① Chandra Mohanty, “Under Western Eyes: Feminist Scholarship and Colonial Discourse,” *Feminist Review*, 1988(30).

② Chandra Mohanty, “Under Western Eyes: Feminist Scholarship and Colonial Discourse,” *Feminist Review*, 1988(30).

须学会放弃做女人的优越感。"[①]斯皮瓦克批评克里斯蒂娃在《关于中国妇女》一书中带有殖民主义者的乐善好施的症状,表现出第一世界的女性主义代表第三世界妇女说话时经常显示的优越性。克里斯蒂娃既没有第一手研究资料,又毫无保留地接受了弗洛伊德的"前俄狄浦斯"阶段的结论,而断然给中国妇女作出一个假设性的结论,认为她们会盲目地、不加控制地找到一条性发泄的渠道。对斯皮瓦克来说,克里斯蒂娃对"属下"妇女的兴趣,是"仁爱"的第一世界女性主义者利用第三世界妇女来构筑"自我"的手段。面对默默无言的中国妇女,克里斯蒂娃关心的不是她们的身份,而是她本人的身份。她忽视了她和中国妇女之间的辩证关系,在对中国妇女进行分析时,完全是以自我为中心,以自己作为标准来衡量其他妇女,这样,她既把自己摆在优越地位上,又忽视了其他人。

从克里斯蒂娃对中国妇女的研究中可以看出,西方女性主义批评是以白人中产阶级妇女的经历为主体建构起来的同质话语(homogenous discourse),表现出与父权意识形态同流合污的西方中心主义和种族主义倾向。它在反抗性别压迫的同时,把第三世界妇女当成非我、异己,"并以第一世界霸权式的知识实践指定'第三世界'作为女性主义的研究对象"[②]。后殖民女性主义批评认为,女性主义批评不仅应该问"我是谁?"的问题,还应该问"另一个女人是谁?我该怎样命名她?她如何命名我?"简言之,只要种族差异的语境还在起作用,西方的女性主义者就必须放弃把自己看成拥有特权的妇女的观念。

在以女性为主体的文学文本的分析中,西方女性主义的种族

---

① [美]佳(加)·查·斯皮瓦克:《在国际框架里的法国女性主义》,张京媛主编《后殖民理论与文化批评》,第80页。

② [美]佳(加)·查·斯皮瓦克:《女性主义与批评理论》,张京媛主编《当代女性主义文学批评》,第310页。

中心主义也暴露无遗。斯皮瓦克在《三个女性文本以及对帝国主义的批判》一文中指出,西方女性主义确立自己文学批评准则的方法,就是“对以女性为主的文学题材采用了孤立主义者的欣赏态度”①。通过审视女性主义批评对夏洛蒂·勃朗特的小说《简·爱》的分析,斯皮瓦克发现简·爱这个角色的分析多数集中在简·爱的女性主义英雄行为上,把简·爱看成是女性角色对男性角色的取代,完全忽视了非西方妇女所起的历史作用。斯皮瓦克认为,简·爱作为女性主义英雄的成功,实际上是伴随着“那个从殖民地来的女人”伯莎·梅森的黯然失色而成功的。女性主义批评在强调简·爱的独立自主时,忽略了在建构宗主国妇女新身份的过程中对“土著女性”(伯莎·梅森)的压制。

因此,后殖民女性主义批评家在审视西方女性主义批评家们不自觉地复制出帝国主义式的主观臆断的同时,还呼吁她们承认第三世界妇女是具有性别和民族差异的主体,承认妇女的经历和女性话语的“巨大异质性”。只有这样,才能真正地为第三世界妇女讲话。正如美籍华人学者周蕾(Chow Rey)所指出的:“西方女性主义者应该正视自身的历史局限——西方妇女运动是在物质高度丰富、强调思想自由和个人充分发展的资本主义发达时期产生和发展的。这个社会的发达是建立在剥削和压迫发展中国家的基础之上的。西方女性主义者要与第三世界国家的妇女对话,应该首先认识和批评自身的殖民主义和帝国主义影响,以平等的态度对待第三世界妇女运动和理论。而不要把自己的想法和利益强加在第三世界妇女身上。”②

---

① [美]加·查·斯皮瓦克:《三个女性的文本以及对帝国主义的批判》,巴特·穆尔-吉尔伯特等主编《后殖民批评》,第223页。

② Chow Rey, “Violence in the Other Country: China as Crisis, Spectacle, and Women,” *The Third World Women and Feminist Politics*. Bloomington and Indianapolis: Indiana University Press, 1991, p. 93.

西方女性主义的最大局限性在于把女性主义运动简单地划归为无权者即女性与有权者即男性之间的对抗，所有的妇女之间理所当然地形成姐妹情谊。但是，正如莫汉蒂所说："姐妹情谊并不能根据性别去假定，而是必须在具体的历史和政治实践中锻造而成。"[①]女性作为一个性别确实有着普遍性的内涵，但是这种普遍性并不能随意使用，还应根据具体情形而定。为建构反抗的政治身份而达成策略性联盟可以基于普遍化的、暂时性的联合，即当妇女要团结起来、反抗性别歧视时，可以以普遍性为基础；具体到对不同背景的女性分析时，却不能简单地基于普遍化的、非历史的范畴。

第三节　建构黑人女性主义文学批评

1982年，由格劳丽亚·胡尔(Gloria Hull)、潘特里西亚·贝尔·司格特(Patricia Bell Scott)和芭芭拉·史密斯三人合编的《所有的女人是白人，所有的黑人是男人，但是我们中的一些人很勇敢》一书出版，书名本身就暗示了黑人妇女面临的独特的、具体的困境。宣称黑人妇女的存在，并对其存在进行研究，从而形成黑人妇女自己的理论，必然会经历一番难以想象的周折。面对这样的困境，黑人妇女并没有被吓倒，与之相反，黑人妇女勇敢地挑战了来自各方的敌意，为自己的生活做出选择。白人男性、黑人男性以及白人妇女的性别歧视和种族歧视从反面促进了黑人女性主义文学批评的产生和发展。黑人妇女所处的边缘位置，使她们有条件和优势去批评占统治地位的种族主义和性别主义霸权，从而在形成女性主义的理论方面作出有价值的独特的贡献。

---

① Chandra Mohanty, "Under Western Eyes: Feminist Scholarship and Colonial Discourse," *Feminist Review*, 1988(30).

一、黑人女性主义文学批评话语诠释

不同的民族、不同的文化和不同的信仰中，女性与女性、女性与男性在社会中是存在差异的。这一观念成了黑人女性主义文学批评产生的起点。由于黑人妇女的才智和经历不被承认，黑人妇女理论家和批评家不得不寻求自己的方向，去做别人不愿意为她们做的事情。麦克道威尔分析了黑人女性主义文学批评产生的原因："白人妇女、白人男性和黑人男性都认为他们自己的经历是正常的，而黑人妇女的经历则是反常的、离经叛道的，正是黑人女性批评家和作家意识到这一点，才促成了黑人女性主义批评的诞生。"[①]的确，在白人男性主宰的社会里，运用和表现"黑人妇女研究"这个短语本身就是一种政治上的勇敢行为。肖瓦尔特曾说："在某些学术领域看来，研究妇女的创作就是提问天真或者过时的美国问题，只能让自己遭到谴责。"[②]研究黑人妇女的文学创作就更是不可理喻的事。因此，对黑人女作家及作品的研究成果寥寥无几，白人是不可能研究的，黑人男性也不愿做这种事，这样的重担只能落在黑人妇女自己身上。从一开始，黑人女性主义文学批评就致力于反抗种族和性别的交互压迫，把黑人妇女从社会的最底层解救出来，并且让世人了解黑人妇女的真实状况，这是黑人女性主义文学批评的基本目标。

在传统的文学批评领域，文学的经典都是白人男性作家的作品，而在黑人男性批评家的手中，黑人女性作家的作品被严重歪曲，黑人男性批评家的批评视角和阐释标准将黑人女作家排斥在

---

① Deborah McDowell, "New Directions for Black Feminist Criticism," Elaine Showalter, *New Feminist Criticism: Essays on Women, Literature and Theory*, New York: Pantheon Books, 1985, pp. 187-188.

② Elaine Showalter, *Sister's Choice*, New York: Oxford University Press, 1991, p. 5.

边缘之边缘的位置。反过来，种族主义和菲勒斯主义又以此证明黑人女性文学不存在或者毫无价值。那些拥有特权的读者忽视了少数族裔作家及创作的不同之处，以阅读主流阶层创作文本的眼光和标准评判黑人女作家及其作品，致使这些作家作品受到严重扭曲，得不到正确的评价，更不可能挖掘其中蕴含的意义。因此，黑人女性主义批评家迫切地感到需要一种属于她们自己的文学批评，纠正对黑人妇女文学的扭曲和诋毁，解构传统的黑人妇女形象，建构新型的文学批评方式，挖掘被遗忘的作家作品，引导读者正确地阅读黑人妇女的作品，探讨这些作品中的女性形象、性别意识、阶级意识和种族意识，认识其中的价值与意义。

女性主义从民权运动中汲取了力量，同时黑人妇女也从女性主义的话语中获得动力，黑人女性与白人女性在性别问题上有着某些一致看法和构想。但是，黑人女性主义与传统的由白人女性把持的女性主义在许多方面存在区别。罗德这样解释这两个不同概念："黑人女性主义并不是以黑面孔出现的白人女性主义，黑人女性主义有影响我们作为黑人妇女的生活的独特的、合法的议题，谈论这些话题不会让我们变白一些。"①

黑人妇女使用"黑人女性主义"一词，确定了黑人妇女与全世界妇女解放运动有着许多共同的目标，但同时也表明，两者之间存在分歧。如前所述，女性主义所涉及的群体大都指向白人中产阶级妇女，对于贫穷的白人妇女以及黑人妇女、第三世界妇女的特殊情况，她们大多忽略不计。因此，"女性主义"这个术语不论在白人看来还是在黑人看来，对任何人来讲，它都是属于白人妇女的，黑人女性是被排斥在外的。尽管黑人妇女为女性主义运动付出了巨大的努力，但她们的参与还是经常被视而不见。因此，她们选择"黑人女性主义"这个术语来代替"女性主义"，这两个术语表示的

---

① Audre Lorde, *Sister Outsider*, New York: Crossing, 1984, p. 60.

内涵有很大不同。帕特里夏·希尔·柯林斯指出了使用“黑人女性主义”的意义：

> 用“黑人女性主义”这个术语，瓦解了内在于女性主义的种族主义。一直以来，女性主义只为白人妇女的意识形态和政治运动而展现。插入形容词“黑人的”挑战了女性主义所谓的白种性，解构了一个虚假的普遍概念：这个术语既为白人妇女又为黑人妇女而创建。很多白人妇女认为黑人妇女缺乏女性主义的意识，那么“黑人女性主义”这个术语既凸显了潜在于女性主义假定的白种性之下的矛盾，又提醒女性主义者，她们既不包括那个唯一的（白人），又不包括规范标准的女性主义者。①

大多数黑人妇女不愿意用“女性主义”一词，她们认为这个词与白种性有太多关联。很多人把女性主义看成只隶属于“白人的”和“美国的”两个范畴，其对立面则是“黑人的”、“美国的”。在种族和性别的问题上，黑人妇女宁愿选择前者而不是后者。另一方面，这个术语也显示出黑人妇女的性别意识的觉醒。通常，那些认同女性主义的黑人妇女在黑人社群内要么不被看作黑人，要么被看作不是真正的黑人。“黑人女性主义”的提出，凸显了黑人种族内部的性别矛盾。“黑人女性主义”直接对抗了黑人妇女在种族内部和女性群体内部被迫沉默的模式，鼓励黑人妇女勇于发出自己的声音。

对于什么是“黑人女性主义文学批评”，黑人妇女并没有达成共识。麦克道威尔对这个术语的使用作了如下说明：“我用这个术语指的是那些从女性主义或者政治的立场来分析黑人女作家作品

---

① Patricia Hill Collins, “What's in a Name? Womanism, Black Feminism, and Beyond,” *The Black Scholar*, 1996(26).

的黑人女性批评家。但是,这个词也可以指黑人妇女不论以什么主题或立场撰写的批评——男性从女性主义或政治角度创作的作品,黑人妇女创作的作品,或者关于黑人女作家的作品,甚至任何由女性创作的作品。"[①]麦克道威尔的这个解释并不圆满,似乎大有包罗一切的倾向,而且抽象难解。其语义模糊不清,会让人误以为只要是黑人妇女写的东西,哪怕包含反对女性主义的内容,都可以是黑人女性主义的范畴。而且如果批评视角不重要的话,黑人女性主义文学批评的理论内容就会空洞无物。因此,这个解释并没有被普遍接受。

黑人女性主义文学批评与传统的女性主义批评、黑人男性的文学批评相比有其独特性,这就是承认黑人妇女创作中性别政治、种族政治和阶级政治因素的存在,它们交互作用,直接影响了黑人妇女的生存。另外,黑人女性主义文学批评也强调建立与传统的联系,承认黑人女作家已经形成了一个有其自身特点的文学传统。这个传统的确立证明了黑人妇女的创作与美国同时期的其他创作一样真实存在,有历史可寻。特定时期的黑人女作家由于所处的政治、经济和社会地位相近,有着类似的经验和经历,因此她们的创作反映出许多相似之处。另外,她们在理论上、文体上和美学上等方面形成了一套独特的文学创作方法。这些方法应该得到承认。比如:黑人妇女的传统活动,像挖掘植物的根茎,挖草药,念咒祈祷,当接生婆,这绝不是偶然的;而且她们使用黑人妇女独特的语言表达自己的思想及她们所创作的人物的思想,这也不是偶然的。[②] 黑人女作家的作品不同于白人男作家的文学思想、方法和

---

① Deborah McDowell, "New Directions for Black Feminist Criticism," Elaine Showalter, *New Feminist Criticism: Essays on Women, Literature and Theoy*, p. 191.

② Barbara Smith, "Toward a Black Feminist Criticism," Winston Napier, *African American Literary Theory*, p. 137.

结构,这些作品的形式及语言与白人家长制文化对作品的要求和期待完全不同。批评家的角色首先是寻找并分析对黑人妇女文学文本的阐释,承认黑人妇女有能力把写作风格和思维方式结合起来。

一般来说,传统的女性主义批评关注的焦点是男人如何对待女人,把男人看作天生的敌人,把性别视为决定一个人命运的要素。而黑人女性主义文学批评的指导原则是不仅仅关注文学中黑人男性如何对待黑人女性,还重视团结男性,发展与男人之间的关系。黑人女性主义批评家认为,承认性别歧视并不意味着是"仇视男性"或者必须要为了自己的生活而消除他们,而是意味着妇女必须为争取一个与男人交流的基础而斗争:"黑人女性主义的发展并不需要消除一个他者的主体性,如果它真要发展成为一种具有广泛文化影响的意识形态,需要黑人男性和女性认识到铭刻于过去和现在的性别不平等的本质,并且为改变这种不平等而努力。"①

胡克斯在《女性主义理论:从边缘到中心》一书中强调黑人女性主义批评的整体观,这是加强自我意识和互相团结的重要世界观。女性主义者应该实行的是包纳而不是排斥的政策,各个层次和背景的妇女都应该成为运动的参与者,因为不同层次妇女的经历都是独一无二的,而且男人也应该被吸收到妇女的解放事业中来。毫无疑问,女性主义运动绝不可能只发出单一的一种声音,其完美的蓝图应该是听到所有参与者的声音,组合出尽可能多的不同的声音。

---

① Michael Awkward, "A Black Man's Place in Black Feminist Criticism," Joy James and Denean Sharpley-Whiting, *The Black Feminist Reader*, Malden: Blackwell Publishers Inc., 2000, p. 99.

二、黑人女性主义文学批评家谱系

白人男性、白人妇女和黑人男性对黑人妇女的态度造成了这样一个假想，即黑人妇女从来不曾进行过艺术创作，或者白人妇女的创作与批评完全可以涵盖黑人妇女的创作和批评。艾丽丝·沃克的经历正好印证了这一假想："我先是在一所著名的黑人大学后又到了一所著名的白人大学，总共待了四年时间，从没听说过关于早期黑人女作家的一个字。"[①]在标榜"所有的女人是白人，所有的黑人是男人"的社会里，黑人妇女的著作多数已绝版，很多被遗弃，或者受到质疑和诋毁。

莫里森在其专著《黑暗中的游戏：白人性和文学想象》中，探讨了黑人作家、作品和黑人形象在美国文学批评中受到忽视的原因。美国一些著名的批评家从来都没有读过任何美国黑人撰写的文本，还经常引以为自豪，但是这并不影响他们的批评，不妨碍他们成为批评界的权威。[②] 让莫里森感到吃惊的是，这些批评家对于美国文学的研究极其认真，却看不到黑人在其中的意义。他们拒绝阅读黑人的文本，不仅过去这样，就是在重读传统文学著作的今天，黑人书写的文本仍然没有引起他们的关注。究其原因，还是种族问题。人们可以反复阅读白人文学经典，但永远也不会对其中的黑人形象作出赞许的评论。批评家对白人作家作品中涉及的黑人主题也视而不见，一概略过。更有甚者，他们还把涉及种族和阶级问题的作品一律视为次要的、肤浅的、后退的。莫里森进而指出，与这种学术上的种族冷漠态度并行的是几个世纪以来对女性主义话语的歇斯底里的盲视，以及妇女和妇女文本被阅读和不被

---

① Alice Walker, *In Search of Our Mothers' Gardens*, p. 9.

② Toni Morrison, *Playing in the Dark*: *Whiteness and the Literary Imagination*, Cambridge: Harvard UP., 1992, p. 13.

阅读的方式。[①] 男性作家极少阅读女性作品，但照样对她们的创作品头论足，或者在文学史中坦然地忽视女性文学作品。

基于上述情况，黑人女性主义文学批评的兴起也就是历史必然。客观地讲，黑人女性主义文学批评取得今天的成就绝不是偶然的，也不是近些年才出现的，而是黑人妇女从19世纪就开始的一系列不懈努力的结果。黑人女性主义文学批评作为一种现象早已存在。早在1830年，黑人妇女玛丽亚·斯图亚特（Marya Stuart）就发出了“是女人又怎样”的呼声。她是美国本土第一位黑人妇女活动家，以演讲的形式呼吁社会重视性别、种族和阶级三者的关系。她的主张在黑人女作家、活动家和演讲家弗朗西斯·哈珀（Francis W. Harper）的作品中得到进一步阐释。哈珀颂扬了黑人争取自己权利的坚定决心，并且发起了“全美有色人种妇女协会”（The National Association of Colored Women）。几乎与此同时，著名教育家安娜·库珀出版了《来自南方的声音：由南方的黑人妇女所作》(1892)，她倡导一种博爱、完整的女性主义态度，认为解放事业不论肤色与性别，任何遭受压迫的群体都是她关注的对象。她的这一观点，即不把黑人妇女受压迫的原因单纯归罪于性别问题，被后来的黑人女性主义批评家所继承并发扬。可以说，黑人女性主义文学批评一开始就与政治斗争紧密联系在一起，从诞生之日起就具有鲜明的政治色彩。虽然19世纪的黑人女性主义没有形成规模，但是它为20世纪的黑人女性主义批评打下了基础。

20世纪70年代是美国黑人女性主义文学批评史上的重要时期，是黑人女性主义文学批评在认识论上发展的关键时期。这期间，小说家托尼·帮芭拉编辑出版了意义深远的《黑人妇女文集》

---

① Toni Morrison, *Playing in the Dark: Whiteness and the Literary Imagination*, p. 14.

(1970),其中收录了大量的黑人妇女撰写的文章。历史学家吉尔达·勒尔编写了美国历史上第一部黑人妇女史——《黑人妇女在白人美国》(1973),称颂黑人妇女为美国作出的贡献。这一时期最突出的现象是涌现出大量的非常重要的黑人女作家,她们发表的诗歌、出版的小说数量多、质量高,是美国黑人文学第二次文艺复兴的重要部分,她们取得的成就举世瞩目。黑人妇女创作的强劲发展为黑人女性主义文学批评提供了坚实的基础和原动力。

黑人女性主义文学批评作为概念被提出,是在1977年芭芭拉·史密斯的《迈向黑人女性主义批评》一文中,这篇文章可以说是黑人女性主义文学批评的"宣言"①,为当代美国黑人女性主义文学批评的诞生"铲了第一锹土"。史密斯与美国黑人女性先驱的共同之处在于她们都聚焦在种族、阶级和性别之上,她在继承先辈传统的同时将其进一步延伸。史密斯尖锐地指出,与文学相关的所有人和领域,不论是公共机构、进步人士、黑人、女人还是同性恋者,他们都不知道,或者说行为上看起来不知道,有黑人女作家和黑人女同性恋者存在。因此,她呼吁一种黑人女性主义的文学批评方法,能够意识到"性政治和种族政治以及阶级政治是黑人女作家作品中极为重要的互相交叉的因素"②。

史密斯指出,由于黑人妇女的存在、经历、文化和受压迫的现实一直不被世人所关注,所以要改变黑人妇女的"隐形地位"(invisibility)并非易事。她认为,应该把黑人妇女的生活、作品和作为艺术家的处境这三者联系起来加以考察。她还指出,要正确地评价黑人妇女文学需要政治和文学两方面的条件。黑人妇女作家

---

① Hazel V. Carby, "Woman's Era," Winston Napier, *African American Literary Theory*, New York: New York University Press, 2000, p. 245.

② Barbara Smith, "Toward a Black Feminist Criticism," Winston Napier, *African American Literary Theory*, p. 134.

之所以受到冷落和忽视，与黑人女性主义运动发展缓慢关系很大。史密斯主张发展政治理论和政治运动，她建议黑人女性主义文学批评将黑人的政治运动作为自己的社会力量和理论源泉，这样才能洞察出在黑人女作家的作品中，性政治、种族政治及阶级政治是紧密交叉结合的因素。为了证明自己的观点，史密斯列举了男批评家和白人女批评家中存在的性别主义和种族主义，正是性别和种族歧视妨碍了批评界正确看待黑人女作家及其作品的重要性。因此，黑人女性主义的批评方法应该是挖掘性政治和种族政治的相互关系，以及黑人妇女创作中的黑人身份和女性身份的复杂因素，批评的视角应该和所有黑人妇女的政治处境联系起来。可以说，黑人女性主义文学批评既依赖于又有助于黑人妇女的政治运动。

在谈到黑人女性主义文学批评依赖的文学条件时，史密斯认为，一方面，黑人女性主义批评家应该确认一个文学传统，而且这个文学传统一定存在，因为黑人女作家有着共同的经验，共享一种黑人女性的语言；另一方面，黑人女性主义文学批评应该关注黑人妇女在性别和种族的双重身份中所形成的文学创作，避免采用白人男性和黑人男性对黑人妇女创作的评论方法。黑人女性批评家应该从自己本身的经历出发，去认识、分析、研究黑人妇女的可贵的艺术创作。尽管史密斯关于政治运动的主张并没有得到后来者的完全赞成，但是她关于黑人女性主义文学批评的理论构想无疑开了身份批评之先。她将种族问题引入到女性主义文学批评乃至整个文学批评领域，为美国少数族裔以及第三世界女性主义文学批评拓宽了道路。

继史密斯的这篇论文之后，美国黑人女性主义文学批评如雨后春笋，其发展之迅猛引起批评界的广泛关注。从 20 世纪 70 年代末到 90 年代，有关黑人女性主义文学批评的各种大型文集频频涌现，标志着黑人女性主义文学批评进入成熟时期。如麦克道威尔颇具影响力的论文《黑人女性主义批评的新天地》及其1995年出版的专著《变化的一致》、沃克的《寻找母亲的花园:妇女主义散文》、贝尔·胡克斯的《难道我不是女人》及后来出版的《女权主义理论:从边缘到中心》、格劳丽亚·胡尔等人合编的《所有的女人都是白人,所有的黑人都是男人,但是我们中的一些人很勇敢》、芭芭拉·史密斯主编的《家庭女人:黑人女性主义文集》、奥黛·罗德的《局外姐妹》、伯拉·吉敦斯的《我何时何地进入:黑人妇女对美国种族和性别之影响》、芭芭拉·克里斯廷的《黑人妇女小说家:传统的形成,1892～1976》以及她于1985年出版的专著《黑人女性主义批评》。《黑人女性主义批评》一书的主要贡献是对黑人在白人文学中的刻板形象进行反驳,在黑人女性主义文学批评的早期具有重要意义。黑人女性主义文学批评其他重要代表人物,如玛丽·海伦·华盛顿、安·杜西尔、瓦勒里·史密斯、托尼·莫里森等,都为黑人女性主义文学批评的发展作出了重要贡献。

这一时期,黑人女性主义文学批评的研究范围有所扩大。在研究方法上,黑人女性主义文学批评有了较大的突破,呈现出多元化的特点,将种族、性别、阶级放在同一平面上进行分析,还运用了人类学、社会学等跨学科的研究方法。20世纪60年代的妇女解放运动提出"个人的即政治的"口号,以个人的经历为依据,挖掘性别歧视在政治、思想、社会和文化中的根源及其在个人生活中的种种表现形式。女性主义文学承袭了这一传统,使其理论打上了个人化和政治化的烙印。同样,黑人女性主义文学批评也极力推崇自我意识,将黑人妇女的主体性提到了前所未有的批评高度和政治高度。

更为重要的是,黑人女性主义文学批评在80年代经历了认识论上的飞跃。麦克道威尔于1980年发表的论文《黑人女性主义批评的新方向》,成为黑人女性主义文学批评的新的转折点。她对史密斯的女性主义文学批评思想作了进一步的补充和完善。与史密斯一样，麦克道威尔指出，白人女性批评家把白人中产阶级妇女的经验作为女性主义批评的标准，排斥黑人妇女及其经历，结果犯了与白人男人一样的错误。她的贡献在于，首先，她主张把黑人女性主义文学批评置于黑人文学和黑人文化两大语境中："对黑人文学和文化知识的掌握是应用理论方法的前提，是必需的基础工作，是语境性的东西：不论黑人女性主义批评者选择哪种理论构架，她们必须能对黑人文学和文化从总体上进行熟练的处理。这样的基础可以为学术研究提供更多的纹理结构和完整性，甚至或许可以阻止某些对批评产生负面影响的问题的产生。黑人历史和文化中的基础是研究文学的基础。"[①]在文本的分析中，历史和政治因素必须考虑在内，同时还应该分析语言的使用、文本所采用的文学手段以及神话结构等形式上的因素，真正做到内容和形式在美学意义上的完美结合。其次，她认为对黑人男性作家作品的分析也十分重要，因为黑人男作家和女作家的文本和创作环境在许多方面都极为相似。她反对把黑人男作家和女作家机械地分为两个截然不同类别的分离主义的观点，认为应该承认黑人男作家和女作家之间的共同特征，而不是只看到差异性或者抹杀这些共同点，否则，就会导致男性与女性之间的隔阂。在这一点上，黑人女性主义文学批评不同于白人女性主义文学批评，可以说比白人女性主义批评前进了一步。

麦克道威尔认为，到目前为止，黑人女性主义文学批评更多地注重实践而不是理论，即使有一定的理论发展，这些理论也缺乏综合性，而且可能被时髦的术语损坏。尽管她也认为芭芭拉·史密斯的观点具有革新性，但是仍然认为其理论性薄弱。麦克道威尔

---

① Deborah McDowell, "New Directions for Black Feminist Criticism," Elaine Showalter, *New Feminist Criticism: Essays on Women, Literature and Theory*, p. 192.

不同意史密斯把黑人女性主义政治和批评紧密联系的观点，她提醒批评家注意把“政治意识形态和美学判断混合在一起的危险性”①。她的目的是给黑人女性主义文学批评的定义建立一些参照。

三、黑人女性主义文学批评发展的三个阶段

肖瓦尔特曾经把传统的女性主义批评的发展划分为三个阶段。黑人女性主义批评家卡尔比认为，黑人女性主义文学批评也经历了三个阶段，其基本特征与肖瓦尔特提出的三个阶段相似。②当然，不能说在过去的一段时间内，黑人女性主义文学批评严格按照时间先后呈现出这三个阶段的特征，但是，黑人女性主义文学批评除了关注一些具体的问题外，确实在议题的结构和概念模式上显示出与传统女性主义的共同之处。

在第一阶段，批评家集中探讨文学实践中的“厌女症”(mysogyny)和种族主义。黑人女性主义文学批评家发现，在学术界，“文学”这个术语通常指的是白人男性撰写的文本，偶尔也把白人女性和黑人男性的文学文本包括进去。因此，要对被忽视的和被误读的黑人女作家重新定位和阐释，需要做“考古学式”(archaeological)的工作。③

作为对这种省略行为的反击，早期的黑人女性主义文学批评

---

① Deborah McDowell, "New Directions for Black Feminist Criticism," Elaine Showalter, *New Feminist Criticism: Essays on Women, Literature and Theory*, p. 190.

② Hazel V. Carby, "Woman's Era," Winston Napier, *African American Literary Theory*, p. 251.

③ Smith, Valerie, "Black Feminist Theory and the Representation of the 'Other'," Winston Napier, *African American Literary Theory*, New York: New York University Press, 2000, p. 370.

家首先找出了白人男性、白人女性和黑人男性学者忽略黑人女作家创作的方式，然后重新挖掘并阐释黑人女作家的创作文本。玛丽·海伦·华盛顿(Mary Helen Washington)呼吁人们注意以男性为中心的美国黑人文学传统只包含了弗里德里克·道格拉斯、里查德·赖特等男性作家的文本，而没有包含取得同样成就的黑人女作家如哈里特·雅各布斯、左拉·尼尔·赫斯顿和格温德林·布鲁克斯的文学文本。史密斯和麦克道威尔还发现，女性主义批评家肖瓦尔特、艾伦·莫尔斯和帕特丽西亚·斯帕克斯以及罗伯特·波恩、达尔文·特纳等人都摒除了黑人女作家的作品。在挖掘黑人女作家作品的同时，黑人女性批评家还审视了文学中黑人妇女的形象问题。

黑人女性主义文学批评在早期关注的是批驳对黑人妇女形象的否定性刻画，抗议文学作品和批评中对黑人妇女形象的扭曲和误读。到20世纪70年代末80年代初，许多黑人女性主义批评家用新的观点阐述作品，黑人女性主义文学批评历史经历了一个新的转变时刻。其突出的特点就是对前一阶段的反击，反对过多地审视文学中黑人妇女的陈旧形象(stereotype)，认为应该更多地关注当代作家如何描写黑人妇女的复杂性格，也就是审视现在而不是历史。批评家认为，把过多的注意力放在对黑人妇女形象的批驳上，有可能加深这种形象的负面作用。托尼·帮芭拉(Toni Bambara)认为，有必要澄清黑人妇女的陈旧形象。玛丽·海伦·华盛顿也在《黑眼睛的苏珊》一书的介绍中指出，黑人妇女的陈旧形象如同杂草一样泛滥、频繁出现，结果被当作事实接受。芭芭拉·克里斯廷强调她的专著《黑人妇女小说家》探讨的是黑人女作家塑造的“人物性格(character)而不是类型(type)”①。批评家认

① Barbara Christian, *Black Women Novelists: The Development of a Tradition, 1892-1976*, Westport: Greenwood Press, 1980, p. 73.

为,黑人女性主义文学批评的作用是确立黑人妇女的正确形象,而不是一味地抓住文学中对黑人妇女刻板形象的刻画不放。

第二阶段发现黑人女作家有自己的文学传统,这在以前被父权制和种族主义价值观所遮蔽;同时,黑人女性主义文学批评还发展了黑人女性的审美意识。批评家确立了黑人妇女的创作与黑人妇女共有的经验现实之间的关系,认为黑人女作家的特别之处在于她们作为黑人妇女的独特视角。因此,黑人女作家之间一定有一种基于创作与共同经历的关系之上的显在的文学传统。黑人女性主义文学批评发展至第二阶段就是致力于在主流文学之外建构黑人女性的文学历史和传统。史密斯提出黑人女性主义批评家应该从建构一个可确认的文学传统的观点出发从事批评工作。她更具体地指出,只有黑人妇女才能也应该从事这项任务,因为她们的经验是独一无二、无法转移的。史密斯认为,黑人女性主义批评家应该确认一个文学传统,而且这个文学传统一定存在,因为黑人女作家有着共同的经验,共享一种黑人女性的语言:"黑人女作家用黑人妇女的语言及文化经验,书写黑人妇女自己的事情,这就导致了形式和内容的奇迹般的结合,这也使她们的作品远远超越白人男作家的文学结构的限制。黑人女性主义批评家能够找到黑人女作家作品中众多的共同之处。"①

史密斯的观点是有局限性的,她认为存在一种本质的黑人女性经验和体现这种经验的唯一的黑人女性语言。这样,黑人妇女的创作和现实之间就呈现出一对一的机械反映关系。这种观点只能把黑人女性主义文学批评局限于对描写黑人妇女的黑人女艺术家的批评,导致黑人女性主义文学批评走向沃克所批判的斯帕克斯犯下的错误。如前所述,斯帕克斯在《女性想象》中以没有经验

---

① Barbara Smith, "Toward a Black Feminist Criticism," Winston Napier, *African American Literary Theory*, p. 137.

过为理由拒绝对第三世界妇女进行讨论,那么以此推论,如果黑人女性主义批评家以"共同经验"为借口,仅对反映黑人妇女生活的黑人女作家的文本进行批评,也就是把批评的视角限定在黑人"女性的想象"中。

但是,黑人妇女的共同经验并不一定是否定性的、以负面形式与本质主义相关的东西。实际上,黑人妇女的生活是激发黑人女性主义思想的前提。克里斯廷在谈到黑人女性主义文学批评的基本原则时说:"我们的工作应该是阅读、理解并评论那些能推进我们对黑人妇女理解的作家。"[①]只有黑人妇女自己能把黑人妇女作为主体来讲述,因为当白人女性主义者谈论黑人妇女时,黑人妇女是被当作她们种族优越话语的客体,是劣等的。虽然史密斯关于"黑人女作家有着共同的经验,共享一种黑人女性的语言"的观点受到质疑和批评,认为她把黑人妇女放入本质主义的框框中,但是,毋庸置疑的是,黑人妇女的确有一些区别于其他妇女的特殊的经历。

通过研究黑人女作家文本中的语言和文化经验,就可以获得清晰可靠的文学传统,这种观点在麦克道威尔于 1980 年发表的《黑人女性主义批评的新方向》一文中又进一步得到提炼。她认为,文学批评中具体的文化分析策略是必要的,这样可以把黑人女性主义文学批评与白人女性主义批评区分开来。尽管她一直在努力确定黑人妇女的文学传统,但同时也意识到其中的困难。她呼吁对黑人妇女文学生产、出版和阅读条件的批评应该具有历史和政治的语境意识。

到了 20 世纪 80 年代后期和 90 年代,以前的黑人女性主义文学批评对黑人妇女经验的强调,对以黑人妇女共同经验为基本参

---

① Barbara Christian, "But What Do We Think We're Doing Anyway," Cheryl A. Wall, *Changing Our Own Words*, Rutgers, The State University, 1989, p. 59.

照而确立传统的信念，都遇到了挑战。一些批评家对基于共同经验之上的文学传统的可信度提出质疑，认为强调共同经验就是认同本质主义和反历史性的观点。黑人女性主义批评家意识到不能依靠简单的笼统概括来谈论黑人妇女的创作，必须重新思考黑人女性主义文学批评的方向。

黑人女性主义文学批评发展的第三阶段是对文学研究的基本概念提出挑战并重新思考，增加了对理论的关注，黑人女性主义文学批评进入了理论创建阶段。第三阶段不再过多地注意其他批评传统中对黑人妇女存在的冷漠态度，而是进入了更具有"自我意识和自我反省"①的阶段，挑战了关于文学研究的概念，审视文学研究变化的方式，注重研究种族、性别和阶级等因素对于文学批评过程的影响。黑人女性主义理论家着手了解传统的意义、文学理论及其他理论的影响意义、各个文学阶段的意义。瓦勒里·史密斯(Valerie Smith)认为，早期的黑人女性主义文学批评关注的是黑人男性作家的文本对黑人妇女形象的否定的、贬损的描写，这在当时确实有重要意义，但是这并不足以说明黑人妇女文学的真正价值所在，所以黑人妇女应该更多地发展自己的理论，以便更好地解读黑人妇女文学。

鉴于黑人妇女经历的特殊性和复杂性，黑人女性主义文学批评理论努力寻找能够表征这种特殊性和复杂性的具体方法。对黑人妇女来说，仅仅指出她们是性别压迫和种族歧视的牺牲品是不够的。瓦勒里·史密斯指出："在这个国家，黑人性的意义深深地模塑了性别经验，正如女性的状况不可避免地影响了种族经验一样。准确地说，由于黑人妇女受压迫的情况是如此特殊复杂，黑人女性主义文学理论家寻求具体的方法，旨在揭示这种压迫在文学

① Smith, Valerie, "Black Feminist Theory and the Representation of the 'Other'," Winston Napier, *African American Literary Theory*, p. 375.

文本中的表征。"[①]这些方法强调种族、性别、阶级、文化、性征等因素对文学的共同作用，而不是仅把其中的一种当作中心。而且，黑人女性主义理论家也对某些西方主流的理论、白人女性和美国黑人学者总结的理论标准和评估方法提出质疑，特别是对一些后现代的高深理论，黑人女性主义批评家坚持批判地吸收。黑人女性主义文学批评在借鉴和批评其他理论的同时，也提出了自己的理论，但是她们对理论的态度和看法在很大程度上不同于白人女性主义者和黑人男性。这一点将在第五章详细讨论。

---

① Smith, Valerie, "Black Feminist Theory and the Representation of the 'Other'," Winston Napier, *African American Literary Theory*, p. 376.

第四章 黑人女性主义文学批评

> 热爱美、崇尚力量是我们的传统，这一传统引领着我寻找到母亲的花园，也找到了我自己的花园。也许在两百多年前的非洲，就有这样一位母亲：她用橘黄色、黄色和绿色在草棚的墙面上画满了美丽而又大胆的图案；或许她以罗伯塔·弗拉克的声音在她的村落唱着动人的歌声；或许她是能织出最美的草席的能工巧匠或者是村里能讲述最动人的故事的人；或许她本人就是诗人，尽管在那些为世人所称道的诗歌上署的是她女儿的名字；或许菲丽丝·惠特里的母亲就是一位艺术家。
>
> ——艾丽丝·沃克：《寻找我们母亲的花园》

奴隶制和种族歧视的政治、经济、文化和社会约束，历史性地扼杀了黑人妇女的创造性。在性别、种族、阶级的连锁压迫下，黑人妇女在美国社会成了真正看不见的人。在那个时代，黑人被剥夺了受教育的权利，更没有进行艺术创作的自由，因而多少黑人妇女的艺术天分被窒息，而在正常的条件下，她们本应成为作家、诗人和画家。

第一节 黑人女性形象批评

法国文论家达尼埃尔-亨利·巴柔对“形象”的定义和内涵作过一个清晰解释：

> 一切形象都源于对自我与“他者”、“本土”与“异域”关系的自觉意识之中，即使这种意识是十分微弱的。因此，形象即为对两种类型文化现实间的差距所作的文学的或非文学的、且能说明符指关系的表述。①
>
> 我“注视”他者，而他者的形象也传递出我自身的某些形象。……他者的形象既是对他者的否认，又是对自身及自我空间的补充和延伸。“我”要言说“他者”（往往是由于各种迫切且复杂的理由），在言说他者的同时，“我”又否定了“他者”从而言说了自我。②

所有的形象都源于一种自我意识，它是对一个与他者相比的“我”、一个与彼此相比的此在的意识。形象是加入了文化和情感的、客观的和主观的因素的个人的或集体的表现。对他者形象的言说、否认的过程，实际上就是展示自我的过程，因为任何团体都是通过共享与抛弃来确立起身份的。

由于“形象”一词已被滥用了，它语义变得模糊，到处都通行无阻。所以，“套话”(stereotype)就成为另一种替代形式。这个词原指印刷业中使用的“铅版”，后被转借到思想领域，指称那些一成不变的旧框框、老俗套。按照以色列符号学家吕特·阿莫希所下的

---

① ［法］达尼埃尔-亨利·巴柔：《形象》，孟华主编《比较文学形象学》，北京大学出版社2001年版，第155页。

② ［法］达尼埃尔-亨利·巴柔：《形象学理论研究：从文学史到诗学》，孟华主编《比较文学形象学》，第203页。

定义:"'套话'就是人们'思想的现成套装',亦即人们对各类人物的先入之见。"[①]美国学者瓦尔特·利普曼把"套话"描述为"我们头脑中现存的形象"。由此,"stereotype"可被译成"老套"、"刻板形象"。美国传统文学中的黑人妇女就是以"老套"、"刻板形象"出现的。

一、传统文学中的黑人女性形象解构

对女性主义者来说,文学作品中对女性"圣化"或"奴化"的极端表现其实是殊途同归,都体现了男性话语的主宰地位和女性在社会文化中失语、无权、被解说、被规定的处境。波伏娃在《第二性》中,首次使用这种女性形象剖析法来揭露性别歧视和政治偏见在文学中的表现。她通过对司汤达、布勒东、蒙特朗、克洛代尔、劳伦斯等五位著名男作家所刻画的女性形象的分析,揭示出隐藏在这些所谓经典作家和经典作品背后的事实:在传统的男性世界里,女人的形象是男人根据他们的需要而规范界定出来的,其目的就是在现实世界中造就出这样的女人,以便于更好地服务于男权统治,维持男权社会的稳定。"他只有通过他所不是的、有别于他自身的那个现实,才能实现他自己。"[②]

传统的女性形象要么被奴化为纯粹的肉体,没有任何主体意识,只是用来衬托男性的尊贵;要么被加以神圣化,成为一首完美的诗,然而仍然从属于男性,是一个他者。这一分析使波伏娃得出了让世人震惊的结论,即女人不是天生为女人的,而是后天被变成的。这种女性形象分析对后世产生了极大的影响,对黑人女性主义的文学批评更是具有指导性的作用。对传统文学中女性形象的解读、揭穿隐藏在文本中的假象、对强加在黑人妇女身上的本质的

① 孟华:《试论他者"套话"的时间性》,孟华主编《比较文学形象学》,第185页。

② [美]西蒙娜·德·波伏瓦:《第二性》,第133页。

解构，是黑人女性主义文学批评的任务之一。

早期的黑人女性主义文学批评也从黑人美学运动关于黑人形象的论争中获得启示和动力。安迪森·盖尔的《文化窒息：黑人文学和白人美学》、卡罗林·格拉德的《黑人作家及其角色》等文章把推翻白人文化文本中对黑人性的“零度形象”(zero image)描述视为作家和批评家的首要任务，黑人女性批评家继承了这种颠覆和修正的任务，把文学形象当作文化建构和自我定义的最显而易见的斗争场所。帕特里西亚·希尔·柯林斯将传统文学中黑人女性形象划分为四类：忠诚温顺的保姆；善于操纵的好斗的女家长；懒惰不负责任的福利母亲；富于性挑逗的娼妓。[①]

在美国南方白人的传统文学中，黑人妇女的形象就是“老套”，是“铁板一块”的几个类型。在探讨黑人妇女形象方面，黑人女性主义批评家以大量的文本实例证明了主流社会强加给黑人妇女的负面形象如何使种族、性别和阶级的压迫合法化。克里斯廷在《黑人女性主义批评》中，专门就黑人妇女在美国白人文学和黑人文学中的形象问题作过研究。她发现，在1940年以前，黑人女性在文学中都是按照“老套”的类型塑造的，其目的是进一步制造出顺从的黑人形象，并且在黑人男性和女性之间制造矛盾。

保姆形象是所有被刻画的黑人妇女形象中最核心的老套，因为对霸权者来说，她体现了最为理想的主仆关系。她们通常皮肤黝黑，身体肥胖，能够养育子女，有宗教信仰；她们心地善良，体格强壮，吃苦耐劳，毫无怨言。她们能包纳一切，却几乎没有自己的需求。她们的身份和个性只有从侍奉别人、养育孩子中体现出来。她们一定是全身肌肉成堆，胳膊粗壮有力，只有这样的身体才能永远不知疲惫、精力旺盛，才有能力把白人家庭照顾得无微不至；而

---

① Patricia Hill Collins, *Black Feminist Thought*: *Knowledge*, *Consciousness*, *and the Politics of Empowerment*, New York: Routledge, 1991, pp. 67-90.

且从没有痛苦和烦恼，因为她们明白自己应该干什么、想什么。这样的黑人妇女形象因为频繁出现在文学文本中，经常地被描述，结果就成为事实。如同中国文学中大量使用“洋鬼子”、“老毛子”等词语来描绘西方人一样，用“保姆”或“大姆妈”这类形象来描写黑人妇女也都是单一形态和单一语义的。

与黑人妇女的保姆形象相对应的白人妇女则柔弱娇嫩、光滑白润。她们被描写得非常符合神话形象——纯洁、稳重、温柔，又有天使般的女性气质。而现实生活中的黑人妇女与这种气质完全相反。她们一方面作为奴隶必须劳作于田间，另一方面又要服从于主人的淫威，因此，黑人妇女与白人妇女几乎没有共同之处。当然，上述的女性气质也不完全适合白人妇女，但是白人妇女是可见的；而黑人妇女和女性气质之间根本就是矛盾的，这就导致了黑人妇女真实存在的不可见性，同时产生的形象就是传统形象中最具有否定性的一面。克里斯廷的分析甚为精辟，她认为，没有黑人妇女为白人妇女养育子女、照顾家庭，白人妇女不可能有如此漂亮纤细的双手，如此晶莹剔透的肌肤。[①] 同样，莫里森认为黑人的身体对白人是有用的，对“有用的黑人身体”的表述使白人作家完成了许多事情，包括“省略的老套形象”[②]，也就是通过在文本中调用黑人身体（body 表示没有思想、没有性格特征的物质而已），作家们可以快速地创作出一个简单的意象，而无须对其特征、准确性和描述负责。

身体的对照也似乎在时时提醒黑人妇女，白人妇女的身体是美的象征，而黑人妇女则是丑陋的，所以她们应该为此感到自卑，

---

① Barbara Christian, *Black Feminist Criticism*, New York: Pergamon Press, 1985, p. 2.

② Toni Morrison, *Playing in the Dark: Whiteness and the Literary Imagination*, p. 28.

应该更加崇敬白人妇女，希望自己也能拥有这样的身体。这种身体对照在黑人妇女身上的确产生了负面影响。作家莫里森回忆说，她的朋友曾表示希望自己能拥有一双白人妇女一样的蓝眼睛，莫里森便以此为题材创作了第一部小说《最蓝的眼睛》，描写一位黑人小女孩发现人人都讨厌她而喜欢皮肤白皙的女孩子，于是认定如果自己拥有一双白人一样的蓝眼睛，就会得到别人的喜爱。莫里森创作的目的是批判白人身体美的标准给黑人带来的危害："把身体美当作价值标准是西方世界里最有害的、最具有毁灭性的观点之一，我们不应与其有任何关系。身体美与我们的过去、现在或将来没有任何联系。"[①]白人对身体美的强调不仅表现在文学中，而且渗透进消费文化。曼托尔公司1959年推出的、此后成为美国玩具市场宠儿的芭比娃娃就是例证。"芭比是所有拥有她的人的角色样板"，"芭比让每一个小女孩有自己的梦想。"[②]曼托尔公司1967年推出了名叫"有色人弗朗丝"的芭比娃娃，但是销量很差，那是因为"有色的弗朗丝隐含的与白色的芭比的亲缘关系所表达的不仅是取消种族隔离，简直是人种混杂"[③]，自然引起了种族主义者的抵制。1980年才推出名字也叫芭比的黑人娃娃，但是看上去与白人芭比原型非常相像，只是颜色和服装的变化而已；而且1990年以前曼托尔公司的广告也只有白人芭比。这种现象造成大多数的黑人孩子喜欢白人芭比胜过黑人芭比。"在虚拟物的王国里，一个黑人孩子选择白人玩具娃娃必然反映一种否定性的自

---

① Toni Morrison, "Behind the Making of the Black Book," *Black World*, 1974,(2).

② [美]安·杜西尔:《染料和玩具娃娃:跨文化的芭比和差异销售规划》,罗钢、刘象愚主编《文化研究读本》,中国社会科学出版社2000年版,第177页。

③ [美]安·杜西尔:《染料和玩具娃娃:跨文化的芭比和差异销售规划》,罗钢、刘象愚主编《文化研究读本》,中国社会科学出版社2000年版,第179页。

我概念。"①

黑人妇女老套形象的文化和意识形态上的控制还经常通过文化传播渠道来实现。白人的主流话语通过教育、出版、广告、媒体、电影等行业,散播黑人妇女的老套形象。电影《飘》中扮演黑人保姆南尼的海蒂·麦克丹尼尔获得奥斯卡最佳女配角奖,原因就是演员对这个角色的把握极其到位,最好地展示了黑人保姆的老套形象。这个奖表现出授奖者的反种族主义姿态,但是同时也起到传播黑人妇女负面形象的作用。

就对黑人妇女形象的描写来看,"专家"是白人或黑人男性,妇女的形象是按照他们的需要、他们的幻想、他们的第二手资料以及他们与其他"专家"的协商中产生的。这种形象可以帮助他们维持自身的地位。因此,黑人妇女不但在体力上要胜任各种劳动,在性格上也应该完全服务于白人的利益。克里斯廷尖锐地指出,黑人妇女被塑造成没有思想、没有感觉、没有意识的人:"这种呆板迂腐的老套形象……是人性的对立面;不论是肯定的还是否定的老套形象,都是种族主义的副产品,是种族主义试图将人降低到非人的一种手段。"②对黑人妇女的这种模塑,其最终目的是使黑人妇女内化其自身的形象,永远成为世界上供人任意使用的"骡子"。

对白人制造出的这种黑人妇女形象的原因分析,可借鉴莫里森的观点。她认为,白人创造出异己的不同形象可以说出关于自身文化("注视者"文化)有时很难设想、解释、承认的东西,异己形象可将本民族的一些现实转换到隐语层面上去。作家们只要运用虚构的具有非洲人特性的人物,就能使美国文化中那些禁忌的主题清楚地显示出来。有了非洲主义作为背景,美国白人男性就可

---

① [美]安·杜西尔:《染料和玩具娃娃:跨文化的芭比和差异销售规则》,罗钢、刘象愚主编《文化研究读本》,中国社会科学出版社 2000 年版,第 182 页。

② Barbara Christian, *Black Feminist Criticism*, p. 16.

以跳出他们的内部冲突，并把那些不需要的东西转移到“空白的黑暗处”，转移到“原始的野蛮人身上”[①]。通过这样的散发，白人就会看起来明亮、文明、自由而有个性，因为黑人被视为黑暗、野蛮、被奴役、毫无个性差别；白人就可以逃脱口是心非、表里不一的谴责，他们和黑人会被简单地划进白色与黑色的不同术语里。这样，“黑人性坚定了白人的自我，而白人性则掏空了黑人的主体性”[②]。在大工业时代，进步的帝国主义时代，白人确信自己是文明的持有者，不能容忍另一个民族有同样的全球抱负。为了捍卫自己的身份，于是一刻不停地贬低、摧毁其他种族。因此，正如“欧洲人描述的中国人使我们更多地了解了欧洲人而不是中国人”[③]一样，白人描述的黑人妇女使我们更多地了解了美国白人妇女而不是黑人妇女。

白人文学中，在黑人妇女形象的表征背后，是文化权力与制度、规范化的作用。白人作家通过文学想象，把所有黑人妇女看成一个没有分化、毫无差别的整体，使人们不去注意她们，目的是为了显示白人男性自主权。“某些人的凸显需要把其他人变得看不见。”[④]诚然，以虚构为主要特征的文学叙事需要海登·怀特所说的“建构想象力”(constructive imagination)，因为叙事中的事物与现实中的事物之间，总有一个无法完全重合的中间层或空隙层，这个空隙层就由想象来填补。但是，主流话语通过想象生产出的这

---

① Toni Morrison, *Playing in the dark: Whiteness and the Literary Imagination*, p. 44.

② Gina Wisker, *Post-Colonial and African-American Women's Writing*," New York: St. Martin's Press, 2000, pp. 19-20.

③ [美]米丽耶·德特利:《19世纪西方文学中的中国形象》，孟华主编《比较文学形象学》，第262页。

④ Patricia Mckee, "Spacing and Placing Experience in Sula," Nancy Peterson, *Toni Morrison: Critical and Theoretical Approaches*, Baltimore: The Hopkins University Press, 1997, p. 58.

些“文化符号”,只是为了强化对黑人妇女的种族和性别的交叉压迫,进一步使这种压迫自然化、制度化、合法化。

对黑人妇女的身体和思想感情方面的刻板描写如此普遍,如此具有渗透力,使黑人妇女不得不承认:一方面是没有人了解她的困境,另一方面,所有人,包括她的兄弟和她的狗都觉得有资格诠释她,甚至对她指手画脚[①],唯独她自己无法为自己辩护。这原因是历史造成的。奴隶制时期黑人妇女被剥夺了读写的权利,因而一直处于“属下无权说话”的“失语”的状态。“失语”使她们不断地被主流话语言说、想象,丧失了主体地位而沦为工具性客体,失去了“自我定义”、自我表述的能力,任凭他人随意把各种负面定式堆积到自己身上,她们都不会给予“回敬”(talking back,胡克斯语)。于是,黑人妇女仅仅缩减为一个空洞的能指,而成为父权主义和帝国主义强大的反证。

梅·G·亨德森(Mae Gwendolyn Henderson)认为,黑人妇女的沉默是被迫的,并非出于自愿,犹如强加给她们的本质特性一样,她们被强加上虚假的形象,包括不善言语、不善表达、反应迟钝、缺乏感情。这样的虚假形象有利于强权者的统治。[②] 因此,黑人女性主义批评家必须通过解读文学的独特的个性表达方式,去发现那被压抑的精神和肉体的“沉默”,找出这种表征背后的含义,恢复长期被压抑的黑人妇女的主体性。

在这一方面,莫里森提供了一个很好的范例。莫里森在其专著《黑暗中的游戏》中,对韦拉·凯瑟的小说《沙菲拉和奴隶女孩》的批评可以很好地说明政治策略和日常行为对黑人妇女形象的表

---

① 转引自吴新云《身份的疆界:当代美国黑人女权主义思想透视》,南京大学博士论文,2002年,第11页。

② Mae Gwendolyn Henderson,“Speaking in Tongues,” Cheryl A. Wall, *Changing Our Own Words*. Rutgers, The State University of New Jersey, 1989, pp. 23-24.

征。小说揭露了白人对黑人妇女的一个虚构，即黑人妇女不配做母亲，她们“出生即死亡”(natally dead)，她们对自己的子女和父母没有尽任何义务和责任。小说中的白人奴隶主需要而且也能够得到奴隶的忠心，黑人妇女缺少或者根本没有人类最基本的感情，她们就是服从主人的机器。这是站在白人的立场上进行的解读，其后果使读者对黑人母亲这一人物形象既不能理解也不会产生同情，甚至唾弃这样的人物。但是当莫里森从黑人女性主义的视角解读时，却得出完全不同的结论。以下是在缇尔(逃跑的黑人女孩儿的母亲)和瑞车尔(白人奴隶主的女儿，废奴制的拥护者)之间的对话：

> 缇尔低声地、谨慎地问道：“您没听说过什么吗，瑞车尔小姐?”
>
> “还没有。如果我听说了，我会告诉你。缇尔，我看到她跟了好人。我确信她现在在加拿大，在英国人当中。”
>
> “谢谢您，瑞车尔小姐。我只能说这些。我不想让黑人看到我哭。如果她跟英国人在一起，她就会有机会的。”①

在如此长的一部小说里，这几行字可能算不上什么，但是莫里森看到了母爱洋溢其中。一句“您没听说过什么吗”，包含了母亲对女儿的多少牵挂：女儿还好吗？她还活着吗？她现在安全吗？最终奴隶母亲找到了机会，用适当的语言询问了她牵挂已久的女儿的命运。还有谁可以说黑人奴隶对子女没有感情，说她们不会做母亲，只能像机器一样服务于白人主人？莫里森指出，围绕着这一段对话的是一片沉默，是400年的历史话语中关于黑人妇女形象的空缺或扭曲。

---

① Toni Morrison, *Playing in the Dark: Whiteness and the Literary Imagination*, 1992, pp. 21-22.

在黑人女性主义者看来，黑人妇女形象的扭曲是主流意识形态把某些预设的特质强加在黑人妇女身上的结果。由于主流的意识形态在黑人妇女身上形成了一种"负面定式"，对黑人妇女读者造成的心理结果是自我厌恶与自我怀疑，因此，要彻底解放黑人妇女，就必须祛除这个"负面定式"，做一个有意识的"抗拒性读者"[①]，这是必须迈出的第一步。

莫里森就是作为一名"抗拒性读者"对文本进行解读的，她发现"梦的内容决定于做梦者本人"[②]。因为不管文学形式以怎样的面目伪装，黑人的存在一直都在潜移默化地影响着白人的文学表达。一种新的阅读视角就是从读者的角度入手，而不是按照作者的要求认同于主流话语。对传统妇女形象的解读取决于读者阅读文本的视角和出发点，不同的出发点可以从文本中看到不同的内容和主题，要改变美国文学中黑人妇女的形象需要排除种族主义的干扰，站在黑人女性的立场上解读方可行得通。莫里森审视了在"美国非洲主义"之上，白人性的意识形态的建构方式，说明白人性和黑人性是互相建构的：谈到种族问题就想到黑人与白人二分不同含义[③]，即考虑黑人性和白人性其中之一时，就自动引出对另一种族文化的指涉。尽管白人在极力贬低黑人，但是美国白人的自我本质离不开具有非洲特征的黑人的存在。没有了黑人性的存在，白人性也会变得毫无意义、不可理解、没有感觉、沉默寡言。

美国黑人女性主义揭露白人对黑人妇女的扭曲与老套描写，其目的并不仅仅要说明对黑人妇女形象刻画得不够准确性，更重要的是要揭示出这些刻板形象对黑人妇女的心理造成的负面影

---

① 宋素凤：《多重主体策略的自我命名》，第 42 页。

② Toni Morrison, *Playing in the Dark: Whiteness and the Literary Imagination*, p. 17.

③ Nancy Peterson, *Introduction in Toni Morrison: Critical and Theoretical Approaches*, Baltimore: The Hopkins University Press, 1997, p. 7.

响。刻板形象使压迫者可以非常方便地使用心理工具，它可以阻止被压迫者表达思想感情，挫伤她们追求自尊和自主的信心。当黑人妇女无法表达自我意识的时候，她们就会把被他人定义的扭曲形象内化为黑人妇女的自我定义、自我身份认同的来源；而这种内化的身份认同却又反过来加入了主流话语对黑人妇女自身的压迫，成为自我压迫的来源之一。黑人女性主义活动家宝莉·穆蕾(Pauli Murray)曾指出："压迫制度，从受害者的默认中获得了很大的力量，这些受害者已经接受了主流文化对于她们自己的形象刻画，且被一种无助感所麻痹。"①主流文化对黑人女性的客体化如此彻底，以致黑人妇女成为压迫自己的同谋。

主流话语强加在黑人妇女身上的负面形象汇集在一起，构成了意识形态压迫的基础。而意识形态方面的压迫比政治、经济方面的压迫力量更为强大，它可以使一个人丧失自我身份的概念从而沦为主流社会的意识形态上的奴隶。这使得种族、阶级和性别压迫得以继续维持。因此，黑人女性主义文学批评的任务就是解构这些统治人们思想的刻板形象，使消隐在历史地平线下的黑人妇女浮出地表。

二、黑人男性话语中黑人女性形象解读

如果说在白人文本中，保姆、妓女等形象对黑人妇女极尽扭曲之能事，那么黑人男性文本中的背叛者和女神的形象是否是一种修正呢？黑人女性主义批评家巴特勒·伊万斯(Butler-Evans)的回答是否定的："如果说黑人美学话语的符号策略主要集中在建构与主流(白人)文化策略不同甚至相反的模式方面，那么这种话语

① 转引自周春《抵抗表征：美国黑人女性主义的形象批评》，载《湖南师范大学社会科学学报》(第34卷)2005年第5期。

可质疑的一方面就是黑人妇女的表征。”[①]通过审视民族主义文学,可以看出其中刻画的黑人妇女形象与白人文学如出一辙,完全是强加的、刻板的,这些刻板的形象没有性别特点和个人需求,而且多数被政治化。她们无论被描写成繁殖的工具、背叛者,还是女神,其作用都是为黑人社区和民族的建造服务。

种族、性别的政治使黑人女性主义文学批评对黑人制度内的性别压迫同样重视。克里斯廷在《非裔美国文学中的黑人妇女形象:从老套到性格》一文中,通过对1945～1960年的四位主要黑人男性作家——理查德·赖特、詹姆斯·鲍德温、彻斯特·希姆斯和拉夫·埃里森——的主要创作的分析,发现黑人妇女在他们的文本中除了以大姆妈或受害者的形象出现以外,基本上不存在。克里斯廷痛心地说,黑人妇女在这些文学巨匠的文本中,与19世纪晚期的南方白人文学对她们的描述一样,落入刻板老套的框架中。[②] 她发现黑人妇女的刻板形象已经严重内化,这样的意识形态不但直接损害了黑人男性和女性的自我定义和互相之间的态度,也是导致黑人妇女毁灭的重要原因。[③] 因为不仅作为个体的黑人妇女接受了性别主义和种族主义对自身的定义,整个黑人社群也是如此。沃克的代表作《紫色》中黑人男主人公对女主人公的一番话可作为代表:“你是黑人,你很穷,你长得难看,你是女人……你一文不值。”[④]

在民族主义者的话语中,黑人妇女的形象是按照民族大业的需求刻画的。首先,作为母亲的繁衍角色被强调,她们没有性快乐

① 古绮玲:*Siter Outsider Audre Lorde:A Black Feminist Poet on Postmodern Privileging of Difference*,(台)淡江大学博士论文,2001年,第150页。

② Barbara Christian, *Black Feminist Criticism*, p. 15.

③ Barbara Christian, *Black Feminist Criticism*, p. 178.

④ Alice Walker, *The Color Purple*, New York: Washington Square Press, 1982, p. 182.

和自由。这也是同性恋和跨种族的性关系受到排斥的原因，因为同性恋无法繁衍后代，而种族间的性关系又是对民族解放斗争的侵犯，有灭种之虞。其次，黑人妇女被描写成背叛者。由于黑人男性不能像白人那样为黑人妇女及家庭提供生存条件，所以她们鄙视、瞧不起黑人男性，抓住一切机会攻击男人的弱点。这种对黑人男性不恭的女人被视为背叛种族的人。再次，黑人妇女以正面的还原形象出现，即女神或者非洲女王，成为民族文化的标志者，是拯救民族的英雄。这样的描写结果把黑人妇女的形象理想化而流于空洞。

黑人女性主义批评家认为，男作家文本中的黑人妇女老套形象的刻画是文学上"厌女症"的表现，这些文本并没有抓住黑人妇女的真实形象，模糊了黑人妇女地位的实际情形。尽管有些形象似乎是正面的，但是黑人妇女不论以怎样的面貌出现，民族主义文学都没能刻画出黑人妇女的多重性格特点。黑人妇女牺牲个人生活来满足整个民族的要求，这才合乎黑人道德。在民族利益高于一切的大旗下，黑人妇女又一次被推到看不见的位置。弗吉尼亚·伍尔芙对妇女地位的描写极为适合黑人妇女的状况：

> 女性如果只存在于男性写的小说中，人们会想象她是个极其重要的人物：多姿多彩；崇高或猥琐；明丽或污秽；天姿国色或丑陋无比；像男人一样高贵，或比男人还高贵。但这是小说中的女性。实际上，如特里威廉教授指出的，妇女是被关在屋里，遭受拳打脚踢。
>
> 如此一来，就出现了一个非常古怪和复杂的造物。在想象中，她尊贵无比，而在实际中，她又微不足道。诗卷中，她的身影无处不在；历史中，她又默默无闻。她主宰了小说中帝王和征服者的生活；其实，只要男人的父母能强使她戴上戒指，她就成了那个男人的奴隶。文学中，时时有一些动人的言辞，极其深刻的思想出自她口中；而现实生活中，她往往一不会阅

读,二不会写字,始终是丈夫的附庸。[1]

实际上,美国黑人妇女被描写成理想化的母亲或者女神的形象很早就存在。早在黑人美学运动出现之前,黑人诗人和小说家就在创作中描写过这样的黑人母亲形象,她们在必要时可以为了黑人男性做出牺牲,为整个黑人获得所谓的黑人民族性付出全部的努力,而同时隐藏她们的自我和个体需求。黑人男作家对黑人妇女的描写完全缺乏黑人女性特点,更缺乏主体性。黑人女性主义批评家对黑人男性作家文本中黑人妇女形象的解读实际上就是对其中表现出来的性别主义进行解构。批评家认为,黑人内部存在的父权意识形态实际上内化了白人的价值标准,因此,黑人女性批评将批判的矛头指向了黑人社群及其制度本身,认为黑人社群与制度为内化主流话语的标准提供了平台。对文本中黑人妇女形象进行批评是黑人女性主义文学批评的任务之一,但更为重要的是如何建构出丰富、变化、饱满的黑人妇女形象。

三、黑人女性形象的自我定义

在解构了历史上对黑人女性形象的否定刻画之后,黑人女性意识到只有建立自己有效的表征方式,才能进行自我定义,摆脱"失语"状态,成为表述自己的主体,进行黑人女性自己的文化诉求,这才是形象批评的真正意义所在。自我定义的立场对黑人女性的生存十分关键。正如奥黛·劳德(Audre Lorde) 所说:"这是一个不言自明的道理:如果我们不给自己下定义,那么我们会被别人下定义——为他们所用,却对我们有害。"[2]事实上,黑人女性定

---

① [英]弗吉尼亚·伍尔芙:《一间自己的房间》,贾辉丰译,人民文学出版社 2003 年版,第 37 页。

② Audre Lorde, *Sister Outsider*, Trumansberg , N. Y. The Crossing Press, 1984, p. 45.

义自我、进行自我表述的努力由来已久。特鲁斯的质问:"难道我不是一个女人吗?"至今仍然影响着黑人女性的思想意识,激励黑人女性思考自身的形象。

黑人女性主义批评家意识到,黑人妇女在男性作家作品中只是一种客体性的存在,她的意义与内涵是由男人决定的。因此,黑人女性批评必须对既往的文学作一个修正,争取话语权和自我定义权。黑人女性批评经常提出的问题是关于黑人妇女与权力和话语的关系问题,权力和话语直接关系到黑人妇女形象的表述。就像亨德森所感叹的:"在过去,并不是黑人妇女没有什么可说的,而是她们没有权力说。她们声音的缺席使其他人对其进行规定、书写或阅读。说话可以使我们远离'他者'对黑人妇女的书写和阅读,转而审视黑人妇女如何书写他人对黑人妇女的书写和阅读。"①"审视黑人妇女如何书写他人对黑人妇女的书写和阅读",就是以批判的眼光解读文学中黑人妇女的陈旧形象描写,这还不是黑人女性主义文学批评的最终目的。其目的是审视文学中的黑人女性形象的自我定义和建构问题。批评家通过对黑人妇女小说的主题、意象进行分析认为,黑人女性形象的建构,不能仅仅以颠覆主流社会所建构的既有的歪曲形象为目标,而应该打破原有的好与坏、善与恶、女神与恶魔等非此即彼的二元对立的形象,展现黑人女性的复杂性、差异性与多样性,这样的黑人女性形象才是真实可信、有血有肉的。

在探讨黑人妇女小说家对黑人女性形象的建构方面,克里斯廷在《黑人女性主义批评》一书中作出了比较全面而深入的分析。她指出,弗兰西斯·哈珀(Frances Harper)与杰西·弗塞特(Jessie Fauset)等女性作家,由于受到建构黑人妇女"正面"形象的制

① Mae Gwendolyn Henderson, "Speaking in Tongues," Cheryl A. Wall, *Changing Our Own Words*. Rutgers, p. 24.

约，因此几乎无法探寻黑人女性自我身份的复杂性。文学只有再现黑人女性复杂而真实的面貌，展示黑人女性真实的生存状态，才能成功地进行自我定义。从这个角度上来说，克里斯廷认为，黑人女作家格温德林·布鲁克斯的《毛德·玛莎》(*Maud Martha*)由于描写了一个平常的黑人女性，打破了过去或是伟大英雄或是卑贱被蹂躏的黑人女性模式，从而创造了崭新的黑人女性形象。

但是，黑人女作家要创造出真正的黑人妇女形象，必须“杀死”大屋子里的保姆。克里斯廷在《复调韵律：伍尔芙和莫里森》一文中，对伍尔芙和莫里森这两位著名作家的相似与差别作了详尽比较、分析，指出尽管两位作家在文化上有差异，所处的时代也不同，但是同为女作家，她们面临类似的问题：“如果说想要实现一个作家的自我价值，伍尔芙就必须要杀掉‘屋里的天使’的话，那么莫里森就必须‘杀死大房子里的大姆妈’。”①“屋里的天使”是男性作家作品中对女性形象的描述。在这些作品中，女性的存在总是渗透着男人的复杂欲望。把女性描述为天真、美丽、可爱、聪明、无私的“天使”，折射出男性欲望中的理想女性。这样的女性要放在家里供奉，她没有自我，完全按照男人的意愿行事。因此，要刻画出真正的女性形象，必须“杀掉”这个“天使”。同样，为住在大房子里的白人家庭当保姆的“大姆妈”，也是父权制和种族主义者理想的黑人妇女形象。克里斯廷认为，黑人女作家的使命是为黑人妇女确立一个主体性形象，远离那种对白人主人唯命是从的保姆形象。

19 世纪的黑人女作家以历史上白人对黑人妇女勾画的形象为对照，重新定义黑人女性的自我。20 世纪的黑人女作家不仅建构了一个黑人妇女的新形象，而且继续建立她们的诗学主体性。

---

① Christian, “Layered Barbara Rhythms: Virginia Woolf and Toni Morrison,” Nancy Peterson, *Toni Morrison: Critical and Theoretical Approaches*, Baltimore: The Hopkins University Press, 1997, p. 23.

如果说19世纪黑人女作家对自我的定义是基于对他者身份的回应、有模仿主流社会定义的女性形象之嫌的话,那么到了20世纪黑人女作家则转向了她们自己建构的自我模式。所以黑人女性是从对抗的位置进入西方文学领域的,她们对抗的是社会强加给她们的身份和地位。她们首先要修正黑人女性作为性受害者和财产的形象,然后才能提出新形象。现代的黑人女作家完全抛开陈规老套的黑人妇女形象,不再把黑人妇女看作种族的、性别的和社会环境的牺牲品,而是通过塑造全新的黑人妇女形象,建构不同于以前的黑人女性的自我。她们的叙述旨在纠正围绕种族、性别、地域和经济条件而创建的传统,把"他者"展现在这个传统中。这样的叙述不仅建构了黑人妇女自己的文学传统,而且显示出美国黑人女作家在美国这个白人主人的家园里的地位。

黑人女性主义批评家们通过分析佐拉·尼尔·赫斯顿、艾丽丝·沃克、托尼·莫里森等黑人女作家所塑造的女性形象,揭示了黑人女作家由改写、修正刻板形象到利用自己的文学创作自我定义,从而对丰富的、具有差异性的黑人女性形象进行表征的历程。麦克道威尔认为,由于黑人妇女的负面形象贯穿并渗透进整个历史,"在整个文学传统中,黑人女小说家都承担着用实际形象代替陈旧形象的修正任务"①。她以艾丽丝·沃克的创作为例说明,作者一方面忠实于事实,另一方面充分发挥想象的作用,这样塑造出的人物性格复杂丰满,而不再是单一的原型。

但是,黑人女性主义文学批评在黑人女性形象的问题上存在很大分歧,很多批评家对现代黑人妇女塑造的反抗性形象持赞成态度。比如莫里森笔下的秀拉,一反过去的黑人小说中黑人对白人既恨又怕的性格,以主动进攻的精神,力图实现自己的人生价

① Deborah E. McDowell, "'The Changing Same': Generational Connections and Black Women Novelists," *New Literary History*, 1987(2), p. 138.

值，发出了“黑人妇女是人”的呼声。她不仅追求与男人平等，还希望通过与白人男人的性关系来颠覆白人的权威和价值观。结果，该书在批评界引起了一场轩然大波。这个形象挑战了传统，抛弃了社会强加给黑人妇女的角色，打破了种族和性别方面的陈规老套，大胆地探索人生。离经叛道、充满探索与想象、有自我意识的秀拉与墨守成规的、害怕变化、没有自我、只求生存的传统黑人妇女形象形成对照，这在美国文学史上是一次质的飞跃。

然而，更为激进的黑人女性批评家认为，仅仅把黑人女性的形象定义在反抗的层次上不足以确立黑人女性的主体形象。胡克斯在《革命的黑人女性：自己争取成为主体》一文中，探讨了如何建立真正拥有主体意识的黑人女性形象的问题。胡克斯批评当代一些黑人女作家创作的小说中，黑人女性追求主体性的斗争虽然强烈地反抗了自己原有的命运，但是她们的反抗总是不彻底。她们最后总是在摆脱了他人强加的形象束缚之后，“又通过自加的限制和束缚去实践她们新发现的‘自由’。因而，虽然黑人妇女能够使自己成为‘主体’，但她们不能成为基本的主体。她们常常只是迎合了已有的某些准则，甚至是一些她们曾经反对过的准则”[①]。

胡克斯以沃克的《紫色》为例，进一步说明黑人女作家在塑造黑人女性形象时的局限性。小说中的主人公茜丽从一个在经济、思想、阶级地位等各方面“一文不值”的黑人妇女，在经历许多磨难后终于使自己在各方面都产生了“根本性的”变化，从客观的到主观的，直至最后成为一名开办工厂的企业家。家庭在小说的开始是压迫茜丽的地方，是令她恐惧、厌倦的家长制牢狱，然而当茜丽成功地实现了自我价值，成为自己的‘主体’后，她又重新回到了家庭。所以，在胡克斯看来，茜丽根本不是女性主义者所期待的那种

---

① [美]贝尔·胡克斯：《革命的黑人女性：自己争取成为主体》，巴特·穆尔-吉尔伯特等《后殖民批评》，第 316 页。

女性形象，更没有从自身的经历中获得经验从而成为一名人权活动家。虽然胡克斯的观点有些偏激，她似乎把实现自我与家庭割裂开来，以为自我必须在外面的大世界中方可实现；但是，她确实批评了一些现代黑人妇女作家在塑造女性形象时使用简单的模式。这些黑人妇女在遭遇并克服了难以想象的阻碍后，常常又安下身来，成为常规的性别角色，即从一种压迫进入到另一种束缚。

当然，胡克斯也肯定了当代黑人女作家的贡献。她认为，由黑人女作家创作的关于构筑自我的当代小说展现了一片新的视野，因为这里刻画的女性形象多数是在一定程度上进行了实质性反抗，才使她们生存的希望得以实现。而且，“由于这些小说勇敢地指出了压迫的状况和个人的对抗策略，这样的读物使那些迄今为止尚未如此做过的个体黑人妇女读者开始分析思考，以及（或者）使那些已有反抗经历的读者更加坚定自己的信念”[①]。

既然当代黑人女作家文本中非常一致的倾向是黑人女性必须“发明”出各种自我，建构一种新的黑人女性形象，从而解构主流话语中黑人女性形象的负面定式，那么就产生了这样的问题：“何为自我？”“黑人女性应该实现什么样的自我？”“新的身份应该在哪里建构？”对这些问题的回答就可以确立新女性形象，但是这些小说很少回答这些问题。胡克斯多次表达自己的观点，即黑人女作家对黑人女性形象的塑造不应只围绕着如何反抗打转。“仅仅对立是不够的。当你做了反抗之后，你要在那片空白的空间中更新自己。”[②]胡克斯确实说出了问题的要害：黑人女性的完满形象不仅仅是对立和反抗，更重要的是如何建构的问题。实际上，对于这些

① [美]贝尔·胡克斯：《革命的黑人女性：自己争取成为主体》，巴特·穆尔-吉尔伯特等《后殖民批评》，第320页。

② [美]贝尔·胡克斯：《革命的黑人女性：自己争取成为主体》，巴特·穆尔-吉尔伯特等《后殖民批评》，第321页。

问题,女性主义、黑人女性主义以及后殖民女性主义的批评家一直都在进行思考、探讨,然而并没有达成一致,也没有提出一个圆满的答案。

黑人女性主义的形象批评在总结、清算主流话语所建构的黑人女性定型模式的基础上,剖析和揭示了主流话语的表征系统生产和复制霸权话语的过程,使人们看到了黑人女性如何在主流话语表征系统的镜像中变形和扭曲。基于这样的分析,黑人女性主义文学批评指出了自我定义与自我表述的重要意义与途径,从而为黑人女性建构自己的表征体系进行有效的自我表述奠定了基础。这不仅对黑人女性有着极为重要的意义,对第三世界女性如何在双重边缘的处境下建构自己的表征方式,进行自我定义,从而在与主流话语的对话中发出自己的声音也有着重要的启示意义。

第二节 “我写故我在”

勒内·笛卡儿(Rene Descartes)的宣言“我思故我在”(I think therefore I am)表明,人们离开了对上帝或者国王等最高权威的绝对崇拜,转而相信作为个体的“人”是知识和真理的最终创造者。这是对主体尊严的肯定,肯定了自主的人类个体的中心地位,有效地分离了主体与客体、自我与他人。主客体的分离使自主的“我”不再被看作由神圣意志或者宇宙力量操纵的人,而是成为能够运用知识和想象去了解和表征世界的人。由此,自主的人类意识被视为行动和意义的源泉。主体意识的获得对于受压迫者来说极为重要,因为它可以影响他们的生存意识、身份认知和反抗统治的能力,它为获得人权和自我定义提供了坚实的基础。

如果说笛卡儿强调思想对于建立主体意识的重要性,那么对美国黑人来说,用语言表述自我的写作具有同等甚至更重要的意义,成为建构主体意识的途径。因为历史的原因所致,美国黑人一直没有形成牢固的主体性,所以主体性的建构对他们来说很重要。同时,写作的重要意义可以与生存相提并论,从事文学创作是黑人在美国得以生存的方式和手段。美国著名文论家、黑人学者亨利·路易斯·盖茨(Henry Louis Gates)如此解释:"在西方的文艺、司法、公民权等领域里,美国公民被剥夺了对他们主体性的认可,他们从书中寻求永恒,把自我用语言表述出来。'我'写作,所以'我'成为'我'(I write, so I am)。"①

本书把黑人女性主义批评家对写作的强调和重视归纳为"我写故我在"。美国黑人为了证明他们作为人的权利和能力开始了他们的文学旅程,经历了从动物到人、从不被看见到被看见、从不被听见到被听见的过程。

一、写作:建构自我

海德格尔说"语言是存在之家",后结构主义理论家也指出,主体性是在语言中建构的。

黑人妇女从被贩卖到美国重新命名的那天起,她们就被客体化了,她们被迫放弃主体性,失去自我,不再有任何主动行为,她们的一切都是按照白人奴隶主的意志为转移的。然而通过写作,黑人妇女可以将自己的客体地位转换成主体的自我。当黑人小姑娘惠特里被帆船带到美国时,她被迫接受新的教名,随主人姓,成了主人的附属品。但是她利用读写能力的优势,创作了诗集《各种题材的诗歌:宗教和道德》。按照荣格的观点,作品被创作出来后,读者在阅读过程中与作者建立了联系,这也是确定作者主体性的过程。惠特里就是通过诗歌建构自我的。

---

① Alexander Elizabeth, "'We Must be About Our Father's Business': Anna Julia Cooper and the In-corporation of the Nineteenth-century African-American Woman Intellectual," *Signs*, 1995, 20(2).

美国黑人开始被当作真正的人看待是基于美国黑人文学传统的建立，所以美国黑人文学传统的产生不同于其他文学传统，它是对白人长期以来存在的偏见——黑人不会也不能写作，因而不具备完全的人性——的反驳。休姆、康德、黑格尔等哲学家和文学批评家似乎都把文学的在场与不在场视为一个种族内在的人性与潜能的标志，创作成为理性的一个可视标志。根据英国文论家威廉斯对文学概念的演化过程及其与读写能力的关系的考察，文学在传统上被看作是高雅文化的一部分。威廉斯首先从词义的变迁来审视更广阔的生活与思想的变迁，对“文学”(literature)一词的产生、含义、发展及其派生词进行了分析。“文学”一词最早是指与阅读相关的术语，后来随着词义的扩展，文学便被定义为与读写能力相关的高雅的“学识”，文化教养低的人没有能力接近它。这样，文学便成为区别社会地位的一个水准。根据这样的水准，一部作品是否被视为“文学”，主要看它是否能体现出“高雅的”文化教养。威廉斯对 18 世纪以来文学概念的演化进行总结，认为文学性的标准由“学识”转向“趣味”或“感受力”。与此相对应，“批评”也从以“学识”为标准对文学进行评注演变成了依靠“趣味”、“感受”以及“鉴别力”而进行的自觉行为。这个时期的“文学”范畴(即具有高雅性与知识性的属性)限定了文学批评，从而使“文学”和“批评”成为某一阶级对普遍的社会实践进行特指和控制的形式。

随着“文学”概念的演变，它逐渐专指“创造性的”或“想象性”的作品。这时的作品和语言已具有商品的性质，成为服务于资本主义的工具。尽管自由想象和创造力的强调使文学在浪漫主义时期获得了前所未有的发展，但是最终文学没能逃脱工业资本主义的强大压力。当“美学”、“审美”、“美”、“真”等概念被引入到文学领域时，文学便与低劣作品、通俗作品、大众文化等形成了对立之势，只有伟大的和重要的作品才属于真正的文学，只有“伟大的文学精髓"才被认定属于文学传统。[①] 从此,文学不再是最初具有客观性的"所有出版物",也不再被限定在有"趣味"和"感受力"的某一阶级了,而成了一种带有选择性的领域。同时,文学批评的重要性也越来越突出,成为判断文学价值的唯一途径。

按照威廉斯的分析,文学创作在历史上就与权力、地位有关,是"高雅的"、有文化教养的上层阶级才能拥有的能力,是区别社会地位的一个标准。早期的白人甚至把文学创作与人性联系起来,在白人眼里,黑人成为人的标志是拥有文学创作能力。美国黑人从事文学创作的原因之一就是为了证明他们拥有完全的人性。读写能力把他们从"它性"、"物性"提升到人性。黑人批评家认为,从历史来看,黑人拥有读写能力表明任何人之间,特别是黑人和白人之间共性的存在。但是,对黑人妇女来说,这个历程仍然没有取得黑人男性那样大的成就。男权中心社会的文化传统认为,文学创作被视为伟大的工作,只有伟大的人物——伟大的男人——才有能力写作,与女性无缘。妇女不像男人那样拥有创作技巧,而且写作也是话语权的表达方式之一,自然应该远离女性。这样,否认了女性的创作能力就等于将女性视为被阉割的男性,她的社会性别被固定下来,也就是劣等的、从属的第二性。19 世纪的妇女要参与文化话语,要么被阉割,要么被重新定义性别,或者两者兼而有之,但不论是哪种情况,她们的自我都无法实现。因此,真正从事写作的妇女并不是很多。

法国女性主义的写作理论向这一传统提出挑战。受精神分析学说,特别是雅克·拉康的精神分析说的影响最大,女性主义文学批评家一方面对精神分析学说的"阳物崇拜"理论大加挞伐,另一方面也借鉴了精神分析理论中的有益成分,特别是拉康的语言和

---

① [英]雷蒙德·威廉斯:《什么是文学》,刘纲纪主编《马克思主义美学研究》第 3 辑,广西师范大学出版社 2000 年版,第 498~504 页。

欲望关系的思辨，即主体是语言结构中的一个能指，会不断被代替、错置。欲望存在于语言之中，是一切语言的动机。而文学作为最强烈的语言的运用者，更是欲望的一种集中表现。这一理论促成了女性主义者试图在语言中建构主体性的尝试，终于在20世纪70年代中叶，法国女性主义创立了关于女性写作的理论。这一理论将妇女的身体、思想、语言视为一体，强调妇女与身体的关系，拒绝将身体和思想区别开来。埃莱娜·西苏是这一理论的创始人，认为妇女作为受压抑的性别，其写作具有真正强大的革命力量，这种力量一旦爆发，必将汇成一股具有破坏性的力量。因此，她提倡让身体被听见。西苏在《美杜莎的笑声》一文中，谈到妇女写作的重要性：

> 妇女必须参加写作，必须写自己，必须写妇女。就如同被驱离她们自己的身体那样，妇女一直被暴虐地驱逐出写作领域，这是由于同样的原因，依据同样的法律，处于同样的目的。妇女必须把自己写进文本——就像通过自己的奋斗嵌入世界和历史一样。①

妇女必须写作，因为只有通过写作，她们才能找到属于自己的东西，才能发现自己的价值。而且，男人的写作中只谈论男人，对妇女根本视而不见，所以妇女只有靠自己写作才能证明自己的存在。因为通过写作，"妇女将返回到她自己的身体，这身体曾经被从她身上收缴去，而且更糟糕的是，这身体曾经被变成供陈列的神秘怪异的病态或死亡的陌生形象，这身体常常成了她的讨厌的同伴，成了她被压制的原因和场所。身体被压制的同时，呼吸和言论也就被抑制了。写你自己。必须让人们听到你的身体。……写作，这

① [法]埃莱娜·西苏：《美杜莎的笑》，张京媛主编《当代女性主义文学批评》，第193页。

一行为将不但‘实现’妇女解除对其性特征和女性存在的抑制关系,从而使她得以接近本原力量,这行为还将归还她的能力与资格、她的欢乐……这行为同时也以妇女夺取讲话机会为标志……”①

伊丽格瑞也相信,写作是一种为自我喝彩、建立独立性的活动;写作对女性来说是件令人愉悦的事情,女性的写作是书写自己的身体,是性欲的自我满足。同样,黑人妇女也在书写自己的身体,其目的是为了拥有一个完整的自我,因为在18世纪,黑人妇女的身体被当作商品一样进行买卖,其价值决定于身体的再生产能力。如果说她们的身体还有一定的价值的话,那么她们的灵魂则一文不值。奴隶地位就是让黑人妇女成为一个配件,黑人妇女的形象通常是性牺牲品或性欲过强者。因此,早期的黑人妇女的写作或者口述文本就是有意识地确立对身体的拥有权,定义自我。黑人女作家的叙事表明,奴隶身份并没有让19世纪的黑人妇女沉默,没有阻止她们索取对身体的拥有权。

主流的学术话语随心所欲地在想象中建构出一种同质的、无差异的黑人妇女身份,压抑和控制了黑人妇女的主体意识。因此,怎样创造自我、建构主体性成为黑人女性主义文学批评的焦点问题之一。通过文学创作来达到这个目的是一种不容置疑的途径。正如中国学者孟悦、戴锦华在《浮出历史地表》一书中所写:

> 对那些不隐讳自己的女性身份的作家而言,写作与其说是“创造”,毋宁说是“拯救”,是对那个还不就是“无”但行将成为“无”的“自我”的拯救,是对淹没在“他人话语”之下的女性之真的拯救。②

---

① [法]埃莱娜·西苏:《美杜莎的笑》,张京媛主编《当代女性主义文学批评》,第193～194页。

② 孟悦、戴锦华:《浮出历史地表》,中国人民大学出版社2004年版,第43页。

黑人妇女的写作与其说是运用话语，不如说是改装或改写话语，是将现成语言、现成观念、现成叙事模式改装得不那么规范，以便于她们使用。在白人和男性主导的话语系统中，黑人妇女以自己的方式，努力将自身从地下的黑暗处拯救出来。

在反抗压迫和征服的过程中，话语成为反抗和变化的工具。黑人妇女的奴隶叙事就是一种记录经验、确立自我的话语，也是驳斥对黑人妇女形象扭曲的话语，更是证明黑人妇女对美国社会所作出的历史贡献的话语。奴隶叙事产生于定义和创造黑人身份的需要中。在叙述中，黑人妇女向世人宣告她们反抗种族剥削和性别压迫的经历，以及她们走向自我定义的旅程。奴隶叙事是她们存在的证明，也是她们改变自身处境的斗争方式。正如奥尔格·伊德里斯·戴维斯(Olga Idriss Davis)所言："奴隶叙事这种体裁，通过修辞陈述'我在这儿'，在美国历史上第一次使黑人妇女有机会宣称她们的存在。这种寻求自我的象征性表述成为创造反抗话语的要素，它承认了黑人妇女作为思想者、创造者和命名者的身份，反驳了主流话语对她们的存在的虚构……"[①]奥尔格·伊德里斯戴维斯认为，奴隶叙事是黑人妇女在私人领域内从事的建构自我形象的话语，她还把19世纪黑人妇女登上演讲台视为黑人妇女在公共领域宣称自我存在的渠道。黑人妇女在公共场合讲话，她们的声音才能被听到。使用声音是一项身体活动，它首先声明身体的存在，然后宣布到达公共领域。黑人妇女在公共领域的话语可以把那些被压抑了声音的、沉默的黑人妇女联合在一起。声音成为黑人妇女身体在新创造的公共空间的象征性代表。当她们不

---

① Olga Idriss Davis, "Theorizing African American Women's Discourse: The Public and Private Spheres of Experience," Marsha Houston and Olga Idriss Davis eds., *Centering Ourselves*, Hampton Press, 2002, p. 40.

被允许进行公开的演讲时，小说就成为她们想象的“讲坛”。[①]

黑人妇女的文学创作活动历史悠久，因为读写能力的限制，她们的创作形式主要是口头叙事，这也是证明自己存在的方式。惠特里是个例外，她是在仁慈的主人的帮助下学会读写的。她的诗歌借对美国殖民者渴望摆脱英国统治的描述，表达被奴役的非洲黑人渴望自由的心声，把黑人被奴役的灾难与殖民者在英国统治下的遭遇相提并论。她的诗见证了美国历史，属于美国文化和文学的源头，参与了美国传统的建构，也确立了她的存在。作为一个奴隶诗人，惠特里在她的诗中建构了一个开化的、有文化的美国殖民地时期的黑人社群，黑人不再是无宗教信仰的非洲人；他们不再是命中注定的劣等的不识字的奴隶，而是一个有道德、有知识的民族群；他们不再居于美国社会之外，而是这个社会的成员。奴隶制和奴隶的身份尽管给惠特里带来了许多阻力，但是并没有阻止她成为言说的主体，也没能妨碍她成为后代作家的典范。从她的语言中，人们可以感受到她拒绝接受白人强加的劣等身份的努力。

从文学创作的体裁来说，与奴隶叙事相辅相成、互相映辉的是“自传性写作”。胡克斯指出，“自传性写作”不仅是黑人女作家的一个宝贵的文学传统，也是作为边缘妇女自我塑形、介入话语权的一个利器。[②] 自传体写作并不是黑人女作家所发明的、独有的体裁，但是这种文本给予黑人女作家极大的意义，因为它是黑人妇女和女作家可以见诸文字的最早的文体形式之一，而且可以在敌对的环境中喊出“我就在这儿”。“我就在这儿”和“我是谁”同时发生，这标志着主体意识的存在。自传体文本中展示出的不仅仅是

---

① Elaine Showalter, *Sister's Choice*, New York: Oxford University Press, 1991, p. 11.

② 参见[美]贝尔·胡克斯《革命的黑人女性：自己争取成为主体》，巴特·穆尔-吉尔伯特等主编《后殖民批评》，第327～328页。

叙述者个人的声音。也有呼之即出的黑人妇女的集体声音，这个叙述者的声音与集体声音交织的文本世界是一个“女性的领域”，经由这个领域，黑人妇女受到的白人奴役、性别歧视和阶级剥削等多重压迫的特殊边缘经验，与源自这些经验的被压抑的知识形式，可以一代一代传承下去。

早在19世纪，安娜·朱丽亚·库珀在写《来自南方的声音》这本书时，就使用了具有自传性质的体裁。她把自己当作一位活跃可见的代言人，自如地运用第一人称，并使用通俗易懂的词汇。她从两个方面展现出黑人妇女的活生生的经验：一方面是不断地强调文本的口语性，如用“我承认”“我请求”“据我所知”“我不知道为什么”“我的意思是”“我同意”等等的第一人称表达法，指涉说话者身体的在场；另一方面，很多段落开头都用反问句，再假想一个对手的回答。伊丽莎白·亚历山大（Elizabeth Alexander）认为，库珀在写自传时具有高度的自我意识，她一直强调身体的欲望和需求，把生理的自我命名当作争取种族平等的有力武器，如：“我在公共饭店吃饭，或者申请火车上的一流车厢，因为我身体的需求和其他人是一样的。”伊丽莎白指出：“在书中策略性地用了第一人称‘我’，把自己的经验甚至生存写入她所倡导的女权策略之中，将自己的身体写入文本中，为世纪之交的黑人知识女性打制出文本的空间。”[1]库珀在写作中造就了她的自我，为黑人女性在智力、工作和思维上打造了一片空间。她为黑人妇女呐喊，号召她们写作、言说。所以“autobiography”（自传）这个词里的“auto”（自己）的字面意思不是“一个”，而是作者的身份与集体的声音和责任合并在一起的概念。

---

① Alexander Elizabeth, "'We Must Be About Our Father's Business': Anna Julia Cooper and the In-corporation of the Nineteenth-century African-American Woman Intellectual," *Signs*, 1995, 20(2).

黑人女性主义批评家认为,美国黑人妇女欲寻求表达自己的机会,在公共领域为自己寻得一个话语位置,不论是口头的还是书面的,必定面临双重挑战:一是主流的意识形态;二是文学中关于女性气质的成见,这种成见把她们从“女人”的定义中排除。既不是女人又不属于主流,黑人妇女要得到这个位置便十分困难。而且黑人妇女创作的物质条件也极为糟糕,没有伍尔芙所说的两个基本条件,即自己的房间以及基本的生活费用。她们经常是单身母亲,经常被孩子们打断思路,或者为了维持全家人的生计而不得不忙于工作。

无论困难多大,黑人妇女总要为自己打造一片生存的空间。正如克里斯廷所说的,小说及其他的文学形式为黑人妇女提供了一个领域,在这里她们可以探索妇女经历的压迫、癫狂、悲伤、喜悦和成功,同时也把这些经历转化成艺术。[①] 而且写作也证明了黑人妇女是自己生命的“作者”,而不是其他任何人的欲望客体。写作可以帮助黑人妇女寻找心理空间,寻找另一种身份、另一个角色。作者通过文学想象塑造一个人,她的命运比现实世界中的黑人妇女拥有更多的可能性。长期以来,黑人妇女在其他文学作品中看不见自己的形象,并不是文学中不存在黑人妇女,而是这些人物已经被改得面目全非,就连黑人妇女自己也无法认出她们自己。黑人女作家被迫拿起了自己的创作武器,纠正被扭曲的黑人妇女的形象。黑人女作家明白黑人男作家的目标:通过写作证明黑人的存在。但同时她们也明白,黑人男性所说的“黑人”中并不包含黑人妇女。所以黑人妇女必须在写作中让自己生存下来。克劳迪亚·泰特(Claudia Tate)说过:“一般来说,黑人妇女写作不是为了

---

① Ann duCille, "Phallus(ies) of Interpretation: Toward Engendering the Black Critical 'I'," Winston Napier, *African American Literary Theory*, New York: New York University Press, 2000, p. 456.

挣钱或者成名。她们为自己写作,写作是她们保持感情和理智上的清晰、支撑她们自我发展和教育的手段。她是被促使写作的,不管能否发表式出版,有无读者。"[①]当有人问莫里森为什么创作那些小说时,她回答说她写了她想读的书。这个回答实际上就是说明在美国这个社会,"公认的文学"要么充斥着性别主义和种族主义,要么与很多人的生活不相干或者根本是对其他人生活的侵犯。黑人女作家的叙述经常遭到怀疑,这种怀疑不仅是基于她们的种族,而且也基于她们的性别。因为在白人女性和黑人男性看来,她都是一个"他者"。莫里森认为,黑人妇女必须建立起自己的文学模式。这样,黑人女作家就不再仅仅满足于解构主流的诗学主体性,而且她们还要解构"他者"等同于自我的叙事方式。

随着后现代关于身份和位置观念的提出,很多黑人女作家把写作视为表达她们的多种位置的方法,是重新获得被抹掉的、被压抑的身份的手段。她们声称在写作时她们努力把这个世界写进自己的语言中,把她们的社会位置带进诗学的领域。西苏的话可以表达她们的心声:"只有在写作——来自于妇女和面向妇女的写作——中,只有在接受被菲勒斯操纵的话语的挑战中,而不是在沉默中,妇女才能确定自己的位置,这个位置在象征秩序中保留给她。"[②]

文学是关于自我的定义,自我与一个人生存于其中的社会相关,但是对美国黑人妇女而言,这个愿望被社会的种种限制强行驳斥、压抑和扭曲。虽然美国黑人女作家不得不面对种族主义、性别主义和阶级的多重限制,这些因素影响了她们的生存和创作,但是

---

① Claudia Tate, *Black Women Writers at Work*, New York: The Continuum Publishing Company, 1983, p. 18.

② Helene Cixous, "Sorties," Sandra Kemp and Judith Squires, *Feminisms*, Oxford: Oxford University Press, 1997, p. 234.

贯穿于美国黑人妇女文学的持久的重要主题仍然是："我们努力定义、表述我们的完整性，而不是由别人对其进行解释。"[1]同时，黑人妇女的创作话语也可以揭穿美国所标榜的民主、公正、自由等神话。

麦克道威尔认为，在写作的过程中，黑人女作家"在传统的欧洲中心和男人中心的文学史内，为黑人和女性特殊的反抗性语言表达方式创建了新的文学空间"[2]。通过书写得以生存、得以实现完整的自我和个人的社会价值，这是黑人女作家的信条。她们的目的不仅仅是通过写作重新找到她们自己的社会位置，还要唤醒所有黑人妇女通过读写获得生存和自我的意识。

读写能力的获得对黑人妇女来说标志着一个新的开始，这种能力使她们在作为财产和女人的多重身份中找到了自我的位置，重新定义黑人妇女的自我。沃克的《紫色》以主人公的读写能力为主脉，反映黑人妇女的悲欢离合。小说以书信体展开，开始时，主人公根本不认识单词，更谈不上书写，后来在妹妹的帮助下才有了一定的读写技能。妹妹被迫逃走后，主人公用写信的方式向上帝倾诉自己被丈夫欺压蹂躏的痛苦，尽管写信的语言不够通顺，也不符合英语的规范，但是它总是主人公排遣心中的苦难、对生活抱有希望的支柱。随着情节的发展，在别人的帮助下，主人公逐渐有了女性意识，而且慢慢地懂得了反抗的道理，她给上帝写信的语言也越来越流畅，更能充分地表达出自己的思想感情，最终摆脱了丈夫的压迫，成为一名独立的、有自我意识的黑人妇女。

奥尔格·伊德里斯戴维斯认为，写作对黑人妇女来说是一种象征性的行为，它象征着反抗压迫和确立自我的过程：

---

① Barbara Christian, *Black Feminist Criticism*, p. 159.

② Deborah E. McDowell, "'The Changing Same': Generational Connections and Black Women Novelists," *New Literary History*, 1987(2), p. 151.

> 写作促成了黑人妇女象征性地进入人性话语，创作活动成为一种反抗的行为，因为它宣布了黑人妇女的智力才能，驳斥那种认为黑人妇女没有人性的谎言。黑人妇女的创作阐释了一种关于“人性”的新视角，即黑人妇女的生命都包括在人类的交流话语中。写作成为重新确定自我、反抗把黑人妇女描写为非人性形象——繁衍的工具、财产和文盲——的象征性行为。[①]

许多女性主义者都相信，包括读写能力在内的教育对改变妇女的状况至关重要，因为它提供了一种传达思想和信息的方式，有助于发展个人的想象力和思考能力，而且还能帮助妇女在事业和生活中作出正确的选择，使她们能够生存下去，在事业上取得成功。

二、诗学的政治趋向

在后现代的语境下，黑人女性主义批评家重新定义黑人妇女的概念，对本质主义提出批判，并以差异作为话语的出发点。那些致力于黑人社群变革的黑人女知识分子，多数既从事文学文本的写作，又投身于政治文本的书写；而且黑人妇女在致力于解释性别、种族和父权制这些政治参数时，经常涉及小说和非小说两种形式。

另外，黑人女性主义作家由于自身所处的环境和经历的原因，她们的创作主题不可避免地表现出对种族主义或性别主义或阶级主义的反抗，这就注定了她们的文学创作也从一开始就富有政治性。正如克里斯·维登(Chris Weedon)指出的：“黑人妇女创作

① Olga Idriss Davis, “A Black Woman as Rhetorical Critic: Validating Self and Violating the Space of Otherness,” *Women's Studies in Communication*, 1998,21(1).

批评所运用的最好的方法就是政治问题。”[1]

首先，从性别政治的角度来看，清算文学中的性别压迫是黑人女性主义文学批评关注的一个目标。在黑人女性主义文学批评的文本中，性政治始终是一条主线。凯特·米勒特颇具影响的著作《性政治》的题目本身就明示了性别与政治的关系，因为在文学文本中，特别是在男性文本中，性别歧视现象严重。不但如此，女性主义批评理论的诞生也和女性主义运动有着千丝万缕的联系。美国女诗人、女性主义者艾德丽安·里奇(Adrienne Rich)曾经这样描述女性主义文论与女性运动的关系：

> 政治观点与人们强调的文学新观点之间呈现着一个清晰的动态：没有日益发展的女性主义运动，女性主义的学术运动就不会迈出第一步；没有黑人女权意识的日益敏锐，黑人女作家的作品就会被那些厌恶女人的黑人男性批评家和那些努力挖掘白种女人传统的白种女性主义者所遗忘；如果没有能言善辩的同性恋女性主义运动，女同性恋作家的作品将继续卧躺在衣柜里，而我们许多人都曾坐在那上面借着昏暗的灯光阅读“禁书”。[2]

黑人女性主义文学批评也与政治运动关系紧密。芭芭拉·史密斯认为，黑人女性主义运动发展缓慢是造成黑人女性主义文学批评延迟出现的主要原因，所以如果能出现一个可行的、独立的黑人女性主义运动，将有助于扩大对黑人妇女生活的探讨和对黑人妇女文学艺术的研究。她提醒黑人女性主义批评家时刻认识到自己作品中的政治含义，而且将其与黑人妇女的政治状况联系起来。她断言：“黑人女性主义文学批评合乎逻辑地起源于一个黑人女性

---

① Chris Weedon, “Feminist Practice and Poststructuralist Theory,” Mary Eagleton, *Feminist Literary Theory*, 1997, p. 38.

② 转引自张冰岩《女权主义文论》，山东教育出版社1998年版，第5页。

主义运动，而同时它又为参加该运动的妇女贡献自己的思想。”①

一方面，面对性政治，黑人女性主义文学批评通过重新阐释这个被菲勒斯意识扭曲的世界，并将以黑人妇女为中心的阅读赋予合理性，引导黑人妇女审视她们的生活状态，并思考应该怎样去生活、怎样为自己命名、怎样改变男权中心的社会秩序。另一方面，黑人女性主义文学批评还要面对种族政治，试图通过解构种族主义对社会等级秩序的划分，赋予黑人妇女以及所有的黑人以平等的人权。从某种程度上讲，种族政治比性别政治更深刻地影响着黑人妇女。如何消除种族歧视，这是黑人女性主义文学批评关心的首要问题。因此，对于种族和性别的批评话语与政治紧密相关，而且这些话语本身就是一种政治的实践。

从文学创作本身来看，黑人女性主义文学批评就是力图把政治扩展到文学文化领域。而这个目标的实现，既要通过政治改革，也要通过文学的媒介作用。而且，正如史密斯断言的，目前女性主义政治直接影响着黑人妇女文学的现状，同时也是女性主义文学发展的基本条件。② 这样黑人妇女文学就具有了政治内涵和目的。因此，文学创作在许多黑人女作家那里是一种历史性、政治性行为。

文学的政治性这一话语体系以现代语言理论为基础。现代语言理论认为，语言不是一种简单的传媒交流工具，而是铭刻着意识形态的。德里达关于差异的概念和福柯的话语和权力理论，都揭示出语言和权力结构之间的紧密关系，它们以不同的方式说明语言和逻辑如何按照等级观念、以一种让人感到自然真实的方式建

① Barbara Smith, "Toward a Black Feminist Criticism," Winston Napier, *African American Literary Theory*, p. 138.

② Barbara Smith, "Toward a Black Feminist Criticism," Winston Napier, *African American Literary Theory*, p. 133.

构现实,来维护白人男性的利益和权威。语言以一系列相对概念的形式显示出意义网和象征秩序,如自我/他者、灵魂/身体、意识/无意识、理性/非理性、主体/客体等,前者是西方知识产生的条件,其标准是客观性、理性和普适性,其实现条件需要把后者排除在外。

米哈伊尔·巴赫金关于"语言总有一半属于别人的"的观点在美国妇女文学研究中产生共鸣。巴赫金认为:

> 对于个人意识来说,语言位于一个人和他者的边界上。语言中的词语有一半是别人的。只有当说话者把自己的意图和口音注入其中,使用这个词,把它用于自己的语义的和表述的目的时,它才变成"自己的"。在一个人使用词语之前,这个词并不是以中立的或者客观的语言存在(毕竟说话者不是从字典里找词的!);相反,它存在于其他人的口里,在其他人的语境里,为其他人的意图服务:一个人就是从那里得到这个词,然后变成自己的。①

对早期的奴隶叙述者来说,从事写作只是运用英语语言的尝试,这种语言在当时已经灌满了白人主流的文化意识形态。

正因为语言承载着意识形态,而且语言是在使用的过程中才能发挥作用,所以以语言为媒介的创作也就成为权力的载体。写作就是黑人女性主义者颠覆种族主义和男权思想、建构黑人女性自我的场所。它可以追寻遗失的民族之根,获得自我身份。沃克在访谈录中说:"我作为作家的全部目标就是面对历史,只有这样我才知道自己的位置。"②莫里森也表达了同样的意思,认为创作就是那些没有被记录的历史的见证。写作作为一种政治行为,打

---

① From Henry Louis Gates, *The Signifying Monkey: A Theory of Afro-American Literary Criticism* p. 29.

② Claudia Tate, *Black Women Writers at Work*, p. 185.

破了历史沉默，是“打破沉默的政治行为”[①]。因为小说可以构想出一种创造性的、革命性的变化模式，它使经验的表达成为可能，并且呈现出解决和改变黑人妇女问题的方法。写作可以使人们说出他们的生活，走出他们的生活，珍惜他们的生活。写作为个人和集体的行为提供了他们经验的证明。

对于早期的黑人作家来说，最重要的无非是对他们的人性作一个含蓄的证明，这是普通的人性，是白人种族主义者通过压制黑人的创造力否认黑人具备的基本的人性。沃克在她的名著《寻找我们母亲的花园》中指出，奴隶制及种族主义的政治、经济和社会的约束，历史性地扼杀了黑人妇女的创造性。[②] 早期的黑人女作家为了修正白人和西方文化对她们的形象的“负面社会化积淀”（胡克斯语），而积极投入到写作之中，她们努力通过对奴隶生活的描写把黑人的才智展示出来。那时，似乎黑人的集体命运就完全依赖于黑人文本的被接受程度。奴隶制的废除并没有削弱作家们要把整个民族完整地写进人类群体中的动力。相反，黑人作家的创作动力更加强大，这当然与种族主义有关。因此，他们的创作目标具有政治意义，先是为结束奴隶制而创作，后来又为消除种族主义而创作。

但是，在有些批评家看来，文学一旦与政治有了瓜葛，便不是纯艺术，真正的艺术必须远离政治问题，只为美而存在。岂不知，文学正是意识形态的承载者，意识形态又不可能与政治分离。所以，莫里森告诫黑人同胞，任何文学必须而且一定是政治的，必须以此为推力：

---

① Gina Wisker, “Introduction: Black and White: Voices, Writers and Readers,” Gina Wisker ed., *Black Women's Writing*, New York: St. Martin's Press, 1993, p. 3.

② Alice Walker, *In Search of Our Mothers' Gardens*, pp. 233-239.

> 在评论界有这样的看法：如果一件艺术作品有什么政治因素在内的话，那么在某种程度上它就被玷污。我的感觉恰恰相反，如果作品中没有政治因素，它才是被玷污。问题是你发现长篇大论不是艺术。对我来说，最好的艺术就是政治的，应该把政治问题与艺术之美同时结合起来。①

同样，美国黑人女诗人罗德也提出"社会抗议和艺术问题是不可分割的"，她创作的指导思想是诗歌的政治性。在《诗歌不是奢侈》一文中，罗德强调，对女性来说，诗歌不是奢侈，而是与我们生存攸关的必需物，它给人们的生活带来了光明，使人们看到了希望，拥有了梦想。诗歌首先是一种语言，是一种承载我们思想的语言，然后我们才会为我们的目标去奋斗。罗德不仅不把诗歌视为奢侈，反而将其视为生活的等同物，是生活的一部分，是一种生存机制。诗歌是生命的源泉，照亮了女性的现在，提升了女性的未来。同时，诗歌是对生活的运用："我看到的是错误的事情，所以我得说出来。我喜欢诗歌和言语，但是美丽的东西必须为改变我的生活服务，否则我就会死。如果我不能表达我的痛苦并改变它，我一定会因此而死。这就是社会抗议的开始。"②罗德相信黑人女性主义文学创作与政治的联系密切，认为诗学具有政治性，诗歌不是奢侈品，特别对妇女来说，诗歌是生存必不可少的东西。为艺术而艺术的创作理想只有唯美派诗人能做到，黑人女性主义者不可能这样做，因为她们肩负着为民族、为姐妹的解放寻求道路的责任，绝对不可以只享受美而忘记了自己的责任。文学创作是社会变革的有效工具，通过把那些不可言说的或者无名的事情、恐惧、

① Toni Morrison, "Rootedness: The Ancestor as Foundation," Mari Evans ed., *Black Women Writers (1950-1980): A Critical Evaluation*, *Garden City*, New York: Anchor Press/ Doubleday, 1984, pp. 344-345.

② Audre Lorde, *Sister Outsider*, The Crossing Press, 1984, p. 264.

愤怒和痛苦审美化地写进文学文本中，就可以发出声音，获得话语权。罗德把诗歌视为打破沉默、发出声音的基本方法。她进一步解释道：把写诗当作反抗的行动，就可以达到一种政治意识。很多黑人女作家都像罗德一样，把文学创作视为她们力图改变社会的工具。通过文学语言，她们把不能直接表达的各种感受、经验和思想以含蓄的方式说出来，从而发展一种批评意识。

胡克斯在《革命的黑人女性：自己争取成为主体》中主张建构黑人女性激进的主体性，反抗既定的有关妇女的本质主义标准，并挑战这一标准赖以存在的，基于阶级、种族和性别压迫之上的意识形态。她特别关注当代黑人女性创作的主题问题，认为许多有建树的作品都特别关注性别政治和种族政治，即涉及黑人男性的性别主义问题、贫穷问题、黑人女性的劳动问题以及为创造新生活而斗争的问题。黑人女作家的作品表现出对权力的反应，使这种反应成为完善自我、实现自我的一种探索、一个历程。她们都试图冲破主流社会为黑人身份和女性身份规定的前程，反抗不平等，疾呼着“我”。①

第三节　寻找母亲的花园

吉恩·吐默(Jean Toomer)在《甘蔗》一书中指出，美国南方的黑人妇女有着独一无二的灵性，是一种浓郁的、深厚的、无意识的灵性，是黑人妇女自己都没有意识到的灵性。黑人妇女的灵性和创造力被压抑得无处发泄。她们的一生都在跌跌撞撞中生活，肉体受到凌辱和毁伤，痛苦使她们的生活变得暗淡无光，混沌一片，结果她们自己都认为自己不配拥有任何希望。在吐默看来，这些

① 参见[美]贝尔·胡克斯《革命的黑人女性：自己争取成为主体》，巴特·穆尔-吉尔伯特等《后殖民批评》，第322～329页。

女人是被艰难的生活捆住的"骡子",她们是被"恶毒的蜂蜜诱捕的漂亮蝴蝶"。这就是她们被迫认同的社会地位和社会身份。[①]

沃克受到吐默的启发,发现了美国黑人妇女创造力的美学传统:

> 我们的祖母和母亲们不是圣人,而是艺术家;她们有无穷的创造力源泉,却没有释放的途径,她们被这些创造力逼入近乎麻木流血的疯狂状态。她们是创造者,精神上却是一片荒原,因为她们的灵性如此丰富(这是艺术的基础),长期忍受着一种精神上的紧张,即才能永远不被使用、不被需要,结果使她们变得发疯。[②]

沃克在散文集《寻找我们母亲的花园》中,揭示了母性系谱对形成黑人妇女创造传统的影响。这样的影响既表现在肉体上,又表现在精神上,母亲的花园就是她的艺术作品。沃克要证明的是美国黑人女作家有文学历史可寻,而且这个历史并不是支离破碎、不完整的。正如当今文学艺术领域的女性主义者从弗吉尼亚·伍尔夫身上追寻创作精神一样,美国黑人妇女从母亲和祖母那里也找到了历史传统之根。

一、追索文学母亲系谱

美国黑人女作家一直以来都参与了西方文化和文学历史的建构。在与性别、种族、阶级压迫与剥削的斗争过程中,涌现出了大量的文学创作。美国黑人妇女写作并不是许多人想象的那样,在20世纪70年代突然出现。事实上,早在1746年,安·露西·特丽就完成了第一部由黑人妇女创作的作品《酒吧之战》。她是美国

---

① Alice Walker, *In Search of Our Mothers' Gardens*, p. 232.

② Alice Walker, *In Search of Our Mothers' Gardens*, p. 233.

第二位出版作品的女作家。然后是黑人奴隶菲里斯·惠特里的诗歌，从此美国黑人妇女的文学创作活动从未停止过。只不过当时黑人妇女大多数不曾受过正规教育，只有极少数拥有读写能力，因此，当时的文学多以口头叙述、讲故事、唱歌谣的形式出现。偶有书面文本，也与一般白人妇女的创作遭遇相似，被束之以高阁。后来陆续出现的作家中，有的因为担心被误解而不愿将作品公之于世，也有的怕受到男性主宰的出版业或者男性批评家的敌视而不愿抛头露面。尽管如此，仍有许多黑人妇女作家在美国涌现出来。19 世纪随着内战的爆发和妇女意识的增强，黑人女性文学逐渐形成一定规模。像哈丽特·威尔森的《我们黑人》、哈丽特·雅克布森的《一个奴隶女孩的生活故事》和弗朗西斯·哈珀的《伊奥拉·赖劳伊》等，都描写了作为奴隶的黑人妇女的经历，特别是揭露了黑人妇女遭受的性别压迫。1892 年，安娜·朱丽亚·库珀的《来自南方的声音》出版，并成为黑人女性主义批评的经典之作。

“20 世纪前半叶的哈莱姆文艺复兴标志着黑人妇女文学创作的另一个里程碑。”[①]杰西·福赛特、奈拉·拉辛和左拉·尼尔·赫斯顿成为最成功的黑人女作家，她们通过作品探讨种族、性别、阶级和肤色相互交叉而对黑人妇女生活产生的影响。美国黑人文学的第二次复兴始于 20 世纪 70 年代，以黑人女作家的创作为主体。20 世纪 90 年代以来，黑人女作家和批评家的成绩斐然，像莫里森、沃克等作家强烈地吸引了大众的兴趣。她们都获得过普里策奖，莫里森更是在 1993 年荣获诺贝尔文学奖，两人都被《纽约时报》评为最畅销作家。奥黛·罗德于 1991 年被命名为“纽约州桂冠诗人”。而且，主要期刊定期评论黑人女作家的创作，多数大学把黑人女作家的作品列为美国文学课的一部分课程内容，黑人女

---

① Joy James and Denean, Sharpley-Whiting, *Introduction in The Black Feminist Reader*, Malden: Blackwell Publishers Inc., 2000, p. 2.

作家的文本成为许多博士和硕士论文及项目的主题。

惠特里、雅克布森、哈珀、赫斯顿、奈拉·拉辛等都是黑人女性文学之祖。这些女性是美国黑人小说、诗歌、散文的发源母体，是美国黑人妇女文学传统的奠基者。她们的著作之所以重要，不仅是因为她们是黑人妇女文学的奠基者，还因为她们维护了黑人妇女的声音，通过作品形成了反抗的传统。她们的作品以及随后的其他创作都反映出黑人妇女团结起来、通过社会政治手段反抗种族、性别和阶级等社会障碍的必要性。她们为后来的黑人女性主义、妇女主义（womanism）的理论建构，为美国黑人民俗学的研究，为运用黑人语言的表达方式，开辟了道路。[①]

然而，历史上种族主义和性别主义的存在导致这些黑人女作家几乎不被人所知，报刊上几乎没有任何关于黑人妇女的报道，她们似乎不存在。黑人妇女的文学母女关系被切断。父权制不仅割断了血缘上母女的亲密脐带联系，也斩断了“文学母亲”与“女儿”之间的联系，通过对女性的压抑并隐匿这种压抑来维系父权制。女神雅典娜的降生就是一个很好的例证。神话中，雅典娜是宙斯吞下了他怀孕的妻子后，从宙斯的头上跃出诞生的。因此，雅典娜有父无母，她被斩断了与母亲的联系，她的出生代表着宙斯对女人创育生命能力的嫉妒，以及父权对母亲的压抑和吞噬。而波希芬尼的传说说明，女孩子虽然深陷父权中心文化，受其限制，却仍然可以维系着与母亲的联系，靠着与母亲关联的力量，最终能战胜死亡获得重新回到母亲身边的机会。

因此，法国女性主义者伊丽格瑞认为，重建前俄狄普斯亲密的母女关系，解构男性中心的理论中被边缘化、压抑和异化的母女关

① Geraline Washington Bates, *Womanist Aesthetic Theory*: *Building A Black Feminist Literary Critical Tradition*, *1892-1994*, Indiana University of Pennsylvania, 1997, pp. 42-44.

系，对于女性寻求建立一个可以自我言说和再现的场域极为重要。她指出，如果前俄狄浦斯时期孩子与母亲的关系是“黑暗大陆”的话，那么母女关系更是“黑暗大陆中的黑暗大陆”①，是我们社会秩序中最隐晦的区域。就母亲而言，这个角色具有社会意义，但是，父权制压抑了母亲作为一个女人的潜能，而且切断了母亲与女儿的关联，使女儿无法从母亲身上获得认同。

母女关系或者女人与女人之间的关系的断裂是包括黑人妇女在内的所有女性主义者关注的重要话题之一；而伍尔芙的著名论断“我们作为女性，是通过母亲来回溯历史的”②，引发了女性主义致力于恢复精神上的女祖先的活动，追寻母亲的传统成为她们的一个努力目标。

沃克在回顾历史时发现，很明显，“我们忽略了那些对我们帮助最大的人”。黑人女作家的著作得不到印刷，而其他关于黑人妇女的作品，价值较低，利润更丰厚，则因其对黑人妇女的一知半解的所谓“事实”而存在。因此，沃克发现了一个很简单的道理：“要了解我们自己，就应该知道我们母亲的名字。”③

沃克是发起寻找母性系谱的第一位黑人女性主义者，她的随笔《寻找我们母亲的花园》是颂扬黑人妇女的表达力和创造力的最重要的奠基之作之一。她认为，黑人女作家书写的许多故事都是她们的母亲、祖母、曾祖母的故事。母亲不仅给了女儿生命，也把她的精神传给了她的女儿。倾听她们的声音，不但可以吸收这些故事本身，还可学会她们讲述故事的方式。苏珊·威里斯(Susan Willis)也提出同样的观点：“对黑人妇女来讲，历史是一座按照母

① 宋素凤：《多重主体策略的自我命名》，第119页。

② [英]弗吉尼亚·伍尔芙：《一间自己的房间》，第66页。

③ Alice Walker, *In Search of Our Mothers' Gardens*, pp. 274-276.

性系谱定义的桥。”[1]从妇女的特殊家谱开始，在政治和文化方面出现了许多著名的黑人妇女人物。母亲从祖母那里继承了许多口述历史故事和传统，又把这些历史转达给下一代。

沃克认为，她的母亲以及其他黑人妇女拥有独特的创造精神，她母亲的丰富艺术创造力体现在她的花园里。她培植了大量的漂亮无比、令人愉悦的花朵，吸引了来自远方的人们。沃克认为，当她母亲在花园劳作时，就是一位艺术家，是创造者，母亲按照她个人对美的理解安排天地万物。沃克回忆道：

> 我发现，只有当母亲为花而劳作时她才容光焕发，亮丽到几乎不被看见的程度——令人只关注那忙于创造的手和眼。她在忙于她的灵魂必须做的工作。按照她个人对于美的理解，把宇宙整理进她的意象中。[2]

黑人妇女的创造精神传统不仅体现在母亲耕耘的花园里，还表现在母亲讲故事的艺术方面。这种传统给后来者展示出一个精神上的花园，是她们汲取养分的地方。正如沃克所说，“惠特里母亲的书名不仅仅清晰地印在她的生物生命上”[3]，她的以及她们的名字也深深地印在了“女儿”的精神中。母性源泉确实存在，并且清晰可辨。有值得尊崇的女性先辈，有可以继承的历史和遗产，脑海的花园里还有未完成的创作。当然，母亲的花园也并非一定是真正具体的花园，经常是比喻意义上的花园，是艺术家创作的场所。美国著名黑人文论家休斯敦·贝克(Houston Baker)对沃克给予高度评价：“通过现象学地恢复她母亲的民间花园，把它展现为文化的诗学意象，沃克开启了美国黑人妇女铸造光辉的意识领

---

① Susan Willis, *Specifying: Black Women Writing the American Experience*, London: Routledge, 1990, p. 6.

② Alice Walker, *In Search of Our Mothers' Gardens*, p. 241.

③ Alice Walker, *In Search of Our Mothers' Gardens*, p. 243.

域，为她自己找到了持久的精神遗产。”[①]

沃克认识到激发创作才智的是母亲，因此，每一位美国黑人女艺术家都应该去寻找、承接母亲和祖母的这种创造精神：“我从母亲那里找到了滋养黑人妇女那被迫沉默和压抑但是又有冲动的创造精神的秘密，这样的创造精神被黑人妇女继承下来，到今天又在荒芜的地方爆发出来。”[②]沃克认为，在女性先辈的花园里寻找创造力可以帮助当代美国黑人妇女发现并找到自己的花园，进而可以激起成千上万人的创造热情。这样我们的母亲和祖母经常默默无闻地把创造激情代代传下去，把她们自己无法看到开花的花种传给了下一代。

老一辈的黑人妇女在这片似乎贫瘠的土壤里耕种的不是即可见效的收成，而是未来丰厚的收成。她们是“圣者”，她们的身体是“神殿”，大脑是“圣坛”。沃克号召当代的有色人种妇女与母系先人的大脑和精神联结起来，因为她始终把前人视为“艺术家”、“创造者”，她们忍受了无数的凌辱才把精神的花园保存下来，成为发挥艺术才能的领域。虽然先人的躯体不在了，但是她们的精神和创造力还在延续。

莫里森在《根性：作为根基的祖先》一文中，对于祖先在黑人的生活和艺术中起到的重要作用予以积极肯定，指出，如果黑人不与自己的祖先保持联系，就会迷失生活的方向。所以在许多黑人文学创作中，都会有一个代表黑人祖先的老者出现，他们是那种超越了时空的人，起到了关爱、教导和保护的作用：

> 从作家对祖先在作品中出现的角度来评论黑人文学是件非常有趣的事……总有老者出现，这些祖先不仅仅是父母，他

---

① Houston Baker, *Workings of the Spirit: The Poetics of Afro-American Women's Writing*, Chicago: The University of Chicago Press, 1991, p. 52.

② Alice Walker, *In Search of Our Mothers' Gardens*, pp. 238-239.

们还是超越时间的人物，给其他人带来的总是仁慈的、有启发意义的、又有保护作用的好处，而且还提供了某种智慧。①

祖先也是民族文化的传播者，他们把超越历史时空的睿智带给后来人。所以，没有历史联结意识的人就像失去根的大树、断了线的风筝，难以生存。通过回顾黑人妇女在历史上的创造精神，当代美国黑人女艺术家找到了她们的创造源泉。一种创造精神可以激发出另一种创造，这样的创造精神需要代代相传，即使身体的毁灭也不能使它消失。

二、建构黑人女性文学传统

“传统”一词的意思是传递或传承下去。在《牛津文学术语辞典》中被解释为“过去流传至今的任何作品、形式、习俗和信仰体系”。传统就是从历史上流传下来的文化内涵。在文化研究中，它通常用来指被传递的文化因素，或一种集体智慧的载体。历史上，“传统”知识一般被认为是客观的。福柯的“话语”理论揭开了历史和传统的真面目。他认为，在传统的建构过程中，包含着太多的人为因素和权力运作，所以传统并不是客观的存在，呈现在人们眼前的历史知识并不是真实的，而是权力运作的结果。因为在任何时期、任何领域，总有某些话题是不允许进入话语领域的。言说者必须首先获得某种资格，属于某个学术团体，具备某种得到认可的知识。学术交流看似清澈透明，实际上有一定之规，不得擅自逾越。因此，我们看到的历史表述其实都是经过选择和排斥以后的产物，不是真实的再现。著名黑人女性主义学者玛丽·海伦·华盛顿也认为现有的文化传统包含了太多的强势群体的因素，主要是白人

---

① Toni Morrison, “Rootedness: The Ancestor as Foundation,” Mari Evans ed., *Black Women Writers (1950-1980): A Critical Evaluation*, New York: Anchor Press/ Doubleday, 1984, p. 343.

男性的传统，因为他们操纵着历史的书写。

白人男性在历史上就是美国文学传统各个方面的主宰，他们控制了文学创作、编审和出版发行的所有过程。偶尔地，白人妇女也会被包括在美国文学传统之中，尽管受到许多限制。美国黑人男性在经历了长期的奋斗后也在美国文学传统中占有一席之地，主要的有查尔斯·彻斯纳特(Charles Chestnut)、弗里德力克·道格拉斯(Friedric Douglass)、杜·波依斯(Du Bois)、兰斯顿·休斯(Langston Houghs)、吉恩·吐默(Jean Toomer)等，这些作家的作品在白人出版社的帮助下得以发行。

然而，美国黑人女作家自历史上就被排斥在西方文学经典之外，白人和黑人男性都不能在文学史和批评中给黑人妇女恰当的位置。但是，尽管男人努力把他们的影响强加于文学传统之上，美国黑人妇女通过自己的努力仍然发出了自己的声音，从拒绝承认她们、拒绝记录她们存在的男性权威的压制下走出来。黑人女性主义批评家认为，她们的妇女文学传统在整个美国文学传统中都占有一席之地，丰富了整体的美国文学传统。惠特里的诗集的出版，向总体上否认黑人特别是黑人妇女的表达能力的种族主义偏见提出了挑战。盖茨认为，惠特里的著作代表着两种传统的诞生：美国黑人文学传统和黑人女性文学传统。他还指出，所有的黑人作家都源于一个母系血统链。

美国黑人女作家文学传统理论的发展动因就是与男性文学的对抗，包括白人男性和黑人男性，以证明美国黑人女作家也是美国文学传统的创造者。黑人女作家也靠着与祖先的联结找到了自己的创作力量。黑人女性主义批评家亨德森认为："种族、性别和阶级压迫强化了黑人女作家挖掘母系遗产的意识……(黑人妇女经历的)独特性的危险加强了黑人女作家认同文学母性系谱的需求。"[①]因此,对文学母亲系谱的追索是黑人女性主义者的一种自觉的行为。女性传统的缺失导致女性运动在很大程度上就是寻找、发现、阐释和重建女性传统的活动。其目的是为了建立新的女性生存观念和生活模式。在文学中,黑人女性主义的表达方式打破了人们对于文学历史的固有认识,强调女作家的重新发掘和评定,以及对以往文本的重视和重审。

美国黑人文学在生成和发展过程中受到两个传统的影响:一是欧洲文化传统,二是非洲文化传统。沃克认为,黑人女性文学创作固然沿袭了英语文学的传统,得益于纳撒尼尔·霍桑(Nathanial Hawthorn)、亨利·詹姆斯(Henry James)等伟大的白人男性作家,但是,美国黑人既是美国人又是黑人,具有两个灵魂、两种思想、双重意识,双重意识的影响必然还需要另一个来源——"我们母亲的花园"。因为在非洲人看来,"每一位母亲都是非凡的创造性的象征"[②]。

在作为黑人的意识中,美国黑人妇女的传统——我们母亲的花园——影响激励着黑人女性的文学传统建构。在这个花园的深处,沃克挖掘出了一名叫左拉·尼尔·赫斯顿的黑人女作家。如沃克在其有着充满宣示意味的书名《寻找我们母亲的花园》中公开宣称,赫斯顿与其他早期黑人女作家是她的文学"母亲"。沃克对美国黑人妇女文学的贡献之一就是挖掘出赫斯顿等黑人妇女文学家,并重新出版了她们的作品。由此,沃克揭开了建构黑人母系传统的序幕。黑人女性主义批评家肯定了黑人妇女的创造力,并阐扬其不同的艺术表达形式,重新挖掘被埋没的黑人女作家。

① Mae Gwendolyn Henderson,"Speaking in Tongues," Cheryl A. Wall, *Changing Our Own Words*. pp. 49-50.

② Barbara Christian, *Black Feminist Criticism*, p. 5.

黑人女性主义批评家认为,通过阅读美国黑人妇女的文本,可以发现那些把她们的文本联结在一起的东西,那就是她们共有的结构和主题,共有的东西也是黑人女性的文学传统。它们证明了种族主义和性别主义如何联合为一个压迫性的整体,如何向黑人妇女实施压迫,两者的结合又如何制约了黑人妇女的想象力,如何挫伤了她们的意志,又如何限定了她们自由选择的范围。

芭芭拉·克里斯廷的《黑人妇女小说家:传统的发展,1892～1976》,追寻了从弗朗西斯·哈珀、保拉·马歇尔到艾丽丝·沃克、托尼·莫里森的黑人女作家的伟大传统。克里斯廷像其他黑人女性主义者一样,为正确地了解美国黑人妇女特别是黑人女作家的处境和地位搭起桥梁,将美国黑人妇女在文学领域里的贡献和成就公之于世。她努力探讨美国黑人妇女在历史上充当的角色以及今天仍在扮演的角色,坚信当代的黑人妇女写作时带着强烈的传统意识,祖先的遗产是她们创作之本:

> 当代黑人女作家挑战了关于女人的定义,而且开始为她们自己下定义,以此作为手段来改变社区内关于妇女本质的看法以及对生活本质的看法。她们使用一种最深刻的方式来做这些,因为她们以语言和对事物的准确命名为手段,在支撑民族传统的同时又延续着这些传统。①

麦克道威尔等黑人女性批评家对福赛特、特鲁斯、库珀,玛丽亚·斯特瓦特等作家的作品进行重读,发现她们被传统的女性主义排挤在外,但是她们却是黑人女性的先驱,因为她们很早便注意到了种族、性别和阶级三者所编织的压迫网,并发出了反抗的呼声。当代黑人女性主义批评家充分肯定了她们创作的价值,特别

① Barbara Christian, *Black Women Novelists: The Development of a Tradition, 1892-1976*, p. 252.

认为她们对上述三种势力交叉压迫的观点更具有开拓性。托尼·凯德·帮芭拉主编的《黑人妇女》被认为是一部反映当代美国黑人妇女文学成就的文学史，它宣告了黑人妇女拒绝接受男人和白人妇女给她们的定位而力图自我定义的努力。厄丽丝·斯太特森编选的《黑人姐妹：美国黑人妇女写的诗，1746～1980》，以大量的资料去证明存在一个黑人妇女诗歌传统。其中收入了许多被遗忘的黑人女诗人的诗作。斯太特森指出，美国黑人妇女的诗歌有一种连续的传统，它们在题材、风格、意象和结构方面有许多共同特征。这些著作都在挖掘黑人妇女文学传统方面取得了显著成效。

除了挖掘被主流文学机制忽略或压抑的女作家的作品外，黑人女性主义文学批评在建构黑人女性文学传统时，特别探讨了黑人妇女的书写与文学母亲的关系。黑人女性主义批评家认为，黑人妇女的书写传统不仅与白人女性的书写不同，也与黑人男性作家的书写不同。黑人男性作家面对白人中心社会对他们的边缘化，一方面内化白人文学的准则，把“主人的工具”即白人的文学理论作为创作指南，另一方面又在“影响焦虑说”(anxiety of influence)的驱使下，寻求胜过先辈黑人作家。“影响焦虑说”是哈罗德·布鲁姆(Harold Bloom)在讨论作者性问题时提出的，他把文学历史的传承与创作驱力设想为文学上父与子的俄狄浦斯情结。当代文学家就是有俄狄浦斯情结的儿子，与他的文学父辈在互为文本的交叉地带宣战，并且在隐喻上杀了父辈：文学后辈对前辈的成就并不加以学习和继承，而主要是对前辈的误读、修正和改造，甚至贬低他们。他们害怕自己超不过前辈，没有原创性，担心文学前辈的阴影会笼罩着自己的作品。布鲁姆把作者不可避免地对传统的依赖视为必要的焦虑：作者一方面否认先辈的影响，另一方面强烈地渴望拥有原创性，但是又很难实现。

这场发生在文学父子之间的俄狄浦斯之战并不存在于黑人女作家之间，许多黑人女作家都认为自己从她们的文学母亲那里得到了许多遗产。亨利·盖茨在比较黑人男性与女性作家不同的书写倾向时说：

> 当老一辈的大部分男性作家否认存在任何黑人美学影响——或急于认同白人（文学）父亲——之时，黑人女性作家却时常宣称与其他黑人妇女文学祖先的承继关系。……鲍德温与埃里森作品里特有的宣称独立于赖特的"弑父"之举，是没有可资比拟的"弑母"之举的。①

黑人女性的书写传统也与白人女性的不同。女性主义批评家桑德拉·吉尔伯特和苏珊·古芭在《阁楼里的疯女人》中也讨论了女性作家身份的焦虑问题，她们修正了布鲁姆关于文学继承的心理分析模式，使其适合于女性作家。她们认为布鲁姆的理论不适合女作家的情况，妇女一方面由于很难找到与自己相似的文学先驱，另一方面她们又必须与男性作家不同，所以对妇女作家来说，"影响焦虑说"就变成了基本的"作者性焦虑"(anxiety of authorship)。吉尔伯特和古芭提出了她们对女作家作者性的问题的基本设想：女作家作为妇女的特殊经验及历史文化处境始终会影响到她的创作，女人的性别身份不可能与她的文学能量脱节。长期以来，艺术创造力被视为男性专有的，女作家面对这样的男权中心思想，便产生了一种深层次的对作家身份的焦虑。这种"作者性焦虑"使19世纪的妇女创作呈现出独特的想象、意象、创作主题与传统。她们采取迂回曲折的手段，避开男性中心的阅读，寻求克服这种焦虑的力量。当代女作家满怀热情地寻找她的先辈，误读她们的焦虑，以完满自己的事业。

黑人女性主义者对黑人妇女文本的研究发现，黑人女作家的文本中也不存在传统女作家的"作者性焦虑"现象。麦克道威尔表

---

① 转引自宋素凤《多重主体策略的自我命名》，第164页。

示，她自己对文学影响的思考是“从互为文本的意义上来观看文学影响，每一个文本都与前面所有的文本有对话关系，以无限的可能性转换和保持叙述模式和策略”①。黑人女作家的文本之间是互文性的关系。

黛安娜·沙多夫(Dianne Sadoff)分析了当代黑人妇女文学，发现黑人女作家既没有哈罗德·布鲁姆所说的“影响焦虑”——它适用于男性，也没有吉尔伯特和古芭所说的“作者性焦虑”——它适用于白人妇女。她指出：

> 当我们思考当代有色妇女作家时，我们必须再次修改布鲁姆的以及吉尔伯特和古芭的影响模型。种族和阶级压迫强化了黑人女作家寻找没有烦恼的母性传统的需求。在赞美她们的文学母亲时，当代黑人作家比起白人作家来，更加深深地埋藏了她们对于母性系谱的矛盾心理、对于先辈的误读……”②

沙多夫进一步分析认为，沃克把赫斯顿认定为文学祖先，并不表现出影响焦虑，而是把她当成养育自己的源泉，是一位书写黑人传奇和黑人妇女解放的作家。沃克对赫斯顿的认同和继承表明，一个作家如果没有先辈做引导是很难创作的，因为前面的文本使后来文本的产生成为可能。前人鼓励着后人的才能发展，确保悠久传统的延续与发展。代与代之间的联结是黑人女性主义文学理论的重要组成部分，为此沃克发出感叹：“我，我们，创作的如此多的故事都是我们母亲的故事。”③

① Deborah E. McDowell, “‘The Changing Same’: Generational Connections and Black Women Novelists,” *New Literary History*, 1987(2).

② Dianne F. Sadoff, “Black Matrilineage: The Case of Alice Walker and Zora Neale Hurston,” *Signs*, 1985(1).

③ Alice Walker, *In Search of Our Mothers' Gardens*, p. 240.

沙多夫详细地分析了赫斯顿的《她们眼望上帝》、沃克的《紫色》中的主题，发现贯穿沃克作品中的双重叙事策略与赫斯顿的类似，从而明确了她与赫斯顿的联结，她以同样的方式质疑了异性恋的问题。而且，沃克的许多论文都证明她把赫斯顿当作文学母亲来追踪。沙多夫的研究说明，黑人妇女经验的独特性（种族、性别、阶级多重压迫）迫使她们急切地认同一个文学母性系谱，即便历史环境使她们对文学母亲产生矛盾心理，她们仍然义无反顾。

传统的继承不仅依赖于对祖先的认同，也靠后来人的代代相传。黑人妇女把知识一代又一代地传下去，这在她们的多重压迫的处境下保持紧密连续关系是有必要的。沃克表示，如果她不得不生活在荒岛上而且仅有十本书为伴，那么她将毫不犹豫地选择赫斯顿的《她们眼望上帝》、《骡子和男人》。因为前者“对我来说没有比它更重要的书”，她把自己认同于其中的女主人公；而后者可以“把美国黑人的生活作为神话和传奇传递给年轻的一代”①，因为那里面包含的是丰富的古老的黑人文化传统。因此，沃克开始了“为左拉和她的作品奋斗”的事业，因为这是“我们一定不能丢弃的东西”。②

对任何传统文化的传达都必须从过去重新找到文本，后继读者继续使用这些文本，从而建立一个跨时代的文化社群。对一位先驱和她的黑人文化知识的急切需求，促使沃克把赫斯顿当作理想模板。沃克持之以恒地确立完美的女祖先及其作为先驱的独特性，是因为她发现黑人妇女对女祖先的寻求较白人妇女要晚得多，从而产生了沉重的压力感，再加上黑人妇女遭受的种族和性别的压迫，迫使她从传统中去寻找力量，这样就掩盖了对文化继承断裂的焦虑。对此，沙多夫评论道：

---

① Alice Walker, *In Search of Our Mothers' Gardens*, p. 86.

② Alice Walker, *In Search of Our Mothers' Gardens*, p. 87.

> 她的历史和种族……使她必须创造出一个传统，把“被遗忘”的文化恢复给她的同胞，所以她在寻找母性先辈时没有明显的矛盾和焦虑，有的是生存的需要，甚至为此把先辈们理想化。这样一种优先考虑唤起了女儿对祖辈们的认同，是以母亲为中心的认同；她使得妇女巩固并继续她们的反抗、勇气和互相支持。①

如何在黑人妇女的创作和可确认的文学传统中确定真正的黑人妇女经验，这是黑人女性主义思考的问题。批评家一般假定，在主题、风格、美学和概念上，黑人女作家都表现出创作文学艺术的共同方法，这是她们不得不分享的特别的政治、社会和经济经验的直接结果。当然，换个角度，黑人妇女的共同经验也可以在黑人妇女创作产生的历史特征中得到审视，解释产生个体文本的话语和社会实践，这些话语和实践也在作家中造成相似点和不同点。黑人妇女的创作不是简单地把主题和策略集中起来，而是一种话语模式，它使批评的角度对准了过去、现在甚至未来。

沃克在经典散文《寻找我们母亲的花园》中阐明所有创造力的源泉都来自于母系，认为母系脉络是女性精神联结的纽带，这也是创造力得以继续的来源。母亲的花园是主根，是源泉的中心，是产生有创造力的女性气质的地方，但是美国黑人妇女要获得完整的结果，还需进一步挖掘源泉。她肯定地认为：“这不是故事的结尾，因为所有的年轻妇女，包括我们的母亲和祖母以及我们自己，我们都没有毁灭在野蛮之中。”②这篇文章不仅仅是批评，还是对起源和历史的探究，是探究美国黑人妇女及所有有色妇女的文本。它开启了一种新的理论方法，即“妇女主义”的方法（下一章解释）。

---

① Dianne F. Sadoff, “Black Matrilineage: The Case of Alice Walker and Zora Neale Hurston,” *Signs*, 1985(1).

② Alice Walker, *In Search of Our Mothers' Gardens*, p. 235.

这个词是沃克发明的,用来研究有色妇女在文学和艺术方面的观念。为了了解现在,她转向了过去的历史,当然,这种转向是精神上的。所谓"寻找我们母亲的花园",就是寻找内在于妇女大脑中的精神花园、鲜花和传统。

沃克对赫斯顿最为关注,两人的关系被批评界誉为文学上的母女。但是,沃克因为较少地涉及赫斯顿以前的黑人女作家而受到指责。在随后发表的文章中,沃克也认识到自己的局限性,认为自己需要了解 19 世纪的黑人女作家的创作,因为"这些早期作家记录下来的经历对于沃克作为一名作家的成长发展至关重要"①。沃克后来又对惠特里进行重新评价,指出惠特里的文学美学生发于她大脑中的花园,那里是她创作灵感的发源地。正是由于她脑中的花园所产生的灵性,她才作为一位女性先驱给黑人妇女创造并留下大量的遗产。沃克认为,应该重新挖掘和审视惠特里和她的作品,因为美国黑人妇女误解了惠特里,特别是她对欧洲意象的参阅。

任何文学传统都不是简单拿来的,传统的建构也不是某一个种族部落的事情,而是全部文学所涉及的全人类的事情。而且,传统既是共时的,又是历时的,它既要具体到作家所处的时代,又要考虑到文学的历史,更要涉及其他的种族性别。因此,没有他人的参与,单个的作家只是昙花一现。黑人女作家在参与西方文学传统的构建过程中,受到了西方文化的影响,积极借鉴西方文人、古代文化和现代同行的资源,使她们的文学传统构建跨越了种族、性别、阶级和地理位置的界限。美国是一个多民族的国家,因此其文学经典和传统也是多个民族共同形成的结果,其中包括美国黑人妇女文学及批评。否认其中的任何一个民族团体的作用都是不真

① Deborah E. McDowell, "'The Changing Same': Generational Connections and Black Women Novelists," *New Literary History*, 1987(2), p. 146.

实不公平的。因此，把美国黑人妇女文学包括进美国文学和美国黑人文学传统之中是文学界必须做的事情，因为传统不是一个分离的自我接纳的整体，文本和批评传统是一体的。对文本进行分析批评不必脱离文本赖以产生的传统，因为作家阅读了其他作家的作品，以他们所喜爱的作家的语言模式为基础来展示自己的经验。

三、拓展文学传统的疆界

伍尔芙在她的著作《一间自己的房间》中说：莎士比亚般的天才不会出现在辛苦劳作、目不识丁的卑贱者中，不会出现在英国的恺撒逊和不列颠人中，也不会出现在当今的工人阶级中。[①] 伍尔芙进一步做出假设：如果莎士比亚有一位天资聪颖的妹妹，情况会怎样呢？他的妹妹不可能有莎士比亚那样的机会去学校学习文法和逻辑，她必须是一个会做家务的本分人家的好女儿。沃克对伍尔芙关于莎士比亚妹妹的假设做了修改，应用到黑人妇女身上就是：当然更不会出现在失去了自由而作为奴隶的黑人妇女身上。"在我们祖母的时代，一个黑人妇女要成为艺术家这意味着什么？在曾祖母的时代又怎样？这个问题的答案足以让人肝胆俱裂。"[②]

在莎士比亚的时代，天赋过人的女子很难将自己的才华用于诗歌创作，除了别人的百般阻挠以外，她自己还要经受着本能的折磨。她要么会失去身心健康，发疯失常，扼杀自己；要么会离群索居，过着非正常人的生活。对于美国奴隶制时期的黑人妇女来说，阅读和写作是要受到严厉惩罚的罪行，她们找不到发挥艺术才能的出路，或者被无法宣泄的丰富的创造力压得几近疯狂。她们只能通过日常的生活来宣泄这些创造力，如在歌声中，在缝制被子、

---

① [英]弗吉尼亚·伍尔芙：《一间自己的房间》，第42页。

② Alice Walker, *In Search of Our Mothers' Gardens*, p. 233.

做饭、种花养草等手工制作中表现艺术才能，沃克把这些在常人眼里极为普通的事情看作艺术。可以说，沃克对艺术重新定义，从而扩展了“艺术家”这个术语的内涵。她对黑人妇女艺术的重新审视，反映出黑人女性美学的主要观点：作为主体存在的黑人妇女，使用非洲色彩、节奏和模式，对抗黑人父权制和白人女性主义的局限性；黑人妇女艺术创作具有原创性和多样性。沃克强调在历史上美国黑人妇女从事的日常的、熟悉的创造表达形式，如园艺、缝纫、歌唱、养育孩子、讲故事等都属于艺术创造的表现形式。

在华盛顿的斯密索尼安学院，悬挂着一床世上独一无二的被子，上面的图案如此稀奇、充满灵感，然而又简单易于辨认，讲述的是耶稣被钉在十字架上的故事。尽管这床被子不是仿效已有的图案缝制的，尽管它是由零零碎碎的不值钱的布片拼制的，它却被当作无价的稀有珍宝。沃克认定，这显而易见是一个具有丰富的想象力和深刻感情的人完成的。被子的下面有一个注，上面写着：“一百年以前，阿拉巴马的一位不知名的黑人妇女所做。”①在沃克眼里，这位黑人妇女代表着所有具有创造力的黑人妇女的艺术才能，她们在她们能够找到的材料上、在社会允许她们使用的媒介上留下了创作的痕迹。

对沃克来说，拼凑碎布和缝制被子既代表了美国黑人妇女的美学遗产，也是她称之为“妇女主义”的模板。她把缝制被子看作南方黑人妇女创作表现的主要形式，因为它显示出黑人妇女强有力的想象力和深刻的精神感情。这些真挚的想象力和感情不需要贴上“艺术”的标签就可以获得认可。肖瓦尔特也大力称颂黑人妇女缝制被子的艺术创作。她在《姐妹的选择》中指出，日常用品与家务工作是活的艺术，只有在生活中才能体会到它的美妙。妇女创作的主题和形式、拼凑和缝制都是女性审美、姐妹情谊和女性主

---

① Alice Walker, *In Search of Our Mothers' Gardens*, p. 239.

义的生存政治的隐语。[1]

缝制被子的艺术价值不仅吸引了黑人妇女艺术家，也引起了新一代美国黑人知识分子、艺术家和批评家的兴趣，他们努力寻找代表民族身份的有力象征。在黑人美学运动期间，布鲁斯和爵士乐被明确称为美国黑人艺术形式，到20世纪70年代，学者们认为被子也表现了即兴技巧，对美国黑人音乐发展极为重要。他们把拼制和布鲁斯相提并论，认为黑人缝制者的自发性和新颖性对于黑人美学至关重要。沃克认为，艺术创造不仅可以从有自己房间或者在出现在图书馆、大学里的那些人那里喷发出来，它也属于那些在厨房或工厂劳动、养育子女、收割作物的人。[2]

黑人妇女文学传统的另一不同于欧美的特点是，黑人妇女靠倾听和交谈的方式从祖母到母亲、从母亲到女儿，口口相传。这是她们分享思想感情、增加智慧和经验的主要方式。由此形成的黑人妇女文学的独具特色的"口语性文本"(speakerly text)形式[3]，就是文本的修辞策略代表一种口头的文学传统，仿效真实口语的语音、语法和词语模式，从而产生出口头叙述的幻觉。这也是黑人口述传统的一部分。通过这样一种写作方式，黑人妇女就成为一个说话的主体。赫斯顿在《她们眼望上帝》中用了这样一种叙述策略，著名黑人文论家盖茨称她写了一本"讲话的书"(talking book)，即在创作中把黑人讲话的声音表征出来[4]；赫斯顿自己则称其为"口述象形文字"(oral hieroglyphic)。小说《她们眼望上

---

① Elaine Showalter, *Sister's Choice*, New York: Oxford University Press, 1991, p. 146.

② Elaine Showalter, *Sister's Choice*, p. 175.

③ Henry Louis Gates, *The Signifying Monkey: A Theory of Afro-American Literary Criticism*, p. 170.

④ Henry Louis Gates, *The Signifying Monkey: A Theory of Afro-American Literary Criticism* p. 159.

帝》中的女主人公珍妮的故事在与另一黑人妇女菲比的交流中重现，这说明在一个把黑人妇女视为“零”的世界里，只有靠互相倾听、互相交流才能提示彼此的存在，在交谈中延续彼此的自我。

沃克在《紫色》中也使用了类似的策略，整部小说用了书信的形式完成的。一方面是口语的声音，另一方面又是书写的形式。盖茨评论沃克的这种策略是“重新书写口语性文本”(rewrite the speakerly)。如果说赫斯顿的小说旨在告诉人们，文本可以用黑人方言书写，那么沃克的《紫色》就是去进一步实践这一理想，“作为对赫斯顿的明确的或者含蓄的叙事策略的修补。沃克把赫斯顿视为她极为崇敬的前辈，把赫斯顿的轶事作为多部评论著作的主题，而且在许多方面都修正、回应了赫斯顿。她以赫斯顿的主人公的语言，用书信体的形式创作小说，这是修正黑人小说传统的一个最好的例子”[①]。因此，沃克继承并扩展了赫斯顿的叙事形式。麦克道威尔同样认为，沃克创作的《紫色》运用书信体的形式，这本身就是对传统的继承和提升，书信的写作方法可使作者发现自己的声音：

> 对沃克，以及许多女作家来说，发现(声音)的过程开始于对过去的思考和对母系祖先的呼唤。在沃克的鼓励下，这方面已经取得了不少成就。……沃克提升了书信和日记等传统，这些通常被认为是“女性”传统(所以是劣等的)，将其从非艺术的范畴提高到艺术范畴。[②]

从历史上来说，传播种族意义的权力和技术一直掌握在白人的手中。从美国黑人到达美国的那天起，口述的传统便开始建立，

---

① Henry Louis Gates, *The Signifying Monkey: A Theory of Afro-American Literary Criticism*, p. 26.

② Deborah E. McDowell, "'The Changing Same': Generational Connections and Black Women Novelists," *New Literary History*, 1987(2), pp. 146-148.

但是文学中口头叙述的重要性经常被认为低于书面表达。书写在欧洲白人看来是文明的决定性因素，因此，在美国文学史里，土著美国人的声音是缺席的，其他有色人种的声音也被压制。印第安人没有书写，因此就被认为不拥有可以被研究和模仿的文学。“文学”(literature)一词的本义就是文字的文化；而文人，在欧美人看来，就是文化的人。“口头文学”这个词，至少在19世纪末，被看作是词语的矛盾性的表现。

黑人妇女的口述性文本是一种自觉地对“口述传统”的追寻，它不但表现黑人女性对集体经验的重现，也是对非洲文学形式的继承与转用，非洲传统从一开始对美国黑人文学的发展和演变扮演了一个重要的角色，而在此非洲文化的转型中，妇女一直扮演着一个关键的角色。黑人妇女的口述性文本在承袭了古代非洲文化的形式的基础上，又注入了新的形式和意义。如玛丽·克拉夫特(Mary Kraft)所说：

> 黑人女作家一面使用一个否定非洲艺术与文化价值生存本身的一种文化和权力结构系统的文字书写，一面把这些非西方传统融合进这些作品里，这些作家以对(西方符码意义的)普遍价值的解构，质疑了欧洲白人至上的观念。这样做的同时，她们也重构了“她的历史”，以及解构了口说与书写文本、黑暗之心与启蒙心智、“野蛮人”与“文明人”、白人真正女性神话与黑人女性他者等二元对立建构。[①]

美国黑人在历史上很少在文学领域中被探讨，在艺术的领域中是被忽视的群体。黑人的艺术创作要么被视为不存在，要么虽然承认其存在，但是把它视为劣等的。在种族歧视不再明朗化的时期，对黑人艺术的贬抑更加含蓄化，认为如果它符合西方艺术的

① 转引自宋素凤《多重主体策略的自我命名》，第167页。

普遍标准的话，那么它就存在，而且也是优等的艺术。然后，主流权威又把这种艺术视为宝石含量丰富的矿石，但是必须要经过西方或者欧洲权威进行精细加工，把它从自然的状态转变为具有审美特性的艺术形式。[①] 但是，黑人女性主义批评家对这些口述性文本、自传性体裁、音乐绘画、园艺与缝制等艺术形式的肯定，正是对所谓"经典""正统"的反驳。美国黑人为文学领域提供了全新的、无法替代的资源，他们的身上蕴含着丰富的文学、音乐、绘画等艺术宝藏。他们色彩鲜明、气质独特，思想和行为简单又不落入俗套，有着丰富的精神内涵；尽管遭受压迫，仍然在新的环境中挣扎着生存，成为沉默的诗、动态的诗。美国黑人身上蕴藏着艺术创作的肥沃土壤。有的黑人作家已经抓住并充分利用黑人文化的丰富资源和黑人的本质特征，创作出了新的文学体裁。

① Toni Morrison, "Unspeakable Things Unspoken: The Afro-American Presence in American Literature," Joy James and Denean *Sharpley-Whiting eds.*, *The Black Feminist Reader*, p. 29.

第五章 黑人女性主义理论话语

> 那些站在社会认可的妇女圈子之外的人，那些在差异的熔炉里被铸造的人——那些穷人、同性恋者、黑人、老人——都知道生存不是一种学术技能。生存是学会如何在独自的、不受欢迎的、有时被辱骂的情况下站住脚，如何同其他被认为是圈子之外的人一起从事共同的事业，以便找到并界定一片我们可以活跃于其中的世界。生存是学会如何接受我们的差异，并使其成为力量，因为主人的工具永远不会拆除主人的房屋。
>
> ——奥黛·罗德：《局外姐妹》

第一节 建构“妇女主义”

“妇女主义”(Womanism)这个概念由美国著名的黑人女性主义批评家、作家艾丽丝·沃克(Alice Walker)在她的颇具影响力的散文集《寻找我们母亲的花园》中提出的。沃克阐述了妇女主义的文学理想，希望在21世纪，作家、批评家以及所有的人将对种族主义、性别主义、阶级主义和肤色主义等多重压迫有着更多的意识。她满怀希望地说："所有肤色的妇女将把她们所有的精力投入到恢复人类完整性的劳动中去，这一点现在做不到，因为她们被太多的其他东西束缚着：分裂、怨恨、旧伤、负荷等。……21世纪的女作家将毫无疑问去赞美每一个人。"[①]作家的职责不再是模仿别人的妄想，而是回到现实，相信自己对生活的了解、感知和看法；相信自己的经验，把深色的自我和浅色的自我合二为一。黑人文学并不是花大量的篇幅表达对白人的憎恨，把剩余的篇幅用来歌颂黑人的完美和力量，这不是艺术。人的生活也不是用一句话可以概括的。艺术家的责任就是将真实的人展现出来。"妇女主义"体现的是一种理想的文学境界。

一、"妇女主义"话语

沃克在《寻找我们母亲的花园》的序言里这样解释作为一名"妇女主义者"的基本含义：

> 第一，来自于"女人气的、妇女的"(womanish)，而与"女孩子的、女孩似的"(girlish)相反。"女孩子气"的意思是轻浮的、没有责任心、不认真。而妇女主义者是黑人女性主义者或者有色人种的女性主义者。黑人妈妈用黑人俗语这样教育女儿："要有女人气"，即像个女人样，通常指非同寻常、大胆、有勇气、不受拘束的行为。比通常所认为的"好"女人更有深度，想了解更多的东西。这样的女人对成人的行为感兴趣，行为像成人，或者就是成人。可以与另一个黑人俗语互换："让自己个像大人。"有责任心、负责、认真。
>
> 第二，意思是热爱其他妇女的女人，不论是通过性或非性的方式。欣赏、喜欢妇女的文化和情感变化(把眼泪当作笑容

① Alice Walker, *In Search of Our Mothers' Gardens*, p. 312.

的对等物)以及妇女的力量。有时也爱作为个体的男人,通过性或者非性的方式。致力于全人类的、包括男人和女人在内的生存和完整性。她不是一名分离主义者,除非偶尔的身体原因所致。她是传统意义上的"大同者"(universalist),如下面的情形:"妈妈,为什么我们是棕色、粉红色、黄色,而我们的表兄弟表姐妹却是白色、米色、黑色?"妈妈这样回答女儿:"是这样的,有色人种就好比是一个花园,里面开放着不同颜色的花。"……

第三,意思是热爱音乐。喜欢跳舞,喜欢月亮,喜欢灵性。喜欢爱情、食物和圆满的事情。……喜欢奋斗,热爱她的民族,爱她自己。义无反顾。

第四,妇女主义者与女性主义者的关系就像紫色与熏衣草的关系一样。后者是淡紫色。[①]

沃克把黑人女性主义与白人或者欧洲中心的女性主义加以对照,用"妇女主义"(womanism)一词来代替"黑人女性主义"(black feminism),去掉了形容词"黑人的","专指性别意识进步的'有色人种妇女',而且提出文化明确的"妇女主义",从而超越了非裔妇女的范围,明显地不同于白人(资产阶级)妇女主导的女性主义"[②]。沃克认为,白人妇女既然不需要在"女性主义"(feminism)这个词前加上形容词"白人的",把这个词理解为从她们的民族文化中产生的,那么黑人妇女自己关于女性主义的理解和观点也不应该强调"黑人的",因此,用"妇女主义"这个词可以更准确地表现

---

① Alice Walker, *In Search of Our Mothers' Garens*, pp. 11-12.

② Joy James and Denean Sharpley-Whiting, *Introduction in The Black Feminist Reader*, Malden: Blackwell Publishers Inc., 2000, p. 5.

黑人妇女关于女性主义的观点。[①]

沃克是回到"母亲的花园"里发明了这个术语，因为她发现这个词存在的根源就在黑人民俗表达的术语里，如"要有女人气"。沃克想向当代黑人妇女传达这些信息，即寻找美国黑人妇女的祖先，建立精神上的联系，保留艺术精神，关心自己的存在以及别人的存在。

沃克的妇女主义理论表现出构造一个新的、范围广阔的、没有种族和性别偏见的理论的巨大潜能，这一理论也超越了白人女性主义者与有色女性思想家和活动家之间的论争。用"妇女主义"代替"女性主义"说明沃克重视个体经验的差异，同时也强调保持美国黑人的民族文化和价值观念的重要性。成为一名妇女主义者，就要避免白人女性主义者的种族优越感和主宰话语。白人女性主义者之所以受到批判，是因为她们排斥有色人种妇女的存在和声音，因此，她们的批评理论不适合有着不同背景和经验的妇女。白人女性主义者以学术界的知识分子居多，她们不能理解来自工人阶级和下层劳动妇女的境况。所以，有色人种的妇女认为白人女性主义运动是另一种形式的种族压迫，因为在这种运动中，她们的主体性得不到体现，这促使她们放弃对白人女性主义者的信任。

"妇女主义"一词的贡献首先在于它强调了关注有色人种的重要性，关注的范围不再是狭隘的男性或者女性或者某一群体的女性，而是包括男人和女人在内的所有人的生存和完美。在这个意义上，沃克旨在说明"妇女主义"反对分离。同时，它还超越了传统女性主义对性爱范围的规定，对女性之间的关系用性爱或者非性爱来描写，这就涉及同性恋的问题。

---

① 国内学者之所以不把"womanism"翻译为"女性主义"，主要是避免与西方传统的"女性主义"混淆，而且两者在内涵上也是有区别的，"妇女主义"这个概念所包含的内容比"女性主义"更加广泛，理想色彩浓厚。

再者，沃克把“womanish”一词解释为“非同寻常的、大胆的、有勇气的、不受拘束的”，这就意味着女性主义者是有责任心的成年人；同时也是对主流话语的颠覆，因为在美国英语和英国英语文化中，这个词通常是一个贬义词，表示性格、举止、相貌等像个女人，译作“娘娘腔的、女里女气的”，就是过于缺乏干脆利落的阳刚之气。她把“妇女主义”根植于黑人妇女受种族压迫和性别歧视的具体的历史之中。而在这里，沃克赋予这个词一个完全不同甚至相反的含义。沃克认为，黑人妇女的历史滋养了一种“妇女主义”的世界观，它是黑人妇女首先获得的，也是她们专有的对世界的看法。“具有女人气的女孩通常粗犷、勇敢、意志坚定，这些属性使她们摆脱了长期束缚白人妇女的习俗惯例。她们不用‘好’或‘不好’的传统标准约束自己，她们要知道更多更深层的东西。她们有责任心，认真负责。”①

沃克提到的“妇女主义”的第三个方面的含义就是爱生活，包括音乐舞蹈和精神。这样，“妇女主义”既保留了民族特色，又不失自我感。“妇女主义”的第四层含义阐明了白人女性主义与妇女主义的关系。根据沃克的解释，妇女主义与女性主义的关系就像紫色与紫荆花的关系一样。她强调，妇女主义有其自身的风格、价值和任务，同时与白人女性主义有着一定的联系。沃克的妇女主义理论坚决摒弃了肤色主义者的偏见，重视黑人民族的价值及黑人妇女在黑人社区中的作用，而且母女关系的重要性也得到进一步强调。妇女主义的这些特点是妇女主义者为自我、为生存、为生活质量而奋斗的基本成分。

沃克用这个术语，意在调和两种看起来几乎不可能调和的哲学：既在黑人民族主义者的设想之内活动，又同时认为有必要在美

---

① Patricia Hill Collins, “What's in a Name? Womanism, Black Feminism, and Beyond,” *The Black Scholar*, 1996(26).

国黑人社群内从事女性主义议题。"妇女主义"的提出产生了与它的对手——白人种族主义者,特别是白人妇女——之间的距离,但同时仍然提出了性别问题。[1] 使用这个术语便在没有引起民族分离的黑人社群内部来探讨性别问题。这个术语体现了黑人的意识形态,它包含了对种族主义、帝国主义和男性至上主义的批判;它号召全球、全社会的公正平等,从这个意义上来说,具有人道主义的视角。

沃克对"妇女主义"的解释就是将其作为一种文学理想和批评原则,它不但是解读沃克作品的钥匙,更是联系现代非裔美国妇女文学的纽带。尽管"妇女主义"一词在1983年提出,但广泛意义上的"妇女主义"作品和批评思想早已存在于非裔美国妇女文学中。早在哈来姆文艺复兴时期,美国黑人女作家就关注黑人女性的身份和自我的问题。70年代以后,随着黑人妇女文学的勃兴,黑人女性主义批评家更从"妇女主义"的视角解读文学文本中的黑人女性形象,在文学中实践"妇女主义"思想。"妇女主义"文学主题,如反抗多重压迫、赞美女性的智慧和力量、倡导姐妹情谊、寻找文学传统、团结男性、反对肤色主义及任何其他形式的分裂、构建和谐社会等,都是批评家关注的焦点。

二、"妇女主义"与女性

尽管"妇女主义"一词是在1983年提出的,但是广泛意义上的妇女主义精神很早就出现在美国黑人女性主义者和黑人女作家的创作中。"妇女主义"的内涵表达了一种理想的女性主义的生存状态,强调女性主义在不同历史背景和语境中的多元性。这个词的出现,将黑人妇女的女性主义思想与传统意义上的女性主义区别

---

① Patricia Hill Collins, "What's in a Name? Womanism, Black Feminism, and Beyond," *The Black Scholar*, 1996(26).

开，避开了女性主义的狭隘性，将不同种族、民族、阶级和地域的女性囊括进来。

（一）“妇女主义”与女性主义

“妇女主义”与女性主义的关系既不是互相依存的，也不是互相排斥的，它们的关系就像紫色与浅紫色的关系一样，“妇女主义”在内涵上比女性主义丰富且更为理想，在外延上比女性主义的范围广阔。可以说两者既有统一性又有差异性。统一性主要表现为：两种观点都意识到妇女被父权制的象征秩序排斥为“他者”，是社会的第二性，因而都试图挖掘女性受压抑、受压迫的社会历史根源，努力消减男权意识和文化在人类历史长河中造成的负面影响，从而在文化、身份、物质等各个方面建构新的女性世界观；批判男性文学对妇女形象的歪曲；研究女性特有的写作、表达方式，关注女作家的创作情况，声讨男性中心主义传统文化对女性创作的压抑；两者都致力于女性系谱的寻找与确立，相信女性的文学传统一直都存在，所以力图从历史中寻找精神上的支持和帮助。

但是这并不能说明两者仅有相似性，事实上，它们的差别也是非常悬殊的。正如德洛雷斯·P·阿尔德里奇（Delores P. Aldridge）所说：“显而易见，在满足特殊需求方面，两者（‘女性主义’和‘妇女主义’）有着根本不同的目标。简言之，对大多数黑人妇女来说，她们以家庭为中心，目标是种族权利；对白人妇女来说，她们很多人以女性为中心，目标是女性的权利。”[①]由于黑人女性和白人女性来自于不同的种族，有着不同的历史文化背景，最主要的是她们的经历完全不同，致使两者在观点上差异明显，而且也有过许

① Delores P. Aldridge, "African American Women since the Second World War: Perspectives on Gender and Race," Alton Hornsby ed., *A Companion to African American History*, Malden: Blackwell Publishing, 2005, p. 406.

多论争。争论的焦点是:白人女性的经验是否就是全世界所有妇女的共同经验,是否有权成为所有妇女的代言人。最重要的是,传统的女性主义者虽然相信所有的妇女都有能力参与文化、政治、经济、社会和精神等各种人类活动,要建构一种反对性别主义的意识形态,但是她们仍然表现出对非白人妇女的种族和阶级歧视。所以黑人妇女一直在为消除存在于女性主义内部的种族主义而奋斗。

传统意义上的女性主义主要由白人中产阶级妇女主导,虽然她们自身在男性的意识形态中一直处于“他者”的从属地位,但是由于其历史文化的局限性,从一开始她们就显示出强烈的“排他性”,即她们在表达对男权统治的批判和对女性权利的要求时,排斥或者忽视了其他种族和社会地位的女性的具体特点,在很大程度上体现了中产阶级的白人妇女在社会生活中对教育、权利、文化和性等各个生活方面的愿望和追求,将自身的经历和意识形态视为主要的、有代表性的,几乎忽略了有色人种妇女的权益,忽视了不同背景的妇女之间的差异性,甚至有时候对有色人种妇女及其文学持蔑视态度。而“妇女主义”则把不同肤色的妇女均视为探讨的对象,尤其是黑人妇女,因为她们的经历在所有种族的妇女中最具有代表性,她们经受了来自种族、性别和阶级的多重压迫,处于边缘之边缘的位置,在社会的最底层。

沃克的观点与那些不满于当今妇女运动的黑人妇女的需求相呼应,后者从当代女性运动那里无法找到自己的角色、目标和方向。而新的“妇女主义”理论的提出反映了黑人妇女在对待姐妹关系问题上的意识,她们努力摆脱白人女性主义者在运动和学术领域里表现出的歧视态度。“妇女主义”的理论受到美国黑人妇女的热烈欢迎,也满足了黑人女性主义理论更多表述的需求。当前,黑人妇女和其他有色人种妇女的文化正面临着巨大转变,这些妇女拒绝完全吸收主流社会的文化,拒绝按照白人女性主义的理论以及西方的哲学理论来划分自己的归属。

尽管“妇女主义”与女性主义在内涵上有许多的差异，但是两者的关系并不是敌对的。正如胡克斯在访谈录中表达的观点：

> 沃克发明“妇女主义”这个词，并不是要贬低“女性主义”，而是要把更多的黑人妇女引入女性主义领域。沃克从没说过“妇女主义”反对女性主义，或者“妇女主义”是完全不同的概念。她只是想对黑人妇女的经验做细微的区分。……我认为这两个词不应该互相竞争，相反，两者都是源泉。对我个人来说，女性主义将继续作为一个基本的标题。①

(二)解构肤色主义，建构姐妹关系

“妇女主义”提出了一种理想的意义：不同肤色的种族就好像是一个大花园，每一种颜色的花都会在这里绽放。花园是一个隐喻，指每一种肤色都有其存在的理由和意义，只有这样，这个世界才是一个多姿多彩、瑰丽无比的生活场所。沃克把所有的人都看作是有色的人，正如花园里开放的各种颜色的花。通过隐喻的运用，沃克的“妇女主义”提供了这样一个视角：这样一个花园为各种不同的花的公平开放提供了空间。这里也暗指了统一的黑人妇女中容许差异性的存在。不同肤色的男女共存，而且仍然保留她们各自文化的差异和完整。

在这里，“妇女主义”实际上也批评了“肤色主义”(colorism)，扩展了人道主义中“博爱”的意义。“肤色主义”就是仅仅基于肤色而对同一种族的人表现出偏见和倾向的观点与做法。② 对于肤色问题的探讨早已存在，黑人女性主义作家从不同的角度对这个问题进行讨论，特别关注的是黑人遭遇白人的价值观念侵蚀之后如

---

① Lisa Jones, “Sister Knowledge,” *Essence*, 1995, 26(1).

② Alice Walker, *In Search of Our Mothers' Gardens*, p. 290.

何看待本民族的特点，如何看待自己的肤色。早在20世纪初期，福赛特就注意到了这个问题。在她的短篇小说中，黑人对自己的肤色有着不同的理解。有的黑人因为自己的深肤色而感到羞耻，羡慕浅肤色和白色。福赛特小说《艾米》中的同名主人公以自己的肤色（黑色、棕色）而自豪，从不因此感到自卑，尽管白人试图降低她的尊严和人格。她从不像其他有色人那样总想让自己变成白色，对此她也不能理解。艾米代表不同颜色的融合，从而也表明不同种族的肤色并不是绝对不同的，每个人可能就是不同颜色的混合体。福赛特用这种方式解构了种族固有的形象，颠覆了既定的种族身份。

事实上，黑人内部存在着严重的肤色主义。查尔斯·彻斯纳特在故事《他年轻时的妻子》中，描写了主人公的种族哲学，代表了20世纪早期黑人对肤色看法：

> 我没有种族偏见，但是我们这些混血人处于上层和下层中间的位置。我们的命运在于被白种人接纳和在黑人中消失之间。一方现在还不想要我们，但是迟早会要的。另一方非常欢迎我们，但对我们来说那是一种退步。我们对谁都没有恶意，对所有人都有一颗善心，我们必须为我们自己和跟随我们的人做最好的努力。自我保护是自然的第一法则。①

这是典型的肤色主义的写照。浅肤色的黑人不愿意被称为"黑人"(black)或者"有色人"(colored)，他们为了被主流的白人文化所接受，经常在自身塑造一些白人特征以"白化"自我，模仿白人的生活方式和行为准则，摒弃自己的黑人性。这种现象在文学作品和现实生活中都存在。莫里森在她的第一部作品《最蓝的眼睛》中描述了一些浅肤色者靠着"白化"自我、歧视比自己肤色深的黑

---

① Alice Walker, *In Search of Our Mothers' Gardens*, p. 300.

人生活，他们实际上内化了白人对黑人的种族歧视，在黑人内部形成了新的种族歧视。这种歧视加剧了黑人之间的矛盾与分裂，导致他们互相虐待和伤害。这种“白化”自我的行为不但使自己失去了生活的乐趣和意义，也祸及了其他黑人。他们抛弃作为黑人的身份，实际上就是抛弃黑人的文化和传统。没有了传统，一个民族也就失去了其生存之本，就会被强势的民族文化淹没。通过对她们的描述，莫里森表达了这样的观点：基于肤色等外部特征之上的自我假想的优越感，是软弱无力的表现，因为肤色不过是个生物学的特征，与内在价值的完善并无关系；相反，紧紧抱定这一有害观念会妨碍身心健康的发展，会导致黑人社会的分裂。[①] 黑人社会的分裂不利于消除种族歧视，也妨碍了反抗性别压迫的“妇女主义”运动的进步。

杜·波依斯曾经写道：“20 世纪的问题是肤色问题——深肤色的种族与浅肤色的种族的关系问题。”沃克进一步预言：“21 世纪的问题将仍然是肤色问题，不仅仅是深肤色的种族与浅肤色的种族的关系……还包括同一种族内部深肤色人群与浅肤色人群的关系。”[②]沃克尖锐地指出了对肤色问题的不正确态度将导致的严重后果：浅肤色的或者白皮肤的黑人妇女如果割断了与其他黑人妇女的联系，将失去反抗美国白人的纽带；深肤色的黑人妇女如果仅仅把浅肤色的妇女看作白人和黑人男性压迫的延伸，为自己的力量和奋斗感到羞耻的话，她们将失去在美国历史上的全部意义。

可以看出，种族歧视不仅仅存在于白人和黑人之间，就是在黑人妇女内部、在有色妇女之间也存在着“内化的种族歧视”(internalized racism)。不同肤色的黑人妇女之间、不同民族的妇女之间

---

① 王守仁、吴新云：《性别・种族・文化：托尼・莫里森的小说创作》，北京大学出版社 2004 年版，第 32 页。

② Alice Walker, *In Search of Our Mothers' Gardens*, p. 310.

也有互相敌视、怀恨或者互相竞争的现象。除非肤色主义的问题得到关注,否则黑人社群和各民族妇女很难作为一个整体而发展,因为肤色主义如同种族主义、性别主义、殖民主义一样,会妨碍社会进步。胡克斯认为,要消除不同民族的妇女群体的隔阂甚至矛盾,必须对其他民族的文化进行研究和学习,因为每个民族都有着不同于其他民族的文化,因此,“妇女主义”的任务之一就是“承担起责任,共同了解我们的文化,分享我们的知识和技能,从多样性中获取力量”①。

黑人妇女对“妇女主义”这个词有多种解释法,如同很多人读《圣经》一样,只仔细选择那些与他们的世界观相同的部分,其他的则一概抛弃。同样,有选择地阅读沃克关于“妇女主义”的解释也会出现不同的结果。比如关于黑人同性恋这个“禁忌”问题,沃克持的是承认、肯定的态度,她说:“(一个妇女主义者也是)这样一位妇女,她爱其他的妇女,不论是性爱的还是非性爱的。”然而许多黑人女性主义者对黑人妇女同性恋问题仍然视而不见,避而不谈。一些批评家拒绝接受黑人女同性恋作家,把对同性恋的描写视为黑人妇女创作的一个危险主题。对此,史密斯指出,黑人女同性恋的经历像任何一个受压迫的群体一样,黑人妇女必须要承认、接受美国黑人社群中的同性恋者。②

其实,沃克所说的妇女之间的关爱不仅指同性恋者,也指向白人妇女和黑人妇女之间、黑人妇女之间的非性爱关系。妇女主义作为一种理想超越了黑人的范畴,具有更广泛的社会意义。性态度、种族主义、阶级特权和其他偏见把妇女们分割开来。男性至上

---

① [美]贝尔·胡克斯:《女权主义理论:从边缘到中心》,晓征、平林译,江苏人民出版社 2001 年版,第 67 页。

② Smith, Barbara. “The Truth that Never Hurts: Black Lesbians in Fiction in the 1980s,” Sandra Kemp, Judith Squires. *Feminisms*. Oxford: Oxford University Press, 1997, pp. 87-90.

的思想使妇女们相信自己没有价值，只有通过男性或者与男性结合才能有价值；妇女之间是“天生的”敌人，她们通过一种多疑的、防卫性的和竞争性的行为表现出男性的性别至上的意识形态。因此，妇女之间团结关爱的态度，将有助于性压迫的消除。显然，妇女之间要实现真正的团结和互相联合的姐妹关系(sisterhood)，还需要克服重重阻力和障碍，但是绝不可以轻视或者放弃姐妹关系。如胡克斯所言：“放弃表达政治团结的姐妹关系的观点是在削弱女性主义运动。团结有助于加强斗争的反抗力量。”① 妇女需要把姐妹关系当作政治立场，妇女联合是女性主义纲领的关键所在，这是结束性压迫的另一个重要条件。一个女人的身份不是仅仅由她与男性世界和男性文学传统的关系确立的，女人之间强有力的纽带在妇女的生活中也是一个至关重要的因素。

胡克斯认为，妇女不需要消除差异以求团结，妇女之间可以有分歧、有争论，但绝不可恶意毁坏。妇女们需要经过矛盾和冲突，然后达到理解和团结。“当妇女们积极地用真正支持的方式来争取理解我们的差异、改变误导和被歪曲的观点的时候，我们便是在为政治团结奠定基础。”② 胡克斯特别强调，妇女们之间的联合不需要用反对男性的观点，不需要把男性看作天生的敌人。恰恰相反，男性也可以成为女性主义斗争中的同志和战友。

(三)“妇女主义”与黑人女性主义

在对待“妇女主义”与黑人女性主义两者的关系问题上，沃克认为两者基本上是一致的，妇女主义者是“黑人女性主义者或者有色人种女性主义者”，“妇女主义”和“黑人女性主义”两个术语可以交换使用。她之所以提出“妇女主义”来代替“黑人女性主义”，主

---

① [美]贝尔·胡克斯：《女权主义理论：从边缘到中心》，第 52 页。

② [美]贝尔·胡克斯：《女权主义理论：从边缘到中心》，第 78 页。

要是因为"黑人女性主义"这个术语本身与传统的女性主义不是处在平等地位上，似乎是女性主义的附属。很多黑人妇女跟沃克一样，在这两者之间看不出很大差别，因为两者都表达了黑人妇女自我定义、主宰自己命运的共同愿望，都把反对种族主义和性别主义作为行动指南，把实现平等与自由作为奋斗目标。

尽管如此，仍有批评家倾向于用妇女主义代替黑人女性主义，佘丽·安·威廉斯(Sherley Anne Williams)便是其中之一。因为她发现近期的黑人女性主义批评有走向分离争辩的趋势，它只关注黑人妇女的问题，完全抛开了黑人男性，而且黑人女性主义批评远离了美国黑人妇女的现实生活：

> 当前的黑人女性主义批评最恼人的地方就是它的分离主义(separatism)，它不仅趋向于承认一种不同的黑人女性文化，还把这种文化看作更为分离的文化形式，与白人女性的经验而不是非裔美国人的生活有更多的共同之处。①

女性主义的文学批评只阐释妇女的作品以及包含妇女形象的作品，结果无法对男性作品和男性形象进行重读。而妇女主义的理论致力于所有人的生存与完整，所以能够对男性施以卓有成效的阅读。佘丽认为这是一个必要的理念，因为黑人妇女的负面老套形象只是黑人男性菲勒斯中心主义创作的一部分，要完全了解菲勒斯中心主义的实质，黑人妇女就必须转向黑人男性对他们自己的描写。"黑人女性批评家已经了解了黑人男人如何描述我们，现在是直面黑人男性作家、了解他们如何描述他们自己的时

① Sherley Anne Williams, "Some Implications of Womanist Theory," Winston Napier, *African American Literary Theory*, New York: New York University Press, 2000, p. 219.

候了。"①

从"妇女主义"的理论出发,佘丽解读了黑人男作家的创作,发现黑人男人把他们无法在白人世界实现的大男人理想,要么倾注于对男性主人公"英雄寻求"(heroic quest)的刻画中,要么颠覆白人男性的某些理想或价值,使其符合自己的形象。佘丽指出,必须对黑人男作家作品中的黑人男性形象作彻底审视,这是结束美国黑人文学批评中的分离主义倾向的必要一步,也是实现黑人妇女提出的"挑战传统文学史和批评的理论假设"的理想的一步。否则的话,黑人妇女就会掉进同胞兄弟为她们自己挖的陷坑里——自恋、孤立、晦涩、含混不清。另外,她还建议从妇女主义的角度来分析黑人女作家的作品,审视作家在刻画黑人男性追求男人气概时的共同关注点。

胡克斯也不太赞成"黑人女性主义"这个名称,认为妇女不应该太多地把女性主义作为身份区分的标准。她所倡导的女性主义与沃克的妇女主义基本一致。她认为要从对个人生活方式问题的关注转向创立一些政治范式和社会改造的基本模式,不光强调个体的改造,也强调集体的改造。② 朱丽亚·海尔也从黑人和白人政治差异的角度,对"黑人女性主义"的提法提出异议:

> 称自己为黑人女性主义者的妇女需要另外的名字来描述她们所关心的事物。"黑人女性主义"这个词不足以描述黑人妇女的困境。实际上……黑人女性主义者还没有给这个术语一个核心定义。白种人的问题是妇女问题,因为妇女是受压迫的。黑种人的问题是男性和女性都面临的问题,因为黑人

---

① Sherley Anne Williams, "Some Implications of Womanist Theory," Winston Napier, *African American Literary Theory*, p. 220.

② 参见[英]巴特·穆尔-吉尔伯特等《后殖民批评》导言,第100页。

男性和黑人女性一样受压迫。①

显然,这种说法本身也有问题,因为黑人男性和女性所受的压迫并不一样。但是它却说明黑人女性主义的问题与白人女性主义的问题不同。许多美国黑人妇女反对"女性主义"这个术语,并非是她们对这个词本身的含义有所误解,而是说明她们有意识地避免与白人妇女领导的妇女运动发生联系,因为这种运动的基础是反对根植于西方文化的父权制。这样的斗争对白人女性来说恰到好处,因为她们在历史上就被白人男性剥夺了平等的权利;但是,这种斗争却不适合黑人妇女。如阿尔德里奇指出:"最基本的问题是,特殊的性别理论是否能包括妇女的特殊的种族和文化理论,她们不愿意用一个妇女的集体身份来取代她们的历史文化身份。"②

黑人女性主义本身也面临其他困境。比如,对于美国黑人妇女和其他有色人种妇女来说,保障政治权利和经济利益仍然是女性工作的目标和中心。但是,对于美国白人女性主义者来说,她们的注意力转向了个人身份、对差异的理解、解构妇女的多重自我等。黑人女性主义受到影响,也把精力从黑人妇女面临的社会问题中偏离,结果就削弱了它的批评力度。因此,黑人女性主义也在黑人民族主义和白人女性主义之间打转,如何将这两种看似矛盾的意识形态协调起来,这是黑人女性主义者必须思考的问题。否则,它将很难得到更多人的支持。

不论被叫作"妇女主义",还是"黑人女性主义",命名本身并不

---

① Delores P. Aldridge, "African American Women Since the Second World War: Perspectives on Gender and Race," Alton Hornsby, *A Companion to African American history*, Malden: Blackwell Publishing, 2005, p. 407.

② Delores P. Aldridge, "African American Women Since the Second World War: Perspectives on Gender and Race," Alton Hornsby, *A Companion to African American history*, Malden: Blackwell Publishing, 2005, p. 403.

重要；重要的是它的宗旨，任何为妇女或者为所有受压迫者谋求解放的女性主义者，更应该关怀那些仍然处于边缘的群体。事实上，正如柯林斯指出的那样，任何争论都是在相对有特权的黑人妇女当中进行的，特别在学术界。这些有知识的黑人妇女与大量的没有受过高等教育的黑人妇女是有区别的。[①] 当知识界的黑人妇女在探讨中心与边缘问题并试图解构黑人女性身份的时候，相当多的黑人妇女还陷于由种族隔离政策而建立起来的地区。谈论中心与边缘问题时如果不能同时注意到权利问题，将仍旧使得黑人妇女只能继续从事干洗、快餐之类的劳动。

三、"妇女主义"与男性

"妇女主义"的宗旨之一包括"爱作为个体的男人，通过性或者非性的方式。致力于全人类的、包括男人和女人在内的生存和完整性"。事实上，女性主义事业中重视男性作用的观念并不是产生于沃克提出"妇女主义"之时，早在19世纪，库珀在《来自南方的声音》中就呼吁："妇女的事业就是男人的事业：我们同起同落，不论多么渺小还是如同神灵一般，被奴役还是自由。"[②]

某些女性主义者之所以把男性和女性的关系对立起来，在于她们认为男性是强大的、厌恶女人的，是压迫者——是敌人；女性是被压迫者——是受害者，这种说法强化了性别歧视的意识形态。而且，事实并非完全如此。男性在社会中的地位并不完全平等，父权制主要是指白人男性享有特权，在男性这个性别群体内部也存在阶级剥削和种族歧视。那些贫穷的、没有受过教育的非白人男

---

① Patricia Hill Collins, "What's in a Name? Womanism, Black Feminism, and Beyond," *The Black Scholar*, 1996(26).

② Delores P. Aldridge, "African American Women Since the Second World War: Perspectives on Gender and Race," Alton Hornsby, *A Companion to African American history*, p. 398.

性甚至不享有白人女性那样的权力和利益，更谈不上享有特权男性的那些权利。正如女性主义并不天生就存在于女性的思想内一样，男性至上主义也不是生来就内在于男人的思想之中。尽管黑人男性没有经历过黑人妇女的多重压迫，但他们可以在其学术或政治著作中通过倡导反种族主义和反对男性至上主义来支持黑人妇女。

许多黑人妇女认为，女性主义最大的好处也不过是仅仅为了妇女，而最糟的情况是要攻击、消除男人，根本上就是与男人为敌。"妇女主义"却不同，它虽然主张反抗性别压迫的斗争，但并不攻击男人。"妇女主义"提倡的是，要致力于包括男人在内的全人类的生存完整性就必须重视女人与男人的关系，承认在女性主义运动中团结男性力量的重要性、可能性和意义。胡克斯的观点很有意义：

> 分离主义的意识形态鼓励我们相信妇女可以独自开始女性主义革命——事实上我们不能。既然男性是维护和支持性别歧视和性压迫的主要动因，那么只有让男性承担起改变她们和整个社会的意识的责任才能成功地消除性别歧视和性压迫。①

正如在反对种族主义斗争中，作为维护者的白人必须扮演重要角色一样，在结束性压迫的斗争中，男人作为维护者也必须承担重要责任。在谈论女性问题的时候如果闭口不谈男性，就好像用一只手鼓掌，难以引起共鸣。莫里森曾指出女性主义批评模式中排斥男人的潜在危险：任何将男性排除在外的评判模型都会像黑人文学批评模式中把黑人妇女排除在外的做法一样受到抑制。②

---

① ［美］贝尔·胡克斯：《女权主义理论：从边缘到中心》，第 97 页。

② Toni Morrison, "Rootedness: The Ancestor as Foundation," Mari Evans ed., *Black Women Writers (1950-1980): A Critical Evaluation*, p. 344.

莫里森和沃克等黑人女性作家不赞同把黑人男性人物简单地描写成堕落、好攻击、喜欢暴力等残缺不全的、不完整的形象，而是从黑人的生存和完整性出发来描写黑人男性，描写他们面临男性气概被挑战和被重新定义时的处境和状态。她们认为，对黑人女作家笔下的男性人物形象的分析可以从“妇女主义”的角度展开，这样可以消除对他们的误解。

“妇女主义”的思想深受非洲传统文化的影响。非洲哲学思想以动态的生物观念为基础。概括来说，非洲人关于生活和现实的概念的理解就是在互为关系中生存。它强调精神经验和情感经验的重要性，认为人与人之间的相互关系和互相依赖性是人的基本需求。与此类似，“妇女主义”认为万事万物是互相依赖的，它们不可能并列地、互相独立地存在。“妇女主义”原则是承认多面性、在关系中生存、维持平衡和活力。这些特征有助于美国黑人妇女把握她们自己的经历并使其理论化。基于这种文化和传统背景，黑人女作家批判男性人物在家庭以及人与人的关系中表现出的大男子主义行为，倡导共同理解、互相依存和整体和谐的人际关系。

“妇女主义”强调了生存的完整性，也就是反对把一个人的种族身份和性别身份对立起来的思维方式。作为黑人妇女，不可能把黑人和女人这种双重身份分开来讨论，更不可能比较哪个身份更为重要；同样，结束性压迫和结束种族主义对她来说同等重要。妇女主义者决不会采取非此即彼的二元论思维方式。这样的思维模式是西方社会所有统治制度的核心部分，它认为自我是由反对一个他者而形成的。持有二元论思维的人认为，黑人妇女只能在黑人和女性之间选择其一，不可能两者兼而有之。如果选择做一名黑人，那么她就只能参加到反种族歧视的斗争中去；如果选择做一名女人，那么她应该抛弃她的黑人身份，不去考虑与种族主义有关的事情，专心致志地投身于女性主义的运动。沃克倡导以一种和谐共存的方式来思考妇女问题，特别是黑人妇女以及其他有色人种的妇女问题。

沃克创造了“妇女主义”一词用来描述黑人妇女的女性主义，这充分说明沃克承认女性主义话语之内的差异性，认为女性主义本身并不是统一的；同时，她也意识到黑人妇女在女性主义话语中的边缘位置，但是正是这种边缘位置使她以及其他的黑人妇女重新审视这个位置，从这里观察世界，实现自我。她们将黑人妇女的自我放置于女性主义话语之外，其目的就是防止自我被主流扭曲，防止自我被作为他者随意放置。沃克的定义显示出花园的隐喻包含着文化的完整性和多样性，由此看来它是多元主义的。多元主义把社会看成是由各个民族和不同兴趣的团体组成的，各团体在机会、权利等各方面的平等中体现出公平的内涵。多元主义坚持黑人文化的差异性和完整性，据此提出了种族完整性的不同版本。它不是以个性被同化为前提，而是以团体的完整性为前提。很多黑人妇女理论家抛开了女性主义的局限性，被吸引到多元主义和种族完整性的视野之下。

“妇女主义”是黑人女性主义文学创作和批评的理想，成为许多黑人女性批评家遵循的原则。当然，沃克作出的解释未能区分现实与理想之间的关系，因为从“妇女主义”的角度描述黑人妇女对于种族和性别双重压迫的历史性反应，与使用“妇女主义”来描绘所有人的具有民族特色的理想境界之间是有区别的。前者是一种具体的历史经验，后者则是对未来的理想。作为一个合乎道德的体系，“妇女主义”不是一个封闭的固定的思想体系，而是通过抵制各种形式的压迫以及致力于公正的事业，不断发展演化的。

第二节　策略的“本质”与“差异”

从特鲁斯的一句反问“难道我不是女人”开始，“妇女”作为女性主义的统一主体性的概念就受到了挑战。真正的女人是白人，需要男人的保护，像特鲁斯这样的女人不是“真正的女人”。特鲁斯的反问使女性主义面临如何处理和容纳特殊性和差异性的问题。可以说，黑人女性主义批评的产生和发展与对本质主义和差异的认识分不开。“差异”一词内涵丰富，在女性主义之内，它至少包含三层意思：首先，表示男人和女人之间的差别，就是性差异。其次，它指向女人之间的差别，即多样性。再者，差异也与范畴内在固有的不稳定性有关，至少在女人这个范畴内。它表示德里达所说的“延异”。[①] 男人与女人的差异又分为生理上、心理上以及社会成因上的差异。女人之间的差异用来指涉妇女这个概念范畴本身由于阶级、种族、国族、性倾向等所造成的有意识或一般普遍化的区别分类。这种差异强调单个真实妇女的经验歧异，以对抗“妇女一体”、“铁板一块”等抽象叙述。后结构女性主义所论述的差异，意在解构男权中心叙述对“阴性特质”的内涵定位，代之以流动的、终极意义不断延异的本体位置。

一、本质和差异

长期以来学术界在本质和差异之间争论不休，其争论聚焦于是否存在人的本质，如本质的女性气质、本质的黑人性、本质的东方性等。本质主义的一般定义是：“相信真正本质的存在——就是最不可概括的、不能变化的、因而也是一个人或事物的基本构成。”[②]即每一事物都有其内在的、固定的、普遍的本质。本质主义对“妇女”这个范畴有不同的理解和假定，最基本的假定是，认为有一个纯正的或者原初的女性本质，它尽管受到父权秩序的压抑，却

① Moya Lloyd, *Beyond Identity Politics*, London: SAGE Publications Ltd., 2005, pp. 35-36.

② Diana Fuss, "The 'Risk' of Essence," Sandra Kemp and Judith Squires eds., *Feminisms*, Oxford: Oxford University, 1997, p. 250.

仍然存在着。因此,本质主义认为所有的妇女在本质上是相同的,称为“本质的妇女”(essential woman)。这种思想始于启蒙运动,当时的多数理论都是按照父权制的标准建立起来的,具有规模宏大、标示普遍性、企图涵盖一切的特征。父权体系将男性置于等级秩序的优等地位,置女性于卑贱地位,并且为了巩固其统治地位,宣称女人有一种共同的、永恒的女性气质,这种气质从根本上成为限制女性发展的本质。它使女人永远都不可能与男性一样,这也就决定了女人的身份地位。这种本质主义的观点受到解构主义等后现代主义理论家的批判。他们认为,所谓自然与人性既非固定不变也非普遍相同,而是根据不同社会、文化和历史背景,有着很大的差异性。

解构主义等后现代理论就是反对本质主义、颂扬差异、解构权威和中心的战争,它倡导多样性、非连续性和语义不清、含混模糊。其主要来源是德里达、福柯和拉康。他们强调话语在社会生活中的中心地位,反对各种形式的本质主义和简化论。德里达以文字学的理论颠覆了以逻各斯中心主义为别名的西方理性主义哲学的传统观念。在他看来,逻各斯中心主义坚信有一种存在于语言之外的宇宙精神,生生不息地支配着自然和社会的进程。逻各斯的别称是存在、本质、本原、真理、绝对等。德里达的目标就是要颠覆这个至高无上、居高临下的传统哲学。他从索绪尔的语言理论中继承了“差异”与“意义非本质”的观点,批判了索绪尔理论中透露出的单一意义的倾向,指出他的理论不能解释意义的复数性与意义的改变问题。德里达指出,“能指”与“所指”在语言系统中的位置与意义是由关系与差异决定的,因此都不可能固定下来。德里达把“延异”的概念引申到他的文本理论中:一方面,文本由于差异的效果,有了一个意义,但同时,这个由差异所产生的意义永远无法停伫在一个语言之外的“先验所指”。因此,意义无法有终极阐释,只能是暂时的。由于德里达本人对文学的偏爱,使这一理论在文学中比在哲学中更一路畅行，解构主义成为一种阅读和批评范式。70年代以后，德里达定期到美国讲学，其影响日益扩大，很快占领了文学批评的中心阵地。结果，解构主义在美国比在任何其他国家都盛行。

解构主义不是用简单的“或者/或者”结构，而是试图阐明一种既不说“或者/或者”(either/or)，也不说“既/又”(both/and)，甚至不说“既不/也不”(neither/nor)这样的话语，同时，也不完全抛弃这些逻辑。解构主义的意义在于既都是，又都不是，它要揭示出建构和摧毁本身并不是它们出现的样子。[①] 传统主义者认为，一件事情不可能在是A的同时又不是A，而这个问题的解决办法在解构主义这里是开放的，即A是必要的，但是它已经是不可预知的、不同于原来的A了。解构主义的理论为女性主义提供了广阔的自由度，使其可以自由地游弋于差异的多元性之间，不受父权制预定的性别身份的限制。

女性主义批评家玛丽·普维(Mary Poovy)把解构主义对女性主义的启示作了概括，认为尽管解构主义本身有局限性，但是女性主义最终必须用解构主义的策略去掉“女人”这个范畴的神秘色彩：

> 从女性主义对历史的兴趣及种族和阶级等社会决定因素的角度来看，解构主义的基本贡献在于……它的去除事物的神秘化的思想。由于解构主义揭示了所有意识形态的比喻性本质，所以它也可以揭露本质和性别等范畴中固有的谋略。[②]

解构主义的策略可以使女性主义者书写一个对妇女的规定定义充满了各种矛盾的历史，显示这些矛盾如何为变化提供了可能。

---

① Barbara Johnson, *A world of Difference*, p. 12.

② Mary Poovy, “Feminism and Deconstruction,” Mary Eagleton, *Feminist Literary Theory*, Oxford: Blackwell, 1997, p. 261.

解构主义的另一贡献就是挑战了等级和对立逻辑，改变了二元对立的模式，在去除神秘化的过程中，解构主义并不是简单地提出另一种二元对立等级，它对身份和对立逻辑的本质提出质疑并详细审查，这样就使确立和维持等级思维方式的谋略昭示天下。从这个角度讲，解构主义的策略使女性主义者可以更加准确地说明在个人的社会地位、权力和压迫中出现的多重决定因素。另外，解构主义的"中间者"(in-between)观点，为拆除二元思维模式提供了一种工具。一旦这种二元结构被证明是人为的，那么二元中两者的固定结构和身份就动摇了，不再稳定。解构主义揭露了这样的事实："性别"之间的对立，比如"男人"和"女人"的概念，是社会建构的结果，并不是像父权体系所宣扬的那样，即两者具有本质的差异。

女性主义对于"女性本质"进行解构的另一理论来源是拉康，拉康的精神分析理论对女性主义来说就是"去除妇女的本质化"(de-essentialize woman)[①]，因为拉康认为，主体的建构就是进入象征秩序的结果，主体只有获得性身份(sexed identity，这个身份是在与菲勒斯这个象征能指的关系中确立的)，才能获得主体性。任何自我的概念只能通过假定一个"他者"而获得。女人作为"缺乏"(lack)而进入象征秩序，她是一个"空洞的装置"(empty set)。女人是男人的"征兆"(symptom)，她从来都不具有象征意义，从这个意义上讲，女人根本不存在。[②] 女人就是一个"他者"，除了作为男人的他者，她从自己的权力方面看是不可知的，从菲勒斯中心主义的角度来看也无法理解。拉康的理论固然显示出明显的性别歧

① Moya Lloyd, *Beyond Identity Politics*, London: SAGE Publications Ltd., 2005, p. 18.

② Moya Lloyd, *Beyond Identity Politics*, London: SAGE Publications Ltd., 2005, p. 18.

视，但是他对女性本质的解构启发了女性主义思想的发展。正如摩亚·劳伊德(Moya Lloyd)在《超越身份政治》一书中所说，性别身份，从最好的方面来讲，也不过是被自然化的虚构物(naturalized fictions)，一直处于不协调、不确定的状态。“一旦性别身份被发现是指定的而不是自然的，那么关于女人和女性气质之间的任何联系将断裂。”①

后现代文学思潮不仅因颠覆二元对立等级结构而与女性主义文学批评互相靠拢，而且它对多元性、边缘性和异质性的强调，同样在被边缘化的女性群体之中引起了强烈共鸣。解构主义等后现代理论对同质性进行挑战，因而也就挑战了本质主义。多样性、非连续性和模糊语义等后现代主义概念的核心观点是“差异”。从文化的角度来讲，后现代主义可以被看作是对权威的质疑，而实际上权威主要是由白人文化和它的机构确立起来的，因此，后现代主义对差异的偏爱就成为被边缘化的群体的有力话语，它唤醒了被边缘化群体的意识，为他们提供了话语场域。然而，这种话语的代表者经常是白人女性主义和黑人民族主义者，他们虽然被边缘化，但在建立差异理论的同时，他们重新建构了同质理论，再次将边缘群体排斥在外。

二、本质化的解构

克里斯蒂娃认为，现代时期妇女获取解放的斗争经历了三个阶段：首先是获得选举权的政治权力要求；然后主张与男人在本体论上的平等，即反对妇女是平等的但不同于男人的观点，如波伏瓦在《第二性》中描述了妇女的生存，预示了男人和女人之间实现友爱的可能性，这是一种超越了他们先天差别的友爱；最后，在心理分析的指引下，寻求男女之间的差异，这可以解释妇女独有的特别

① Moya Lloyd, *Beyond Identity Politics*, p. 21.

的创造力,这样的创造力不仅存在于性领域,还存在于从政治到创作的整个社会实践。[①] 女性主义受解构主义和其他后现代主义的影响,对本质的妇女形象进行解构,寻求男女之间的差异。但是,在建构差异的同时,女性主义又掉进了本质的旋涡中。

女性主义第二次浪潮假定所有的妇女都有一些共同的东西:一个共同的本质(一个本体论的要素),共同的经历(一个叙事要素)或者一个共同的发展轨道(一个心理要素)。[②] 正是妇女享有的某些共同点才把她们联结在一起。毕竟,女性主义是关于所有妇女的,它所谈论的是妇女,谈论的目的为妇女,说话的对象是妇女,它的支持者是妇女,目标是解放妇女。但是,当男人不再被允许打着开化女性的旗号无情地掠夺她们的性资源并且直接对妇女实行控制、压抑及否定女性文化的时候,白人妇女却进入了一个新阶段——以从前白人男性对待她们的方式对美国黑人妇女进行重新殖民。白人妇女将内在于她们自我的种族偏见强加给"他者",即非白人妇女。最好的证明就是白人妇女过渡使用"妇女"这个笼统性的概念,并且忽视她们与有色人种妇女的差别。

传统的女性主义批评所研究的女性的共同经验实质上就是指白人中产阶级异性恋妇女的经验,是一种不考虑黑人妇女、有色人种妇女、同性恋妇女的本质主义。她们过分地自我中心化,把自身的经验当成全球妇女的普遍经验,把性别的概念建立在普遍的和固定的认识论基础之上。仅仅讨论男人与女人之间的差异,这在某种程度上说是对的,但是它不能解释妇女从历史上就被排斥在经典之外的原因;而且这种简单的差异分析实际上压抑了每个范畴内部的差异性,如"女人"这个范畴内存在相当大的差异性。由于本质论对普遍性的追求无法表征女性经验的多元化,结果在解

① Julia Kristeva ,"Is There a Feminine Genius?" *Critical Inquiry*, 2004(30).

② Moya Lloyd, *Beyond Identity Politics*, p. 13.

释两性不平等的根源以及性压迫的发展过程中掉进了男性单线性思维的陷阱。对于这种本质主义，黑人女性主义和第三世界女性主义提出了质疑。她们也借用解构主义、后现代的“差异”理论，抵抗白人女性主义的中心主义。

如同后殖民主义话语揭露了欧洲中心主义者为了显示其自身的优越性而故意编造出“东方主义”，以使其霸权更加合理化，第三世界女性主义扩展了对西方女性主义的批判范围，质疑西方女性主义者在建构“妇女”的范围时，把“妇女”一词简单地概括化、普遍化。在西方女性主义者眼里，全世界的妇女成为一个群体，在这个群体里，她们有着同样的被压迫的遭遇，性别的一致性把她们紧紧地连在一起，从而建立了同质群体，其重要性超出了其他任何的因素。所以，存在于妇女之间的所有差别都可以忽略不计，或者根本没有差别可言。结果这个范畴就把女性主体性的理解限定在白人中产阶级的范围之内，忽略了社会阶级和民族身份的差别。而且，妇女被建构成一个一致的受压迫的群体，就等于把妇女推进附属的位置，就是简单地用二元对立的术语来定义权力：有权的人/没有权的人，男人剥削/女人被剥削等。第三世界的女性主义认为，这样简单的陈述不利于反抗压迫，其唯一的效果就是强化了男人和女人的二元划分。

因此，要消除西方白人妇女和第三世界妇女之间的隔阂，必须对“妇女”一词重新阐释。贝蒂·马廷强调用策略性的术语“有色妇女”或者“第三世界妇女”来反击概括化的词语“妇女”，这样既可以产生对立意识，又成为政治联合、建立新的社群的源泉。她对此作出了较为确切的解释：

> “妇女”是基于共同的身份和性别压迫的设想建立起来的。团结形式的建立基础应该是共有的但不是一致的历史，共有的但不是一致的结构位置，共有的但不是一致的兴趣。团结的形成不是以牺牲为基础，而是集中共有的观点、共有的

能力和共有的愉悦。①

在面对后现代主义解构人种范畴的传统划分时，位于边缘的黑人妇女对她们的位置和差异进行重新思考。后现代主义关于身份政治的思考也改变了黑人妇女对黑人身份的陈旧不变的观念，有着多重身份的黑人妇女不再倾向于模仿、同化或者抗拒作为“他者”的角色。黑人女性主义批评在后现代的语境中探索她们的位置，注重以差异为基础的妇女之间的联系，强调妇女存在的多质性或多层次性，反对女性主义的文化帝国主义倾向。

由于美国的女性主义从来都不是诞生于受压迫最严重的黑人妇女那里，所以美国黑人妇女要作为女性主义者真正进入女性主义运动中，进入白人“姐妹”的心中，其困境之一就是必须以团结的名义抹杀差异，支持所有妇女经历“共同压迫”的观念。要反抗这种观点，黑人女性主义必须指出她们经历的多样性和差别。胡克斯对“共同压迫”这个概念提出质疑，认为尽管“压迫”一词有着重要意义，它把女性主义置于重要的明确的位置上，但是，它对于黑人妇女和对于白人妇女的含义不同。女性主义者把走出家庭、争取社会工作权视为女性获得独立自我的标志，这种观点只能代表白人中产阶级女性的愿望。从美国历史上看，参加家庭以外的社会劳动对黑人女性来说，从来就不是什么要去争取的“权利”。不论是从前棉花种植场的女奴，还是今天要养家糊口的劳动妇女，她们生存的第一条件就是工作。因此，争取工作权只代表了生活富裕的休闲的中产阶级妇女的要求，女性主义理论不能解释女性经验的复杂性和多重性。

不仅如此，胡克斯还指出给女性主义运动带来负面影响的一些谬见。首先，“所有的妇女都是受压迫的”这种简单推断暗示所

① 古绮玲：*Sister Outersider Audre Lorde：A Black Feminist Poet on Postmodern Privileging of Difference*，（台）淡江大学博士论文，2001 年，第 186 页。

有妇女的共同性以及她们的共同斗争目标。胡克斯认为，这样的措词缺乏依据，妇女的经历因种族、阶级、宗教等因素而异，所以统治力量对妇女压迫的程度也因人而异。按照胡克斯的理解，受压迫就意味着没有选择，但是在美国有许多妇女是有选择的。胡克斯认为，根据妇女的种族和阶级来看，她们经历了不同的压迫形式，有着不同的期待。但是操控女性主义运动和批评方向的女性主义者是受过高等教育的中产阶级白人妇女，她们的言论和做法使那些感到需要不同策略、不同基础的妇女们常常受到排斥，不能发表言论。胡克斯反对女性主义思想的霸权统治，坚持认为它还是一种正在形成的理论，必须对它进行批评、质疑、重新审视，并且探求新的发展可能性。

玛丽·普维的观点与黑人女性主义对白人女性主义的批判不谋而合。她认为："所有的女人可能都占据'女人'这个位置，但是她们是以不同的方式占据的。有色人种的妇女在白人主导的社会中所面临的阻碍不同于白人妇女，而且比起白人'姐妹'来，她们可能与有色人种的男性分享更重要的问题。通过把'女人'一词解构成一系列独立的变量这个策略，可以说明把所有的妇女固定在一个虚假的统一的'女人'范畴里，实际上是助长了对分裂妇女利益的权力运作的伪装。"[①]普维认为，解构主义可以用来解释有色人种和妇女的边缘化问题。因此，她提醒女性主义者在运用解构理论时必须注意两点："一方面，我们必须承认'女人'（woman）是主流的、二元象征秩序中的一个位置，同时，这个位置是随意地统一的。另一方面，我们需要记住，具体的历史的'妇女们'（women）是存在的，她们的差别显露出这个统一范畴在现在和过去的不合

① Mary Poovy, "Feminism and Deconstruction," Mary Eagleton, *Feminist Literary Theory*, Oxford: Blackwell, 1997, p. 263.

时宜。”[①]具体的历史的妇女们是受压迫的，她们的受压迫方式并不相同，需要进行分析。但是，女性主义者应该抛开把妇女固定为一个被集体压迫的群体的二元对立思想。女性主义者要有两种态度：承认多数妇女共享的是一种位置的相似性，这种相似性是以自然相似的面具出现的；放弃那种强化二元逻辑的虚幻的自然相似性，因为它掩盖了阶级和种族等其他类型的差异。普维提出，女性主义应该从再生产差异的本质主义运动中，转向质疑作为历史基础的本质主义本身。

芭芭拉·史密斯的《家庭女人》挑战了所谓“她的历史”（her-story），指出“妇女”的概念实际上是打着整一的旗号，戴着白人中产阶级文化的面纱。要成为其中的一员，有色人种的妇女必须摒弃她们的文化，抛开她们社群的历史，丢掉她们的复杂位置和自我。女性主义者把“妇女”一词作为一个稳固的联合范畴，首先认为所有妇女之间的普遍联结是基于共同的信念，那就是她们的性别相同，而且遭受同样的性别压迫。由于这种笼统的概括是以白人妇女的经验为依据的，所以妇女的历史（her-story）就成了关于白人妇女的历史。西方女性主义的发展史欢呼白人女性主义的理论和实践，岂不知她们把黑人和第三世界妇女的种族和文化背景及经验从她们的理论中已经涂抹掉了。史密斯还提出缓解有色人种的女性主义和西方女性主义之间张力的策略，认为应该修正西方女性主义者对第三世界妇女的表述：

> 对第三世界女性主义的知识和政治建构的任何讨论都必须同时谈及两个要点：一是对西方女性主义霸权进行内部的批判；二是探讨以地理、历史、文化为基础的女性主义的议题和策略。除非这两项任务同时进行，否则第三世界女性主义

---

① Mary Poovy, “Feminism and Deconstruction,” Mary Eagleton, *Feminist Literary Theory*, p. 266.

就有被主流话语和西方女性主义话语边缘化和隔离的危险。①

因此，女性主义批评应该否定本质的、固定的或普遍的概念，目的是为了寻找一种多样性，强调每个人的社会、文化和历史背景的特殊性，不仅看到性别差异，也看到女性之间的社会地位、种族、阶级和文化的差异。而且性别身份不可能一劳永逸地获得，对一个身份的影响是在不断的日常重复的基础上产生的。女性主义不可能固守着错误的观点，即为了解放的目的而要求一个稳定的连贯的主体，它需要容纳不同版本的主体，这种主体可能是矛盾的、处于过程中的、不确定的。

但是，从另一方面讲，差异也不是万能的。因为如果白人女性主义者仅仅一味地关注差异，忽略、否认、他者的自我，那么黑人女性主义者与白人女性主义者的疏离将继续存在。因此，胡克斯主张一种超越对立性的激进政治，用建设性的差异取代单纯的差异，她讨论在主宰和屈从的大模型中显示出的局部状况——差异中的差异。同时，她又是反分离主义者，看到必须在尊重各种差异的同时，各种斗争和各条战线的人们还必须携起手来。

三、"差异"的黑人妇女

伊莱恩·肖瓦尔特在 1991 年出版的《姐妹的选择》一书中说，她在编写此书的过程中，尽量避免把所有妇女的创作视为普遍一致，对她来说，"应该历史地从具体的民族语境下看待妇女的写作"②。她承认过去对黑人妇女等少数族裔文学的忽视，认为存在

① 古绮玲：*Sister Outersider Audre Lorde: A Black Feminist Poet on Postmodern Privileging of Difference*，（台）淡江大学博士论文，2001 年，第 186 页。

② Elaine Showalter, *Sister's Choice*, New York: Oxford University Press, 1991, p. 2.

太多的种族、民族和理论联系方面的差别，因而不可能建立单一的有意义的美国女性主义批评。承认差异是女性主义批评的最新发展方向，当前许多学术界的白人妇女和黑人妇女把对差异的研究当作女性主义的中心议题，出版了大量的专著。

奥黛·罗德是美国较早地强调差异的重要性的黑人女性主义批评家。她发现社会为有效地控制人们而把所有人视为同质的。因此，她特别关注差异概念在塑造自我以及人们的相互关系时的重要性，对她来说，差异是对抗"简单同一性"的手段。芭芭拉·约翰逊(Barbara Johnson)指出：同一和简单化是男人的特权和领域，在美国就是白人的特权和领域。其目的就是要将女性的差异纳入同一的范畴。这个范畴从来都属于男性，尽管没有公开化。那些"随便的"、"不重要的"和"边缘的"群体只是被简单地添加进所有男人共同拥有的清单里而已。[①] 罗德认为，种族主义、性别主义、异性恋主义等都是渗透在社会里的邪恶势力，都忽视差异在社会中的积极作用。今天的妇女运动内部，白人妇女聚焦于她们作为妇女所受的压迫，而忽略了种族、性倾向、阶级和年龄的差异。一些黑人妇女和白人妇女都否认差异，这样的行为妨碍了她们的合作：

> 白人妇女忽略了她们内在的白种优越的特权思想，从她们自己单独的经历中定义妇女，有色人种的妇女就成为"他者"，是局外人，她的经验和传统过于陌生，不能被理解。白人妇女在分享权力的借口下，面临被诱惑成压迫者的危险。[②]

白人妇女倾向于采取所有妇女受同样压迫的态度，从而遮蔽

---

① Barbara Johnson, "Metaphor and Metonymy in Their Eyes Were Watching God," Henry Louis Gates ed., *Black Literature And Literary Theory*, New York: Methuen Inc., 1984, p. 214.

② Audre Lorde, *Sister Outsider*, The Crossing Press, p. 118.

了她们在对有色人种的妇女进行继续剥削过程中的角色，使她们成为父权制的合作伙伴。而有色人种的妇女在支持父权体制方面有不同的表现形式，她们也从不同的角度来否认差异的存在。一方面，黑人妇女极有可能被社会的权力结构所利用来反对黑人男性，反对的理由是他们是黑人；另一方面，有些黑人妇女拒绝承认在黑人社区内部存在着性别压迫；再者就是美国黑人妇女经常意识不到她们在制造种族内部歧视的同时，就是帮助延续父权体系。[①] 因此，罗德指出，在探讨身份破碎及边缘化问题时，任何女性主义的研究都应该把差异当作基本的纲要，而且应该把所有被边缘化的妇女包括进来，不考虑美国妇女生活中的差异，不把黑人及所有第三世界的妇女作为讨论对象，就不会产生真正的女性主义理论。

罗德解构了把所有妇女简单地划为单一的性别类型的做法，指出这一类别实际上暗指白人中产阶级妇女。美国黑人妇女在种族的和文化差异的语境下表现出了性别身份的复杂性。罗德自己的身份就是在美国主流社会之外的复合体："作为一名黑人女同性恋者、女性主义者、社会主义者、两个孩子的母亲、跨种族婚姻的成员之一，我总是发现自己被定义为他者、异类、劣等或者仅仅是错误群体的一部分。"[②]

罗德鼓励各个群体的妇女对差异给予肯定的态度，只有接受差异性，她们的生活和地位才有可能发生变化，才能在平等的基础上对话，互相利用对方的不同来扩展视野。承认种族、性别、阶级以及其他方面的差异是女性主义运动的重要进步，这是包括库珀、

---

① Geraline Washington Bates, *Womanist Aesthetic Theory: Building A Black Feminist Literary Critical Tradition, 1892-1994*, Indiana University of Pennsylvania, 1997, pp. 116-120.

② Audre Lorde, *Sister Outsider*, p. 114.

沃克、克里斯廷、史密斯和胡克斯在内的许多黑人女性主义者关注的议题。承认差异有助于瓦解阻力、建立不同群体之间的联系，因为"在我们的工作和我们的生活里，差异是赞美和成长的动因，而不是毁灭的原因"①。罗德的观点挑战了西方文化的两极分化思想，这种思想把"自我"以外的所有人排斥为"他者"，进行分离和等级分化，如黑人/白人、男人/女人、被动/主动。这种等级思想源于父权制和帝国主义，导致了种族主义和性别主义。"一旦差异被按照这种逻辑划分，它就会为统治和等级制提供借口。"②罗德提出的差异是一种历史的、建设性的，而不是本质的差异。

同样，罗德对白人妇女和黑人妇女之间的关系也提出了自己的看法。她从两者共同性的角度把白人妇女和黑人妇女都划归为局外人，那是因为她们都遭受性别压迫，但是，她从来也没有忽略两者的差异。她提醒白人妇女，既然所有妇女都是局外人，都是父权制和性别主义的牺牲品，那么她们就应该互相支持，联合在一起，以便于更好地在边缘地带生活。"现在我们必须承认妇女之间的差别，妇女是平等的，既没有低劣也没有优越，而且应该用他人的不同来丰富我们自己的视野和斗争。"③她认为美国黑人妇女和白人妇女应该把她们的观点集中在一起，反抗种族主义和性别主义，同时应该批驳把黑人妇女和白人妇女联结为同质一体或者绝对分裂开的各种偏见、假定和误解，这种种的偏见都源自对差异的忽视。

差异是任何环境中存在的事物，但是，由于人们不能把差异看作一种动态的力量，一种丰富自我而不是威胁自我的力量，所以出

---

① Audre Lorde, *Sister Outsider*, p. 101.

② Gina Wisker, *Post-Colonial and African-American Women's Writing*, New York: St. Martin's Press, 2000, p. 7.

③ Audre Lorde, *Sister Outsider*, 1984, p. 122.

现了种族主义、性别主义和阶级主义。[①] 换句话说,种族主义、性别主义和阶级主义都产生于人们对同一性的执着。黑人运动和妇女运动都是由于社会不肯容忍差异而产生的结果,而这些运动自身也变得不能容忍差异。其结果不但削弱了运动的效果,还因为很多人都被排斥在外,也失去了差异作为新思想和新观点来源的作用。把女人定义为白人、异性恋者、年轻人,就会失去有色人种妇女、老年人、贫穷妇女和同性恋妇女的经验和知识。

对奥黛·罗德的差异理论,芭芭拉·克里斯廷作过很中肯的评论:

> 奥黛·罗德作为一名黑人、女同性恋者、女性主义者、诗人和母亲,在她的生活中,她长期努力地为她的同胞奋斗。这些角色中的每一个都是她身份依存的一部分,在扮演的这些角色中,她从未放弃过关于差异的观点。事实上,在讨论女人与男人的关系中,黑人与白人的关系中,同性恋者与异性恋的关系中,在创造对话的手段中,她一直在运用差异性。[②]

罗德的差异理论是开拓性的,她为后殖民女性主义批评提供了基础。但是,她对黑人妇女内部存在的差异论述较少。实际上,很多人都忽略了这个事实。因为集体的黑人妇女的经验是在大动荡中存活下来的,黑人妇女经历了无数的磨难才争得了今天的局面,正是这种斗争的激烈和担心失败的心情使许多黑人女性主义者认为,只有压制差异并强调共同的经验才可能有团结的力量。所以,黑人女性的身份一次又一次地被作为"受害"的同义词,被认为是"真然的"那种黑人妇女的声音是一种痛苦的声音,人们听到的只有呻吟之声,只能讲述共同的痛苦和受害的经历,这样才能团

---

① Barbara Christian, *Black Feminist Criticism*, New York: Pergamon Press, 1985, p. 208.

② Barbara Christian, *Black Feminist Criticism*, p. 209.

结在一起。如果谁不发出附和之声,反而言及不同处境下的另一种景象,讲述正面的积极的经验,就会被斥责为以不同的经验抹杀其他妇女的痛苦。某种"本质"的黑人妇女形象就这样建立起来,它容不得不同意见。不论何人,只要被认为有不相宜的思想或"错误"的政治见解的迹象,都会成为被仇视的目标。

其实,黑人妇女之间也在年龄、教育程度、生活经历等方面存在很大差异,但是,这些差异并没有引起足够的重视。当然,过多地关注黑人妇女之间的差异,完全否认她们之间的共同性,将会导致分裂。

四、"本质"的黑人妇女

美国黑人女性主义文学批评的一个重要发展就是挑战了"本质的黑人妇女"的观点,重新审视"差异"的概念。黑人女性主义批评不仅从强调黑人妇女和白人妇女的差异性为出发点,对传统的女性主义进行一定范围的反驳,还从文本的创作、批评及文本中黑人妇女形象的本质化入手,策略地解构"本质的黑人妇女"。托尼·邦芭拉早在1970年就呼吁黑人妇女远离那些以为了解黑人妇女而事实上对她们一无所知的人,她认为有必要澄清黑人妇女的陈旧形象。

事实上,在美国黑人妇女的创作和批评中,特别是早期的文本中,存在着本质化的倾向,但是这种本质化绝不同于同时期的男性和白人妇女对黑人妇女的本质主义态度。要更好地理解黑人妇女对本质的策略性使用,应该首先检视一下为黑人妇女建构自我扫清障碍的去本质主义。邦芭拉为《黑人妇女》一书作的序言,就是对强加在黑人妇女身上的本质化观念的解构。她斥责男性学者在审查白人对黑人的心灵伤害时忽略性别差异的做法,认为历史和文学为理解黑人妇女的主体位置提供了可能性,但是历史往往忽略了那些为人们提供洞察力的运动,而文学的专家们则常常是男性,女性的形象是根据他们的需要演化而来的,根本就是虚构的本质。

在谈到为反抗男性权威而兴起的女性主义文学时,邦芭拉也质疑白人妇女:“白人妇女的事实、经历及发现与黑人妇女的关联有多大?妇女就仅仅是简单的妇女吗?”从邦芭拉对这些问题的回答中可以看出,她坚决抛弃妇女运动中的简单普遍化倾向,反对白人女性主义者把所有的女性简化为“女人”的做法,却不考虑她们由于背景不同而存在着差别。“我知道我们的权利是不同的,兴趣和方法也不同。”[①]她的研究一方面解构了强加在黑人妇女身上的本质特征,另一方面又为黑人妇女作为说话主体要求个人位置建构了空间,从而使黑人妇女的文本又建立在共同经验的基础之上,个体的声音从黑人妇女的主体位置上说话,在清除一片说话空间的同时获得一片空间,同时解构被白人和黑人男性本质化的黑人妇女形象。这是策略地使用本质主义。邦芭拉在该书中的声音以及她对其他黑人妇女声音的编排,是基于说话者的种族和性别经验之上的,享有本质空间的特权,但是又颠覆那个空间的稳固性。[②]

20世纪70年代早期,对黑人妇女文学的批评中表现出的本质化倾向不能简单地用“不成熟”来解释。对这些批评文本的重新阐释,可以借用戴安娜·福斯(Diana Fuss)对文学和政治理论中的本质主义的观点。她认为,要区别本质主义是激进还是保守,在很大程度上取决于谁应用它,如何使用它,其影响集中在哪里。她反对简单地否定本质主义,而主张对其审查和检验,以利于在文本中认同和清除本质主义的使用和影响。在谈到本质主义与建构主

---

① Toni Cade, *The Black Woman*, New York: Nal Penguin Inc., 1970, p. 9.

② Janelle Wilcox, "Constructed Silences," Washington State University, 1995, pp. 18-30.

义的关系时，她说："在建构主义这里，本质主义受到的保护超出了我们的想象。在我看来，没有对本质主义的基本的依赖，建构主义很难成为建构主义。"[①]福斯用辩证的观点说明本质论不同于建构论，建构论又离不开本质论，两者互相依存。福斯还指出，本质主义是否可以被使用在很大程度上取决于一个人讲话的主体位置。

黑人女性主义文学批评是以黑人妇女的经验为基础的，是从作为黑人妇女的共同经历的位置上发出声音的。某些黑人女性主义批评家的共同特点是把黑人女作家普遍化、概括化、本质化，对女作家的评论一致着眼于她们都是黑人，都是女人，都生活在美国。克里斯廷甚至把本质主义放到人道主义的文学语境中，认为鲍尔·马歇尔、莫里森和沃克"都表述了人类独有的长期的问题，她们不需要质问也无须证明她们创作的人物具有的人性"[②]。虽然把女性主义建立在妇女共同经验的基础上是很成问题的，但是，也不能否认经验与文学的联系。正如米歇尔·巴瑞特(Michele Barrett)指出，妇女的艺术对女性主义具有间接的或者启发性的作用，"把女性主义艺术与共同的压迫经验分离是不可能的"[③]。所以试图把女性主义作为一项政治工程与妇女的经验分离，会出现更大的问题，因为它会引起这样的观点，即妇女的共同受压迫经验在建构女性主义文化政治方面没有任何意义，进而又会导致下面的结论：女性主义文学艺术也可以在男性那里得到同样的发展，尽管对女性经验、女性作者甚至女性身体的强调都不足以使一种艺术成为女性主义的。

---

① Diana Fuss, "The 'Risk' of Essence," Sandra Kemp and Judith Squires eds., *Feminisms*, p. 252.

② Barbara Christian, *Black Women Novelists: The Development of a Tradition, 1892-1976*, p. 246.

③ Michele Barrett, "Feminism and the Definition of Cultural Politics," Mary Eagleton, *Feminist Literary Theory*, Oxford: Blackwell, 1997, p. 230.

普维也提醒女性主义者，对“女人”这个范畴的解构，会使女性主义的基础受到质疑，因为如果“女人”这个位置是虚假地统一的，而且一个人的身份不是由解剖学给定的，那么女人就没有可以从事政治活动的集结点[①]，女性主义运动和思想也就失去了存在的意义。这一点对黑人妇女来说更为重要，黑人妇女要想使自己的声音被听到、被重视，单靠个人的力量是不够的，因为她们经历了太长时期、太沉重的压迫，所以必须使更多的黑人妇女加入到颠覆压迫的行列里，如此一来，就需要一种将她们联结在一起的信念，这个信念就是她们活动的集结点。而且，黑人妇女在历史上确实有一些不同于其他民族妇女的共同经验，这也可以视为是她们的“本质”经验，但绝不同于白人种族主义者强加在她们身上的、用来控制她们的所谓“本质的黑人妇女”。

对共同经验的强调并不否认差异，相反，黑人女性主义者也看到差异是人性的基本要素。首先，它存在于两性之间，正如胡克斯所说的，黑人妇女“为争取成为‘主体’而作的斗争虽然与黑人男性的斗争相似，但又与之不同，制造这种差异的根源是性别背景不同”[②]。其次，黑人妇女之间也是有差异的，其性趋向、宗教信仰、审美趣味等也不完全一样。热衷于“本质主义”概念有可能把某些黑色人种的人排斥在外，因为这些人的立场、价值观或生活方式可能异于黑人经验的总体概念。

就文学批评来说，把黑人妇女的创作本质化，认为作家拥有一个集体的想象的连续体，而且某些结构、主题、问题和意象反复出现在不同时代、不同年代的作家身上，这种“女性想象”容易造成这

---

① Mary Poovy, “Feminism and Deconstruction,” Mary Eagleton, *Feminist Literary Theory*, p. 266。

② [美]贝尔·胡克斯:《革命的黑人女性:自己争取成为主体》,巴特·穆尔-吉尔伯特等主编《后殖民批评》,第 315 页。

样的结果,即女作家们描写了类似的刻板形象。胡克斯批评了那种把所有黑人妇女文学视为一体的批评方法,她说:“把黑人女性作品揉成一团,暗示确有一种囊括一切的‘终极’方式,能决定黑人女性的主体性。这种叙事造就了一种同质的黑人女性主体,其主体性是由一个女人与其他黑人妇女共有的那些经验从最根本的意义上限定了的主体性。”[①]黑人女性主义的文学批评实践应该避免绝对地“本质化”和“他者化”(otherising)[②],避免把所有的女作家统统视为仅从从属地位说话,所谈论的全部是反抗压迫的主题。

在关于差异和本质的辩论闹得沸沸扬扬的时候,身份(identity)问题也再次被提出来。身份在女性主义中到底扮演何种角色?身份就意味着排除或消除差异吗?身份之内包含差异吗?放弃女性主义实践的中心概念“妇女”,又会有什么样的危险?因为在许多当今女性主义理论中,“妇女”这个概念是很成问题的,所以她们提出了另一个概念——“过程中的主体”(subject-in-process)[③],即一个主体没有根本的本质,而是通过各种不同的、不完整的方式建构起来的。如果在不同族裔、民族和种族的差别之上,再加上妇女之间的其他身份和差异,比如阶级、性爱、年龄等,就很容易达成一个后现代的解构主义的看法,即“每个人是不同的”。那么就会产生这样的疑惑:普遍的集体行为和具体的女性主义集体行为还可行吗?把注意力过多地放在差异上也是有问题的。

作为黑人女性主义来源和经历的一个雏形阶段,本质的经验和身份不应该被简单地抛弃。尽管后现代的理论一直在消解主体

① [美]贝尔·胡克斯:《革命的黑人女性:自己争取成为主体》,巴特·穆尔-吉尔伯特等主编《后殖民批评》,第316页。

② Gina Wisker, *Post-Colonial and African-American Women's Writing*, New York: St. Martin's Press, 2000, p. 7.

③ Moya Lloyd, *Beyond Identity Politics*, London: SAGE Publications Ltd., 2005, p. 14.

性，认为主体性是支离破碎的，其确定的本质“属性”已经完全丧失；世界上原本没有什么“本源”，没有什么整一的、连续的事物，只有不断被消解的碎片。但是，没有本质，就没有身份建构的支点，因而也就没有黑人妇女生存的空间。或者说，对于像黑人妇女这样的群体，本来就没有牢固的主体性，也就不存在消解的问题。本质身份的解构只对某部分人来说是可能的，即那些能够从心理上和政治上紧紧把握住他们是谁以及他们取得的地位的人。然而，作为整体的女性的境况与作为单个人的妇女的自我实现之间的冲突，不可能仅仅通过关注妇女的境况而忽略主体性的重要性得到解决。[①] 黑人女性主义批评家对于身份的本质化问题进行激烈的辩论，她们认为，身份和个人经验是那些不被看见的妇女的命脉。批评家南茜·霍夫曼(Nancy Hoffman)曾经发出这样的感慨：“社会在运作时把我视为不存在，在这样的社会里，我如何为自己创造出身份？”[②]对本质的策略性应用，可以为黑人妇女确立说话的空间，同时解构被主流社会本质化的黑人妇女的位置。

同样，黑人女性主义批评的反本质论观点可以使黑人妇女重新定义她们的差异。胡克斯也承认，反本质论观点提供了了解黑人经验的洞察力，后现代思潮关于本质主义的解构有助于美国黑人重新阐述关于身份的观点，挑战普适性的概念，为建构自我提供了可能性。但是同时这又使黑人女性的身份政治陷入困境，因为她们担负着消除种族主义和性别主义的双重任务，所以种族身份不是黑人妇女可以抛弃的概念。如果“黑色”仅仅作为与“白色”的对应物而成为被解构的概念，那么把黑色作为本质或者身份基础给抛弃，就等同于抛弃了“黑人性”作为意识和民族自豪的一个来

① Julia Kristeva, “Is There a Feminine Genius?” *Critical Inquiry*, 2004(30), p. 496.

② Nancy Hoffman, Introduction in *Feminism Literary Criticism*, 1991, p. 14.

源。同样,在对“女人”这个范畴进行解构和去本质化时,黑人女性也是慎之又慎。因为对她们来说,如同对其他女性主义者一样,“女人”仍然是一个定义自我的基础概念。女人作为一个类别可以使女性主义者为女人作为女人而辩护,抗拒父权制蔑视作为女人的女人。黑人妇女也可以使黑人女性主义批评家为黑人妇女作为黑人妇女而辩护,抵制性别主义和种族主义对黑人妇女的歧视。

因此,对黑人女性主义批评家及其他女性主义批评家来说,问题不在于差异的层次等级如何树立,而在于如何将产生于“他者”大标题下的各群体之间的差异处理好。在承认差异的同时,把注意力更多地集中在人们如何能走到一起的问题上来。所以,即便在重视差异的后现代,人们也应该辩证地看待本质和差异。

第三节 “理论种族”论

尽管黑人女性主义批评家一直在使用解构主义的理论解构中心与边缘的既定结构,强调“妇女”这个范畴内部的差异性,但是她们并不认同西方所有的文艺理论。在她们看来,许多理论并不适合黑人妇女的发展。比如,关于主体性的问题,当后现代的某些理论开始对其进行解构时,黑人女性却在努力建构主体性。这是历史的原因造成的,一直以来,黑人女性并没有完全形成一个牢固的主体性身份,因此,在解构主体性的后现代语境中,她们仍然面临如何建构主体性的现代课题。在这种背景下,黑人女性主义批评家为了维护黑人妇女的身份、确立主体性,一方面审视了西方一些理论武器,从中剥离出一切对她们有价值的、可供利用的东西,为建构黑人女性自己的话语寻找理论依据,如“去中心”和“差异”的理论成为黑人女性主义的理论支点;另一方面,黑人女性主义批评家又对一切不利于黑人女性身份建构的理论大加挞伐,批判某些理论中表现出的欧洲中心主义、性别主义和文化霸权主义的意识形态。

克里斯廷的论文《理论种族》试图通过对西方的某些霸权理论进行批判,建构黑人女性自己的文学理论。她一方面批评雄心勃勃的学术专家总想发明自己的理论,结果形成一个专门创造理论的"种族"。另一方面,她也用了一个双关语,"种族"一词也指美国黑人,克里斯廷认为黑人从来就是一个有着丰富理论的民族,同时,她也主张美国黑人女性主义者应该进一步发展自己的理论。

一、对"高深理论"的解构

所谓"高深理论"(high theory)在这里主要指某些后现代的理论。黑人女性主义批评家之所以对这些理论进行批判,是因为她们认为这些理论不适合解读黑人女作家的文本,这些理论在形成过程中根本没有涉及这些文本。

现代哲学家提到的理论文本,主要是西方男性的文本,其中的规范被当作阅读扩散理论又传递到第三世界和女性的文本上。不可避免的是,学术界在理论批评和实践批评之间建立起一个等级,正如精神通常被认为比物质更优越一样[①],理论批评被认为优于实践批评。对于这种文学等级控制制度,许多人都提出过反抗,认为这种制度按照利益关系确定什么是文学,什么是伟大的作品。20 世纪 60 年代的黑人艺术运动、黑人研究、女性主义文学批评和妇女研究等,都不是源于西方哲学家的构想与理论,而是源于这些群体对生活的感悟。因此,西方学者一直以为他们的思想是普遍真理这种观念遭到这些群体的强烈反抗。

黑人女性主义批评家对高深理论的反驳主要表现在观念和语言两方面。克里斯廷在她那篇具有深刻批判性的论文《理论种族》

① Barbara Christian, "The Race for Theory," Joy James and Tracey D. Sharpley-Whiting eds., *The Black Feminist Reader*, p. 17.

中指出，文学领域已经被来自于西方的哲学家完全控制，他们形成了由权威、“杰出”人士组成的学术圈，这些权威人士被克里斯廷称作“理论种族”，他们的写作就是学术典范。[①] 为了满足他们自己作为哲学家的意愿，他们改变了文学的批评语言，重新规定了理论的意义。当然，哲学家之间也互相竞争，经常要推翻前人的理论并以新理论取而代之。一个很好的例证就是用文本(texts)代替了作品(works)，后者似乎暗示着体力劳动。更有甚者，某些后现代的理论与文本等实物脱节，正如贝克所言："理论就是一种解释。……理论不是有条不紊地处理文选和概况等实物产品，而是明显地被塞满了假设、预想及生产原则。"[②]20 世纪前半叶在美国出现的批评家本身也是小说家或诗人、剧作家，而现在的“理论种族”所从事的批评更加专门化。新的理论影响了一个人被学术机构雇用的情况，甚至影响到他是否被听到、被注意到。

克里斯廷痛斥了西方哲学的“学术霸权”，认为在这种新的批评话语的强烈唯我论背后，掌管者形成了意识形态霸权，他们把以欧洲为中心的和以男性为中心的诠释框架强加给黑人、妇女和第三世界作家的文学。最令她愤怒的是："我应该了解‘他们’，而他们却根本对‘我’不感兴趣。"[③]克里斯廷讨论了一种“陌生的”(alien)批评话语及其使文本的政治关注和变化意图晦涩难懂的倾向。西方哲学家有意识地使用这种陌生的理论行话和术语，加剧了种族的分化：

> “少数”和“话语”这两个术语被紧密地放在西方的二元或

---

① Barbara Christian, "The Race for Theory," Joy James and Tracey D. Sharpley-Whiting eds., *The Black Feminist Reader*, p. 11.

② Houston A. Baker, *Workings of the Spirit: The Poetics of Afro-American Women's Writing*, Chicago: The University of Chicago Press, 1991, p. 38.

③ Barbara Christian, "The Race for Theory," Joy James and Tracey D. Sharpley-Whiting eds., *The Black Feminist Reader*, p. 16.

> "双重"结构中,这个结构把世上的其他人视为少数,而且首先通过强制力后来又通过语言,力图使其他人都相信它是主要的,即使他们的许多观点早已被我们这些"历史上的"他者熟知并使用过。我们很多人从来也没有把自己视为某些人的他者。①

黑人女性主义批评家之所以对某些高深理论持否定态度,还因为这些理论的语言是由父权制主宰的,包含着傲慢的逻各斯中心思想和统一的线性思维。这些高深理论的语言和术语令人感到迷惑不解,对黑人妇女来说,尤其如此。因为由于历史的原因,总体来说黑人妇女的受教育程度和文化水平较低,所以她们对于后现代的某些艰深理论一时难以完全熟练把握。当然她们并不否认这些高深理论的出现使非主流群体的文学受到一定程度的关注,但是又认为像"中心"、"边缘"、"话语"、"经典"和"文本"等理论术语一直在侵犯着这些群体。克里斯廷认为,这些抽象的语言缺乏清晰感,复杂的句子构造也没有必要,这样的语言不但不能带给人乐趣,反而有产生异化的因素:

> 理论种族的语言是行话,强调引用先知的思想,注释如同《圣经》,拒不涉及创造性作家的具体作品,当代作家更是少之又少,专注于对语言、图表、几何公式的机械分析,对文化粗略地概括,所有这些做法使我们许多人被迫沉默,以至于我们有些人感到我们再不可能讨论我们自己的文学,而其他人则产生了强大的创作阻力,并且被文学圈中飘浮不定的、不可理解的语言弄得不知所措。②

① Barbara Christian, "The Race for Theory,"Joy James and Tracey D. Sharpley-Whiting eds., *The Black Feminist Reader*, p. 14.

② Barbara Christian, "The Race for Theory," Joy James and Tracey D. Sharpley-Whiting eds., *The Black Feminist Reader*, p. 13.

克里斯廷感到自己已经被这些理论话语逼到沉默无语的境地，甚至无法讨论她同胞的文学创作。胡克斯也有同样的感受，她在《渴望：种族、性别和文化政治》中说，那种书写或谈论用的语言以及使用语言的人都令人不舒服，结果她自己根本就置身于这些话语之外。胡克斯和克里斯廷的局外人感觉是因为这些理论主要是对白人男性说的。另外，对理论的抗拒心理也因为这些理论否认了经验作为获取知识的方法，理论和经验成为两个对立的概念。理论和经验或实践的对立关系经常被种族化和性别化，特别在谈到黑人女性主义问题时更是如此。除了极少的例外情况，黑人女性主义批评一般被定义为“实践”或者“政治”性，即作为“理论”的否定面出现。

麦克道威尔在其重要专著《变化的一致》中表示，许多现代的理论都让她感到困惑不解。比如，雅克·拉康的著名论断“女人不存在”被划为认识论的或者形而上学的范畴，而特鲁斯的一句“难道我不是女人吗”就被当作“政治问题”来解读。如果用“难道我不是一个摇摆不定的身份”来代替“难道我不是女人吗”，这可能又被看成是一个认识论的问题。黛尼丝·里雷(Denis Riley)在她的论著《我是那个名字吗？女性主义和“妇女”的范畴》中暗示，在新的历史条件下，特鲁斯的“难道我不是女人吗”应该用“现代的”术语来表达，即“摇摆不定的身份”(fluctuating identity)，后者才适合后结构主义的语境。里雷认为，语言要服务于理论，她同时暗示：“黑人女性主义思想需要一种新的语言。女性主义的学术话语要脱离那个喧闹不光彩的和显然可疑的范畴——女人。”[①]而这个范畴恰巧被特鲁斯修辞性的、宣言式的问题给拟人化了。里雷认为，女性主义理论需要“双向移动”(double move)，即既全神贯注又拒

① Deborah E. McDowell, *The Changing Same*, Bloomington: Indiana University Press, 1995, p. 159.

绝“女人”这个身份，而特鲁斯只表现了一个方面。

在麦克道威尔看来，“难道我不是女人吗”应该“既是政治的又是认识论的问题”①。特鲁斯的反问是对奴隶制语境下的社会实践进行的简洁有力的分析和批评，奴隶制时期人们建构的普适的“真正的女人气质”是以阶级和种族偏见为基础的。特鲁斯挑战了主流的知识，使她的经验成为奴隶制潜在的非逻辑性的证明。人们之所以会把上述两句话划分为理论和政治策略，或者把黑人妇女的文本和其他有色人种批评家排斥在理论范畴之外，部分地是因为理论已经被缩小至一种特殊的、非常狭窄的实践，而且这种减缩已被普遍接受；被排斥的陈述不符合可接受的、可说出的模式，与理论相反。于是，大量的批评策略成了无效的、不恰当的。麦克道威尔进一步分析认为，“理论是与政治统治有关的意识形态范畴”②，它与主流的统治结构和策略联系在一起。西方理论界的霸权者一直在维护他们创建的等级堡垒，不断推进他们对学术的绝对统治。他们对文学批评理论的重新强调具有支配性；这些理论所创造的语言使“堡垒”外群体的状况神秘化而不是清晰化，使能够明白那种特别的语言的少部分人控制批评领域。这就是为什么学术界如此多的边缘群体被排斥在外的原因，这也是克里斯廷在《理论种族》中的观点。

某些后现代的高深理论是超越于经验之上的，特别在后结构主义那里，经验成了一个被解构的范畴，是不应该存在的。麦克道威尔从几个方面分析了黑人女性主义批评理论和后结构主义之间在观念上的显著差别：

> (1)当黑人女性主义批评强调黑人妇女的经验的重要意义时，后结构主义却粉碎了经验的权威。(2)当黑人女性主义

① Deborah E. McDowell, *The Changing Same*, p. 159.

② Deborah E. McDowell, *The Changing Same*, p. 171.

> 批评呼吁对黑人妇女的创作进行非敌意的阐释时，后结构主义却对阐释提出质疑。(3)当黑人女性主义批评要求把这些阐释置于历史语境中时，解构主义却否认历史有任何的权威价值和真实性，而且把语境当作另一文本解读。(4)当作为作者的黑人妇女(新的、未成名的)成为黑人女性主义试图建构的黑人女作家经典的中心时，后结构主义已经把这种努力看成天真的做法，宣称“作者已死”。(5)当黑人女性主义批评家和美国黑人致力于恢复经典作家、描述文学传统的特点时，却出现了质疑经典和传统之概念的批评词汇。①

麦克道威尔做这样的比较并不表示她完全反对后结构主义理论，实际上，她很欣赏后结构主义对语言的强调。包括麦克道威尔在内的许多黑人女性主义批评家在应对西方的某些理论时常常既批判又吸收：她们在批判某些理论的时候，又自觉不自觉地运用了它们的某些方法。这与黑人女性的特殊遭遇有关，一方面，她们面临确立主体性的现代议题，所以对那些试图解构主体性的理论表示不满；另一方面，处于后现代的大背景下，她们不可避免地受到后现代理论的影响，在确立主体性的过程中，借鉴了后现代的“去中心”、“消解权威”、“差异性”等方法和理论。

后结构主义等理论已经被很多人当作衡量思想及观点的标准，有的批评家认为克里斯廷的《理论种族》缺少理论成分，又说史密斯的《迈向黑人女性主义批评》一文除了没有用后结构主义来讨论批评实践和文本生产以外，“基本上是理论陈述”，尽管其中缺少解构主义、读者反应批评和语义学意识。② 像贝克、盖茨等著名的黑人理论家都在指责黑人妇女没有抓住机会将其批评话语理论化，结果黑人妇女批评家与男性理论权威的差距越来越大。对此，

① Deborah E. McDowell, *The Changing Same*, p. 168.

② Deborah E. McDowell, *The Changing Same*, p. 164.

克里斯廷提出有力的质问:“谁说欧洲人把理性的知识话语强调为衡量一个民族历史的尺度,要比在建构历史的过程中重视创造、表达和矛盾这样的传统更为优越?”[①]克里斯廷和麦克道威尔等黑人女性主义批评家绝不是简单地抛弃理论,而是呼吁对历史上某些知识的边缘化过程进行更透彻的审视。黑人女性主义批评反对理论/经验的二分法,因为这种二分法既过于泛泛又简略太多。胡克斯援用苏珊·格里芬的分析,指出理论中否认经验的危险:

> 当一种理论转换为一种意识形态,它就开始毁灭自我和自知之明。它本来源于知觉,却假装漂浮在知觉之上及其周围,它根据自身构成经验,却根本不触及经验。……任何不符合其世界观的细节问题都会对它产生困扰。它以反对否定真理的呼声开始,现在却反对任何不符合其规范的真理。开始时它是一种让人恢复真实感的方法,现在它却在企图约束真实的人,按照它自己的意象去重新塑造自然的人。把它所有无法解释的东西都视为敌人。开始时它是一种解放的理论,却受到新的解放理论的威胁;它成了思想的牢笼。[②]

否认经验的危险也发生在那些旨在提升理论的运动中,比如发生于20世纪60年代的黑人艺术运动就面临这种危险,因为它在建构黑人文学理论的同时将其变成约定俗成的东西,所有的经典都是按照黑人民族主义者的观点进行评估的,比如安迪生·盖尔的《新世界的方法》被当作典范,而许多文学作品则被忽视,因为它们不符合民族主义的规范。这正是克里斯廷所担心的,因为理论如果不是扎根于实践中,它就变成规范的、排他的、脱离大众的。

---

① Barbara Christine, “But What Do we Think We Are Doing Anyway,” Cheryl A. Wall, *Changing Our Own Words*, Rutgers State University, 1989, p. 72.

② Bell hooks, “Black Women: Shaping Feminist Theory,” Joy James and Tracey D. Sharpley-Whiting eds., *The Black Feminist Reader*, p. 139.

她指出：

> 黑人艺术运动试图创建黑人文学理论，但是在创建过程中，它变成约定俗成的东西……对它来说，黑人性就在于使用黑人的谈话方式，他们将其规定为时髦的城市语言。……因为那些理论家来自市中心，他们把他们的说话、思维和写作方式视为优等，从而谴责其他的写作方式中包含的黑人性不足。①

在试图获得权力的斗争中，黑人艺术运动变得跟它的对手一样崇尚单一性，完全压制差异。它对语言的规定与主流社会的所有标准都背道而驰，比如字母的大小写、语法的严格统一等。这一时期的许多诗人和作家都严格遵循这些约定。当然，黑人艺术运动促成了对以前的美国黑人文学以及白人的文学世界进行必要的而且重要的批评，但是在这个过程中，领导者对文学生产形成了一种强力的权威。他们之所以采用单一的方法，因为他们想要摧毁那些控制黑人的权力，而这种权力正是运动中的理论家们渴望得到的。很多美国黑人作家由于没有使用运动对语言的新规定而被贴上了"不是黑人"的标签，因为他们"行为不像黑人、写作不像黑人、说话不像黑人"。克里斯廷进而强调："当 20 世纪 60 年代的思想家说'黑人'的时候，他们指的是'黑人男性'。"②在黑人艺术运动中，黑人妇女的积极参与为运动的发展开辟了一片空间，但是，产生于运动的理论却把她们排斥在外，这也是 70 年代在美国涌现出大量的批判性别主义的黑人妇女创作的文本的原因之一。

"理论种族"问题不仅存在于西方白人和黑人男性身上，在白

---

① Barbara Christian, "The Race for Theory", Joy James and Tracey D. Sharpley-Whiting eds. , *The Black Feminist Reader*, p. 18.

② Barbara Christian, "The Race for Theory," Joy James and Tracey D. Sharpley-Whiting eds. , *The Black Feminist Reader*, p. 20.

人女性主义者那里也同样表现出来。在争取进入学术的圣殿和获得权力的过程中,她们形成了自己的约定,宣称她们的观点思想是普适的、固定的。克里斯廷指出,女性主义文学理论的著作"限制了'女性主义者'这个术语的含义,对世界笼统地加以概括,结果男性及多数女性都被排斥在外。女性主义理论家极少考虑到生活的复杂性,没有看到女性是由不同种族和族群背景组成,她们有着不同的历史和文化,而且通常妇女属于不同的阶级,有着不同的爱好。她们很少注意这些差别,因为如果她们注意了,她们就不能表述出理论"①。尽管女性主义者承认有色妇女的存在,但是她们宣传的理论仍然是排他的,也无法得到有色妇女的支持与信赖。享有理论特权的是白人妇女,她们成为主导者。而且,她们的理论内容主要是解构男性文本。

法国女性主义者以理论建树而闻名,但是她们的纯粹理论的思想观点不为克里斯廷所接受。克里斯廷认为,这些理论实际上也造成"铁板一块"的模式,因为她们把女性的身体当作创造女性语言的手段,以对抗既有的、把女性排斥为他者的男性语言。显而易见,这些女性主义者不满于拉康把语言视为阳具的理论。但是,这些理论家们把女性的身体看作万物之源的观点也是很成问题的:它似乎说明人的生物性决定一切,而忽略了一个重要事实,即性别是社会构成而不是生物构成的。克里斯廷对法国女性主义理论家提出批评的意图并不是否认其成就,而是指出其中的不完善之处,指出其成为"理论种族"的错误,即女性主义理论内部存在着"权威话语"。克里斯廷希望看到的是当代的妇女运动为所有的妇女建立起一个大平台,展示她们的不同理论。许多理论都处于正在形成的阶段,因此对它们进行批评、质疑、重新审视并且探求新

---

① Barbara Christian, "The Race for Theory," Joy James and Tracey D. Sharpley-Whiting eds., *The Black Feminist Reader*, p. 19.

的可能性都是有必要的。

黑人女性主义批评家认为,某些后现代理论家及他们的高深理论与统治阶级的权力结构有共谋关系。胡克斯指出,资产阶级白人妇女给女性主义的定义——主张社会平等——对于黑人妇女来说意义不大,因为迄今为止女性主义运动中存在种族等级制度,这使很多处于特权之外的妇女认为发展理论只是加强了精英群体,是白人知识分子的工作。但是,如果把女性主义的定义从主张社会平等转移到强调结束性压迫,妇女的注意力就转向统治制度和性别、种族和阶级压迫之间的相互关系。“把女性主义定义为结束性压迫对于理论的发展是至关重要的,因为它是指出探索和分析方法的起点。”[①]胡克斯提醒黑人女性主义批评家,虽然法国女性主义理论丰富了人们对于性别政治的理解,但是它也不是一种普遍适用的话语。实际上,它有特殊的政治和文化背景,它产生于法国女性主义学者与她们自己的政治和社会现实的特殊关系:“理论总是在大学环境下运用,以建立一个有选择的知识分子阶层,强化或者维持统治体系,经常是西方白人的文化帝国主义。当女性主义理论以这种方式被使用时,结束性压迫的女性主义运动就会受到破坏。”[②]胡克斯发现,在西方社会,实际上只有一种理论被认为是有价值的,那就是以欧洲为中心的、语言缠绕不清的理论,它根植于西方白人男性的种族主义和性别主义偏见的哲学框架之中。因此,扩展理论的概念范畴,并且在不同的写作风格、对话和演讲中形成新的理论,这是黑人女性主义批评的主要特征之一,它与那些白人为中心的单一的、语言费解的、带有种族和性别偏见的理论相反。

---

① [美]贝尔·胡克斯:《女权主义理论:从边缘到中心》,第38页。

② 古绮玲:*Sister Outsider Audre Lorde: A Black Feminist Poet on Postmodern Privileging of Difference*,(台)淡江大学博士论文,2001年,第29页。

尽管黑人女性主义批评家对某些理论远离社会实践进行批判，认为后结构主义与黑人女性主义批评有许多相异甚至对立之处，但并不能据此以为后结构主义理论和实践者反对非经典的文学和边缘群体，或者黑人女性主义批评可以完全不受其影响。实际上，黑人女性主义批评和后结构主义之间也存在着联系：两者都认为对边缘的排斥和控制是主流社会维持霸权结构的基本手段，两者都描述了边缘和中心之间的结构和等级关系。而且，黑人女性主义对白人女性主义的霸权实质的反驳，也与后结构主义理论不谋而合。

另外，虽然后结构主义的概念和语言与黑人女性主义批评在某些方面相差甚远，但是后结构主义理论给黑人妇女带来的影响和变化是真实的。黑人女性主义批评的产生和发展都与后结构主义理论有关。后结构主义的宗旨——去权威、去中心、反传统等，正好迎合了黑人妇女的愿望，她们被边缘化、被权威排斥在中心之外，没有被纳入到历史传统中。后结构主义在美国文学批评领域的迅速崛起，突出表现在对边缘话语的重视和评价方面。所以对美国文学的研究，不再像以往一样仅仅关注海明威、马克·吐温等经典大家及其作品，而是将研究领域延伸到边缘地带。黑人妇女文学也越来越受到重视，有的文学文本已经进入了美国大学课堂，越来越引起关注，批评话语也随之发展。

二、没有理论形式的理论家

美国著名文论家、黑人学者休斯敦·贝克分析认为，在美国黑人妇女文学和文化的研究中存在的对高深理论的抗拒现象，其原因不是来自于外面学者的忽视和冷漠，而更多的是来自美国黑人妇女学者、作家和批评家自身。出现这种现象的部分原因是白人男性、白人妇女和黑人男性被怀疑要对美国黑人妇女的气质和表达进行"智性的"解释[①],结果导致黑人妇女的抵抗。黑人女性主义者对理论有不同的见解:首先她们认为理论来自于生活实践和经验,在这一点上,黑人妇女从来都不缺少理论;另外,在如何建构理论的问题上,她们更注重文化传统的作用。

克里斯廷把黑人妇女文学家视为有意识的主要的理论家,并宣称:"我的同胞一直都是理论种族。"这个"理论种族"的特点为:"我们的理论(theorizing,有意识地使用动词形式而不是名词形式)经常存在于叙事形式中,在我们创作的故事、谜语和谚语形式中,在与语言的游戏中,因为我们更喜欢动态的而不是固定的思想。"[②]她认为,黑人女性主义理论不应该是发明出来的,而应该是以某种叙事形式写出来,表达出来。而且,有色人种的理论不同于西方抽象的逻辑形式,它存在于人们日常的语言文化之中,它是变化的而不是固定的观念。其语言既高雅又风趣,承载着对生活本质的思考,对社会关系的揭示。克里斯廷把这样的理论比作以"图画文字"(hieroglyph)形式出现的理论,因为它以双重方式看待事物:既感性又抽象,既美妙又有交流意义。只要看看沃克的《寻找我们母亲的花园》和莫里森的《黑暗中的游戏》这两本书的题目所用的语言,就明白克里斯廷所说的"图画文字"的含义了。她认为无需用陌生术语讨论黑人文学。所以,在谈到她自己的批评方法时,她说:"我没有固定的方法……因为对我来说,每一部著作都意味着新的方法。"[③]文学批评和文学欣赏不应该被任何社会结构框定,文学批评既是对作品的提升又是理解,也是对作者的响应。一

① Houston A. Baker, *Workings of the Spirit: The Poetics of Afro-American Women's Writing*, p. 2.

② Barbara Christian, "The Race for Theory," Joy James and Tracey D. Sharpley-Whiting eds., *The Black Feminist Reader*, p. 12.

③ Barbara Christian, "The Race for Theory," Joy James and Tracey D. Sharpley-Whiting eds., *The Black Feminist Reader*, p. 22.

方面，黑人并不是一个为了创造抽象理论而存在的种族；另一方面，这个民族"从来都是一个理论种族"。

黑人妇女以不同的变换的形式讲述着她同胞的历史。沃克、莫里森、赫斯顿和克里斯廷等艺术家和批评家，她们的创作和批评坚持自己的风格和品位，没有援用"新的"批评方法，而是在传统、自然那里寻找创作源泉，她们找到的艺术所呈现出的力量和影响并不逊色。沃克在《寻找我们母亲的花园》中称黑人妇女是没有艺术形式的艺术家，她们在能够找到的任何材料上留下了创作的痕迹。现在也可以说黑人女性主义批评家是没有理论形式的理论家，没有艺术形式的艺术家，或者是有艺术形式的理论家。① 这些理论家在西方理论家那里不值一提，托尼·莫里森分析其中的原因时认为：黑人的名声受到破坏，自然地，他们的创作也不可能好；而且，西方社会的主流批评家和作家有机会进入高等教育机构接受熏陶，而黑人作家却不但没有这样的机会，还经常受到这些机构的反对。

否认黑人女性主义批评的理论价值就是偏离日常经验和智慧，看不到其中的理论内涵。批评家奥尔格·伊德里斯·戴维斯对生活和经验感受至深：

> 我们有要叙说和讲授的故事。那些故事是我们的经验。那种经验是我们的领悟。那种领悟是我们的奋斗。那奋斗是我们的生存。那生存是我们的力量。那力量是我们的中心。②

---

① 古绮玲：*Sister Outsider Audre Lorde：A Black Feminist Poet on Postmodern Privileging of Difference*，(台)淡江大学博士论文，2001 年，第 36 页。

② Olga Idriss Davis, "Theorizing African American Women's Discourse: The Public and Private Spheres of Experience," Marsha Houston and Olga Idriss Davis eds., *Centering Ourselves*, Hampton Press, 2002, p. 49.

对经验的讲述和感悟就是智慧的结晶，就是生活本身。黑人女性主义批评理论产生于对经验和生活的领悟，产生于生存的实践活动，这才是最重要的。克里斯·维登的观点可以进一步说明经验对于形成理论的重要性，她指出，一个对女性主义政治有用的理论视角应该是在建构妇女现实意义的过程中，能够承认主观的重要性。它不应该否认主观经验，因为人们创造生活意义的方式是理解权力关系如何建构着社会的一个必要起点。理论必须通过显示它的来源以及它如何与物质社会实践和权力结构相关联，来陈述妇女的经验。[①]

黑人女性主义批评家把经验和实践结合起来，重视两者对于形成理论所起的积极作用，驳斥一些后现代理论中把理论与经验及实践的关系对立起来的倾向，认为这实际上反映了逻各斯中心主义的二元对立的意识形态。麦克道威尔在《变化的一致》一书中对学术界把理论与实践或者理论与政治分裂开来的做法提出异议。她认为，理论与实践两者的对立关系经常被种族化、性别化，特别在谈到黑人女性主义思想时，一般会被认为是“实践”或者“政治”建构，是“理论”的否定面。这种观念不仅存在于白人男性身上，就是白人女性也存有这种观点。托丽尔·莫依(Toril Moi)就在她的《性别/文本政治》一书中把黑人女性主义批评和同性恋女性主义批评视为政治的、实践的层面，而把白人女性主义批评视为理论的层面，因而在此书中她避而不谈黑人和同性恋女性主义批评，公开宣称这本书的主旨是讨论女性主义批评的“理论方面”，而黑人和同性恋女性主义尽管也很重要，但是其重要性不显示在理论层面，而是在政治实践层面，因而不予讨论。[②] 对此，芭芭拉·

① 古绮玲：*Sister Outsider Audre Lorde：A Black Feminist Poet on Postmodern Privileging of Difference*，(台)淡江大学博士论文，2001年，第31页。

② Deborah E. McDowell，*The Changing Same*，p. 161.

史密斯的反驳也很有力:"我相信最精细的和最完善的理论,包括文学理论,都来自于实践,来自于活动实践。理论和实践的这种关系相当重要。"[1]

黑人女性主义对于实践的强调并不是表明它不赞成理论的概括,相反,批评家认为提升和表述当代黑人女性主义批评理论势在必行,这是公众的需求。但是,她们有自己的行为方式,在美国以及其他世界各地,生活着许许多多有色人种的妇女,她们的情况千差万别,因此,任何简单地概括性的理论都不可能适用于所有的妇女。真正的理论应该建立在多种多样的经历的基础之上,应该是自然而然产生的。所以,创建抽象的纯理论绝对不能操之过急,必须慎之又慎。黑人女性主义理论的创建也应该谨慎从事,因为前面的理论带来太多的规定和约束。最重要的是,理论应该与实践有关联。因此,一种绝对地教人们如何阅读的理论是不存在的:

> 我们需要用多种多样的方法解读作家的作品,对于文学中的语言、阶级、种族和性别的错综复杂的交互关系,应该保持一种开放的姿态。而且,如果我们能尽可能多地分享我们的解读过程即实践,这将会很有帮助,因为我们的工作毕竟是一项集体的努力。[2]

克里斯廷不仅反对那种所谓普适的绝对的理论,她也不赞同把任何事情都加以理论化的做法,因为这种做法引导读者偏离了对文学的原始阅读,很多作品因此无法受到关注,如沃克的大部分著作都没有被评论,对19世纪废奴主义诗人和小说家弗朗西斯•

---

① Barbara Smith, "The Truth that Never Hurts: Black Lesbians in Fiction in the 1980s," Sandra Kemp and Judith Squires, *Feminisms*, Oxford: Oxford University Press, 1997, p. 85.

② Barbara Christian, "The Race for Theory," Joy James and Tracey D. Sharpley-Whiting eds., *The Black Feminist Reader*, p. 13.

哈珀的研究也不够深入。因此,对理论的强调会忽视许多优秀的作家和作品。克里斯廷认为,文学是感情与知识的统一,因此她反对西方哲学中抽象逻辑与情感的分裂。理论语言的晦涩、乏味和陌生感都是她所不能容忍的。

尽管黑人女性主义者对某些高深理论加以抵抗,但实际上她们还是意识到理论对批评实践的指导性作用的。谢丽尔·A·沃尔(Cheryl A. Wall)以布鲁斯的研究为例表明:"文学理论提供的视角可以帮助我们超越布鲁斯的隐语以及把布鲁斯歌手称赞为艺术模型的层面,从而理解布鲁斯美学和道德规范是如何被铭记的。"[①]同样,对黑人妇女创作的解读,可以置于非洲、欧洲和宗教体系等不同语境中,这样能够看出在什么情况下黑人妇女的创作优于其他创作方式,文学理论提供的多种语境有助于理解黑人妇女的创作。

黑人妇女无须彻底地反对所有的理论,因为不管人们是否谈论这些理论话语,不论人们把这些理论视为好或者不好,事实是理论就在那儿存在着。如果黑人妇女因为反对后现代的高深理论而远离这些理论,那么她们就会在女性主义的理论表述中缺席,这就使得操纵讨论的白人妇女更有机会把她们自己的经验当作普遍的、正常的,否认甚至歪曲黑人妇女的经验和理论。正如克里斯廷在其专著《黑人女性主义批评》的前言中指出的那样:"如果黑人妇女不说明她们是谁,其他人会说,而且会恶意中伤她们。"[②]美国的权威界抓住一切机会给美国黑人下定义,而且这些定义是建立在偏见、误解、陈词滥调基础之上的,简单地说,就是黑人没有思想,

---

① A. Wall, "Introduction: Taking Positions and Changing Words," Cheryl A. Wall, *Changing Our Own Words*. Rutgers, The State University, 1989, p. 8.

② Barbara Christian, *Black Feminism Criticism*, New York: Pergamon Press, 1985, p. 12.

自然就不会形成什么理论。那些控制信息来源和发布的人也操纵着黑人的形象塑造。如果黑人妇女能够主动地说出自己的观点，情况则大不相同。黑人妇女自己命名和自我标签在理论上和作用上不同于霸权者的命名和标签，自我命名和自我定义至关重要。很明显，那些控制命名和定义的人控制着被命名、被定义者。

黑人女性批评家霍顿斯·史比勒斯(Hortense J. Spillers)反对运用现存的理论为黑人妇女的批评和理论下定义，她希望建构自己的理论。她的理论与其他黑人女性主义者如出一辙，就是把理论话语和黑人妇女的经验融合在一起。她认为诉诸经验不等于就是本质主义和反对历史，因为黑人妇女的经验是多价的。她们生活中多重压迫的共时性足以抵抗本质主义的结论。由此可以看出，史比勒斯洞察到某些高深理论不能解释或者描述具体情况，因此，黑人女性主义批评家可以远离这些理论，但不是抛弃全部的理论。

主流的学术文化并没有把美国黑人妇女的理论与批评广泛地包括进去，而黑人女性主义批评家也拒绝机械地搬用西方白人男性的理论工具和形式。她们或者反对高深的理论，或者努力寻找、建构自己的理论形式。除了对经验和实践的重视外，她们把黑人文化传统视为创建理论的重要源泉，认为要开发黑人妇女文学特有的批评和理论，就必须转向黑人文化和文学传统本身。

黑人女性批评家认为应该首先研究黑人文学作品及作家是怎样表现出自己的民族风格的，他们对民族文化差异的态度如何，确认什么样的批评方法才能充分有效地开掘文学作品中民族文化差异的发展轨迹。任何的文学理论，不论是马克思主义的、女性主义的，还是后结构主义的，都不能超越价值观和意识形态，即使是那些自称持中立态度的作家和批评家也一样。不加选择地挪用西方文学批评原理取代黑人的文学评论，那只会成为新殖民主义之类的文学批评模式的复制品。当代文学批评语言并不是通用的、非政治性的和中立的。在黑人用自己的语言系统来创立黑人的文学批评理论之前,黑人的文学批评注定只能是白人名流们的批评语言的衍生物,只能是他们的暗淡无光的阴影。黑人必须根据黑人文化的价值标准去重新解释"文艺理论",拒绝承认种族主义的文艺理论观,因为这种理论观的前提是,文艺理论只能由白人创立和发展,黑人先天注定了只能追随、效法白人同僚。

麦克道威尔在《黑人女性主义批评的新方向》一文中,为女性主义理论发展指明了新的方向:"不论黑人女性主义批评家选用什么样的理论框架,她都必须对一般的黑人文学和黑人文化熟练掌握。"①这样的研究才会比较全面,而且避免一些对批评产生损害的问题。她因此建议黑人妇女找到一种抵抗理论、实践二分法的话语,展示多元的视角和对话方法。许多当代黑人作家和批评家都持有类似的观点,认为美国黑人在文化和历史方面的坚实基础是作家和批评家应该依赖的美学基石。经典的黑人作家及批评家应该更具有历史性,在重视黑人文学传统完整性的前提下,把它改造成独立自主的文学理论并用它来评价黑人妇女文学的成果,从而整合并创造出一种具有黑人文学特征的理论,前提是对黑人文化传统的阅读。

黑人妇女在社会中所处的边缘位置这一点也为她们创建理论带来了优势。胡克斯认为,美国黑人妇女在发展她们的理论和观点方面应该首当其冲,并且利用这一点去批评占统治地位的种族主义、阶级主义和性别主义霸权,同时展望和进行反霸权活动,这在持续发展的女性主义斗争中是至关重要的。理论是在批评、质疑、再审视和探索的过程中建构的,对主流女性主义的霸权思想的抵抗就是通过这种坚持不懈的批评实现的。黑人妇女的活生生的经验可以挑战阶级主义者、性别主义者和种族主义者的社会结构

① Deborah McDowell,"New Directions for Black Feminist Criticism," Elaine Showalter, *New Feminist Criticism*: *Essays on Women*, *Literature and Theory*, p. 192.

和伴随的意识形态，而且这样的经验还可以形成一种不同于特权阶级的意识。因此，胡克斯认为，黑人妇女由于其特殊的、复杂的经历，在创建女性主义理论方面有着得天独厚的条件："在建立女性主义理论中我们扮演着关键的角色，我们的贡献也是独特的、有价值的。一种开放的女性主义理论和实践是一种集体的责任，是共有的。"①

胡克斯对女性主义理论大部分由白人妇女把持的原因作了进一步解释，正是由于白人女性主义者打着"所有的妇女都受压迫"、"压迫是不可量定的"口号，才蒙蔽了许多人，使白人妇女成为主流话语的主宰，因而大多数的理论也由她们建构并传播。但是，白人女性主义者在提出理论时并没有考虑她们的种族优越地位。这样形成的理论和实践压抑了那些认为需要不同策略和基础的妇女，使她们被迫保持沉默。有特权的女性主义者大多不能与不同群体的妇女讲话，因为她们或者不能完全理解性别、种族和阶级的压迫的交互关系，或者拒绝认真对待这种交互关系。女性主义对妇女命运的分析毫无例外地集中在性别问题上，因而不能提供建立女性主义理论的坚固基础。② 胡克斯建议女性主义群体应该改变其奋斗方向，实行新的理论政策以便将边缘群体包含进来，发挥更大的作用。

20 世纪 70 年代以来，美国黑人妇女的创作迅速崛起，这是发现新的文学理论的又一土壤。黑人妇女文学批评界面临着这样的挑战：如何在西方各种理论不断渗透的情况下，发展出一套适合黑人妇女具体问题的理论，并以此理论作为黑人妇女为消除种族主义和性别主义而奋斗的指导原则。在涉及后现代关于身份、差异、

① bell hooks, "Black Women: Shaping Feminist Theory," Joy James and Tracey D. Sharpley-Whiting eds., *The Black Feminist Reader*, p. 145.

② bell hooks, "Black Women: Shaping Feminist Theory," Joy James and Tracey D. Sharpley-Whiting eds., *The Black Feminist Reader*, p. 144.

本质等问题的辩论中,黑人女性主义批评家明白她们不同于白人的处境。她们的批评努力避免她们一直反对的等级压迫,即抹掉或者排除黑人妇女,或者仅仅把她们作为附属者包括进来。恰当的黑人女性主义理论应该一方面把黑人妇女经历的多种压迫同时考虑在内,另一方面又能够与其他后现代理论发展一种协商式的、对话式的关系;不是要舍弃后现代的和女性主义的各种理论,而是要将他们的理论转译成黑人的语言形态和语言风格,同时,给原有的黑人妇女文学批评原则正名,把批评理论和具体经验结合起来。就是说,黑人女性主义者通过在语言和概念方面与主流的理论(既包括后结构主义的高深理论,也包括白人男性理论家、女性主义理论家和黑人民族主义理论家制造的各种理论话语)协商,从而用黑人妇女自己的原则发展她们自己的理论。这样产生的理论可以使妇女们认识到其中的价值和重要性,因为它的语言避免抽象,容易理解,而且她们的日常生活都用到这种理论。

正如盖茨提出的主张,黑人学者应该将西方的理论话语与黑人文学结为一体,对当代的文学理论进行彻底研究,这样可以避免一些谬误性的理解,并且可以把白人的文学理论"转译"而不是"应用"到黑人的文本中:

> 当代文学理论把准确地解读美国黑人文学作品乃至整个黑人文学作品作为确定黑人文学特有的批评原则的第一步,这不但涉及而且大体上与整个当代文学理论、也与"永恒的黑人精神"保持一致。……文学界只有通过文学批评,才能摆脱以欧洲为中心的等级森严的多半是西方白人的男性的文学"标准",对文学本身予以重新定义,才能鼓励和支持一种真正的比较研究方法和多元化的民族文学风俗惯例的研究。[①]

① [美]亨利·路易斯·盖茨:《理论权威,(白人)权势,(黑人)批评:我一无所知》,张京媛《后殖民理论与文化批评》,第171~172页。

实际上，黑人女性主义批评家一直在探索她们自己的理论。黑人女性主义批评的发起者史密斯为探讨美国黑人女作家的作品开辟了新的领域，文化和共同的经验成为批评的基础，而且还把同性恋的主题提到议事日程上来。她提出，从黑人的角度、黑人妇女的角度以及同性恋的角度审视文学是极其必要的，文学语境不应该局限于对异性爱的认同。麦克道威尔进一步修正了史密斯的观点，提出黑人女性主义批评应该有新的方向，避免分离主义和边缘化的做法。在强调文学批评中对文本的历史和政治进行考虑的同时，她还认为应该分析文本的语言特征、文学手段和结构等要素。

沃克发展了一种关于创造性的理论，把母性系谱、传统、祖先和创造性与创作源泉联结起来。沃克还为美国黑人妇女和有色人种妇女挖掘出了一个创造传统，她扩展了艺术的定义，将所有创造性的活动视为艺术。“妇女主义”一词的发明，丰富并扩展了女性主义及黑人女性主义文学批评的内涵。

克里斯廷的主要观点也是鼓励黑人妇女去探求文学批评的新方法，提醒黑人妇女不要把西方的理论方法当作审视文学的全部方法和终点，只有当黑人妇女把自己当作主体看待、发掘自身的价值时，她们才能找到新的阐释方法。

罗德的差异理论与胡克斯对西方女性主义的批判相吻合，扩展了当代女性主义运动创建的理论范围。胡克斯有力地反驳了白人女性主义者提出的关于工作、共同压迫、姐妹情谊等理论，指出这些理论仅仅适合白人中产阶级妇女的条件，而黑人妇女和其他有色人种妇女面临的情况千差万别，不可能简单地用“所有妇女遭受共同压迫”这一句话就将她们统一于女性主义的理论之下，她提出要寻找超越父权制和种族主义的方法来解决黑人妇女的问题。

第六章　结语:黑人女性主义文学批评的启示与局限性

> 我们共同创造了一幅美景,它跨越了我们对肤色的自爱,达到对我们的女祖先的敬重,是她们保留了革命的余火;达到对树木的爱——那是我们在这个星球上最后的、合适的处所。
>
> ——约瑟芬·多诺万:《女权主义的知识分子传统》

一、黑人女性主义文学批评的启示

美国黑人女性主义文学批评家的目标就是通过公众的认可推进她们的事业,提升黑人妇女在经济、政治、社会等方面的地位,展示美国黑人女性文学的多样性。黑人女性主义文学批评对第三世界女性有很大启示。主要表现在如下几个方面:

第一,黑人女性主义文学批评旨在以边缘群体的经验和知识来改造男性中心和白人中心的知识体系,所体现的理念是反霸权,争取公正和正义,在任何尚存男性知识霸权和种族优越感的地方都具有实际意义。黑人女性主义文学批评所研究的种族歧视、性别歧视可以跨越国界,被各国学者用于本土的研究。

第二，黑人女性主义批评家对西方女性主义勇敢挑战和质疑的精神值得第三世界女性主义者学习，特别是对那些把西方女性主义批评理论生搬硬套的做法，更是一种警示。

黑人女性主义文学批评为研究中国女性主义文学与批评的学者提供了一个新的视角，有益于促进中国女性主义研究的本土化进程。中国妇女也面临关于民族与女性身份的关系问题。华裔学者周蕾就曾明确指出：中国妇女，如同其他第三世界国家的妇女同胞一样，一而再、再而三地被迫为民族主义与爱国主义牺牲、放弃她们自己的要求与权益。每当有政治危机时，她们就不再是女人；当危机过去、文化重建之际，她们又恢复了较传统的妻子与母亲的角色，同心协力致力于秩序的重建。[①] 虽然生活经历、文化背景和历史传统各有差异，但是中国女性主义者可以从黑人女性命运的变化、黑人女性文学和批评的发展上受到一定启迪。

由于立足于不同的土壤，中国的女性主义不应该简单地认同西方女性主义，而应该借鉴黑人女性主义文学批评的经验，把西方女性主义理论的有益成分"拿过来"，以逐步建立和完善自己的文学批评和研究。张岩冰在《女权主义文论》中指出，中国的"女权主义文论"完全可以命名为"我们自己的女权主义文论"[②]，即把中国女性意识与民族特色结合起来的女性主义文论。

第三，黑人女性主义文学批评与后殖民女性主义文学批评之间关系紧密，甚至可以说两者已经融为一体。因为两者关注的中心议题有很多相同之处。性别和种族的相互交叉是后殖民女性主义学术实践和批评的焦点所在。很多女性主义批评家指出，殖民

---

① Chow Rey, "Violence in the Other Country: China as Crisis, Spectacle, and Women," *The Third World Women and Feminist Politics*, Bloomington and Indianapolis, Indiana University Press, 1991, p. 88.

② 张冰岩：《女权主义文论》，山东教育出版社 1998 年版，第 217 页。

主义制度对女性和从属群体造成的边缘化、沉默化、客体化类似于父权压迫，只不过男人变成了殖民者，女性变成了被殖民者。

中国女性也是西方女性主义者表现其“帝国情绪”和欧洲中心主义优越感的场域，克里斯蒂娃对此直言不讳：“所有一切的关键是要唤醒妇女对我们西方社会的向往，对此，我们有着双倍的兴趣。”[①]克里斯蒂娃《关于中国妇女》一书，不仅对中国妇女的生活特征肆意扭曲，还将中国“女性化”、“他者化”，强化了中国在世界文化中遭到贬抑的“异质性”。周蕾认为，克里斯蒂娃把中国和西方对立起来，目的并不是要从中国学到不同文化，而是要在西方之内获取一种不同的阅读方式，因为那些“独属于”中国的事物只能被理解为西方话语里否定的一面：“《关于中国妇女》一书重复了那种历史传统，认为中国自 18 世纪以来一直处于‘永恒的停止不动的状态中’。克里斯蒂娃重新阅读了那种传统，从一个女性化了的、否定的角度来支持和采纳了它。”[②]克里斯蒂娃对中国妇女的认识是极其表面化的，她这样做巩固了西方的霸权地位，否定了中国妇女本身的主体性和复杂性。

第四，黑人女性主义的形象批评在总结、清算主流话语所建构的黑人女性定型模式的基础上，剖析和揭示了主流话语的表征系统生产和复制霸权话语的过程，使人们看到了黑人女性如何在主流话语表征系统的镜像中扭曲和变形。基于这样的分析，黑人女性主义文学批评指出了自我定义与自我表述的重要意义与途径，从而为黑人女性建构自己的表征体系，进行有效的自我表述奠定了基础。这不仅对黑人女性有着极为重要的意义，而且对第三世

---

① 转引自林树明《多维视野中的女性主义文学批评》，中国社会科学出版社 2004 年版，第 206 页。

② 周蕾：《看现代中国：如何建立一个种族观众的理论》，张京媛主编《后殖民理论与文化批评》，第 327 页。

界女性如何在双重边缘的处境下建构自己的表征方式，进行自我定义，从而在与主流话语的对话中发出自己的声音也有着重要的启示意义。

第五，黑人女性主义文学批评所产生的新知识有助于改变人们对社会文化的认知。当前在国内发生的欧美文化与中国文化之间的交汇、冲突、融合，与20世纪20年代在美国发生的欧美文化与非洲黑人文化之间的交汇、冲突、融合有着惊人的相似性。[①] 西方主流文化对于黑人的生活和身份的影响同样发生在中国，虽然中国大陆从来没有经历过完全被帝国主义列强统治主宰，但是后殖民主义的影响却彰显于中国大陆。正如张京媛在其主编的《后殖民理论与文化批评》序言中所陈述的那样：

> 当代世界的格局决定了所有“局部”发生的事件都与数千里以外的宗主国有关系，后殖民主义世界大气候影响了中国。国际金融、跨国公司对中国产生越来越大的影响，我们无可逃脱。这就是我们生活的现状，我们生活在“不纯洁”的氛围里。[②]

因此，在如何处理本土文化和主流文化的关系方面，黑人女性主义文学批评也提供了一定的启发性。在全球化的语境下，要想与西方进行平等的沟通与交流，获得同样的话语权，包括中国在内的第三世界女性主义者就不应当故步自封，牢牢坚守本土话语，而应该在保留、发扬本土文化的同时，学会、掌握西方话语，这样才能真正地了解西方的各种理论并使之为我所用。

总之，经济全球化是人类社会发展到一定历史阶段的必然产物，在这种境况中，各个不同的国家、不同的民族、不同的性别群体

① 参见[英]巴特·穆尔-吉尔伯特等《后殖民批评》译者序，第31页。

② 张京媛主编：《后殖民理论与文化批评》，第8页。

都面临着在多元化的差异性中重新寻求与调整自我生存的合理定位及方式。

二、黑人女性主义文学批评的局限性

尽管黑人女性主义文学批评对解读后殖民女性创作相当有益，但是要把美国黑人女性的批评和创作经验等同于所有黑人、亚裔和后殖民女性，却是很不可取的。因为女性之间的生活境况、表达方式有很大不同，把黑人或者后殖民妇女完全等同，就如同把西方女性主义的白人中心主义置于不同的第三世界妇女身上一样，都有复制父权体系的危险。[①] 而且黑人女性主义文学批评本身有很多局限性，主要有以下几个方面：

第一，黑人女性主义文学批评解构多于建构、批评多于发展。对于历史上黑人妇女的灾难进行较多的追溯，对于黑人在美国的被奴役历史耿耿于怀，没有探讨造成黑人妇女现状的自身原因与缺陷，没有立足于现实、着眼于未来、提出行之有效的提升黑人女性形象和地位的措施。

第二，黑人女性主义文学批评研究视野较窄，过多地强调黑人妇女的特殊性，局限于美国国内，较少地涉及其他地区的黑人妇女及其他有色妇女和第三世界妇女的问题。没能在全球化语境中横向比较和借鉴，而是较多地关注与其他群体的思想观点的“异”而相对忽略了“同”的存在，与其他流派的对话、比较不够。马克思认为，女性的解放以全人类的解放为前提，而人类的解放以女性解放为天然尺度。同样，任何较小范围的女性群体要获得解放，也不可能抛开全球女性的整体利益，必须考察并特别注意占全世界女性绝大多数的第三世界女性的利益和愿望，否则是不可能实现的。

① Gina Wisker, *Post-Colonial and African-American Women's Writing*, New York: St. Martin's Press, 2000, p. 23.

第三，黑人女性由于对白人女性的种族主义不满而另外组成黑人女性主义群体，这种做法既认同也延续了她们一直反对的“种族主义”，因为白人女性也经常被排斥在这个黑人群体之外。事实上，黑人女性主义批评的显著特点是探讨与黑人女性有关的议题，这样就导致了白人女性和黑人女性的两极分化，没有建立起联系的纽带。黑人女性谴责白人女性把她们视为不可知、不可测的“他者”，而事实上“她们的行为似乎说明她们就是‘他者’”①。“黑人女性主义”的提出也使某些白人女性认为其自身经验与黑人女性的经验没有关联，因此就无需关注种族或者种族主义。黑人女性在谴责白人女性对黑人表现出种族主义倾向时，也对白人表现出“种族主义”倾向。

另外，黑人女性主义文学批评家（如史密斯）偏重黑人女性的创作和现实之间的一对一的机械反映关系。这种观点只能把黑人女性主义文学批评范围局限于描写黑人女性的黑人女作家，导致黑人女性主义文学批评走向沃克所批判的斯帕克斯犯下的错误。斯帕克斯在《女性想象》中以没有经验为理由拒绝对第三世界女性进行讨论，同样，黑人女性主义批评家也以“共同经验”为借口仅对反映黑人女性生活的黑人女作家的创作进行批评，把批评的视角限定在黑人“女性的想象”中。实际上，妇女要解放，就必须团结起来，消除所有分裂势力，而种族主义就是最大的分裂势力。

第四，黑人女性主义文学批评通常被指责过于关注主题的发展，而忽略了对文本形式的批评，造成了形式与内容的分离。这主要是因为各种复杂的历史原因和政治斗争背景导致黑人作家的创作行为具有政治趋向，其作品一直被评论家当作政治文本。如果黑人的文学传统要维持并发展下去，黑人女性主义文学批评就必须关注文本中的语言艺术和形式结构，追求艺术形式和内容的完

① bell hooks, *Ain't I a Woman: Black Women and Feminism*, p. 151.

美统一。

黑人女性主义文学批评的本土性决定了它的局限性，它不是放之四海而皆准的真理，不能用来衡量所有第三世界国家妇女状况，不能因为黑人妇女比其他人遭受了更多的压迫，就认为她们对社会机制、过程和压迫的影响的理解最为正确。应该看到，黑人女性主义文学批评还没有建立起一套完整的理论体系，已有的理论也缺乏深度，过多地关注黑人女性的差异，政治性多于艺术性，而且带有理想主义的色彩，尚有很大的发展空间。

参考文献

(一)英文参考文献

1. Alcoff，Linda. “Cultural Feminism versus Post-structuralism：The Identity Crisis in Feminist Theory，” Eagleton，Mary. *Feminist Literary Theory*. Oxford：Blackwell，1997.

2. Aldridge，Delores P. “African American Women Since the Second World War：Perspectives on Gender and Race，” Hornsby，Alton. *A Companion to African American History*. Malden：Blackwell Publishing，2005.

3. Alexander，Elizabeth. “Anna Julia Cooper and the In-corporation of the Nineteenth-century African-American Woman Intellectual，” *Signs*，1995，20(2).

4. Awkward，Michael. “A Black Man's Place in Black Feminist Criticism，”James，Joy and Denean Sharpley-Whiting. *The Black Feminist Reader*. Malden：Blackwell Publishers Inc.，2000.

5. Baker，Houston A. Jr. *Workings of the Spirit：The Poetics of Afro-American Women's Writing*. Chicago：The University of Chicago Press，1991.

6. Barrett，Michele. “Feminism and the Definition of Cultural Politics，”

Eagleton, Mary. *Feminist Literary Theory*. Oxford: Blackwell, 1997.

7. Bates, Geraline Washington. *Womanist Aesthetic Theory: Building A Black Feminist Literary Critical Tradition, 1892-1994*. Indiana University of Pennsylvania, 1997.

8. Brooks, Ann. *Postfeminisms: Feminism, Cultural Theory and Cultural Forms*. London: Routledge, 1997.

9. Cade, Toni. *The Black Woman*. New York: Nal Penguin Inc., 1970.

10. Carby, Hazel. "Woman's Era," Napier, Winston. *African American Literary Theory*. New York: New York University Press, 2000.

11. Chow Rey. "Violence in the Other Country: China as Crisis, Spectacle, and Women," *The Third World Women and Feminist Politics*. Bloomington and Indianapolis: Indiana University Press, 1991.

12. Christian, Barbara. "Layered Rhythms: Virginia Woolf and Toni Morrison," Peterson, Nancy. *Toni Morrison: Critical and Theoretical Approaches*. Baltimore: The Hopkins University Press, 1997.

13. Christian, Barbara. *Black Feminist Criticism: Perspectives in Black Women Writers*. New York: Pergamon Press, 1985.

14. Christian, Barbara. *Black Women Novelists: The Development of a Tradition, 1892-1976*. Westport: Greenwood Press, 1980.

15. Christian, Barbara. "The Race for Theory," James, Joy and Tracey D. Sharpley-Whiting. *The Black Feminist Reader*. Malden: Blackwell Publishers Inc., 2000.

16. Christine, Barbara. "But What Do we Think We Are Doing Anyway," Wall, Cheryl A. *Changing Our Own Words*. New Brunswick: Rutgers University Press, 1989.

17. Cixous, Helene. "Sorties," Kemp, Sandra and Judith Squires. *Feminisms*. Oxford: Oxford University Press, 1997.

18. Collins, Patricia Hill. "Social Construction of Black Feminist Thought," James, Joy and Denean Sharpley-Whiting. *The Black Feminist Reader*. Malden: Blackwell Publishers Inc., 2000.

19. Collins, Patricia Hill. "What's in a Name? Womanism, Black

Feminism, and Beyond," *The Black Scholar*, 1996,26.

20. Collins, Patricia Hill. *Black Feminist Thought: Knowledge, Consciousness, and the Politics of Empowerment*, New York: Routledge,1991.

21. Crenshaw, Kimberle. "Demarginalizing the Intersection of Race and Sex," James, Joy and Denean Sharpley-Whiting. *The Black Feminist Reader*. Malden: Blackwell Publishers Inc. , 2000.

22. Cross, Kathleen. "Racism and Feminism: White Women, Power and Resistance," Cosslett, Tess, Alison Easton and Penny Summerfield. *Women, Power and Resistance: An Introduction to Women's Studies*. Bristol: Open University Press, 1996.

23. Davis, Olga Idriss. "A Black Woman as Rhetorical Critic: Validating Self and Violating the Space of Otherness," *Women's Studies in Communication*, 1998,21(1).

24. Davis, Olga Idriss. "Theorizing African American Women's Discourse: The Public and Private Spheres of Experience," Houston, Marsha and Olga Idriss Davis. *Centering Ourselves*. Hampton Press, 2002.

25. Aldridge, Delores P. "African American Women since the Second World War: Perspectives on Gender and Race," Hornsby, Alton. *A Companion to African American History*. Malden: Blackwell Publishing, 2005.

26. Dubey. "Madhu. Introduction in *Black Women Novelists and the Nationalist Aethetic*," Ervin, Hazel Arnett. *African American Literary Criticism*. New York: Twayne Publishers, 1999.

27. duCille, Ann. "Phallus(ies) of Interpretation: Toward Engendering the Black Critical 'I'," Napier, Winston. *African American Literary Theory*. New York: New York University Press, 2000.

28. Dugger. "Karen. Social Location and Gender-Role Attitudes: A Comparison of Black and White Women," Chow, Esther Ngan-ling, Doris Wilkinson and Maxine Baca Zinn. *Race, Class, Gender: Common Bonds, Different Voices*. California: SAGE Publications inc. , 1996.

29. Eagleton, Mary. *Introduction in Feminist Literary Theory*. Oxford: Blackwell, 1997.

30. Eliot, T. S. "Tradition and Individual Talent," Kermode, Frank. *Selected Prose of T. S. Eliot*. New York: Harcourt Brace and Company, 1975.

31. Elizabeth, Alexander. "' We Must be About Our Father's Business': Anna Julia Cooper and the In-corporation of the Nineteenth-century African-American Woman Intellectual," *Signs*, 1995,20(2).

32. Ellman, Mary. *Thinking About Women*. New York: Harcourt, Brace & World, 1968.

33. Franz, Sarah & Rennhak, Katharina, eds. *Women Constructing Men: Female Novelists and Their Male Characters, 1750-2000*. Lexington: Lexington Books, 2011.

34. Fuss, Diana. "The 'Risk' of Essence," Kemp, Sandra and Judith Squires. *Feminisms*. Oxford: Oxford University, 1997.

35. Gabbin, Joanne Veal. *Shaping Memories: Reflections of African American Writers*. Oxford: University Press of Mississippi, 2010.

36. Garner, Gerda. *Black Women in White America: A Documentary History*. New York: Vintage, 1973.

37. Gates, Henry Louis. "Writing 'Race' and the Difference it Makes: 'Race' Writing, and Difference," Eagleton, Mary. *Feminist Literary Theory*. Oxford: Blackwell,1997.

38. Gates, Henry Louis. *Introduction in Reading Black, Reading Feminism: A Critical Anthology*. New York: Meridian, 1990.

39. Gates, Henry Louis. *The Signifying Monkey: A Theory of Afro-American Literary Criticism*. New York: Oxford University, 1988.

40. Henry Louis Gates, "W. E. B. Du Bois and 'The Talented Tenth'," Gates and Cornel West eds.. *The Future of the Race*. New York: Alfred A. Knopf Inc. , 1996.

41. Gayle, Addison. "Cultural Strangulation: Black Literature and the White Aesthetic," Napier, Winston. *African American Literary Theory*.

New York: New York University Press, 2000.

42. Gilbert, Sandra and Susan Guba. *The Madwoman in the Attic: The Woman Writer and the Nineteenth Century Literary Imagination*. New Haven: Yale University Press, 1979.

43. Gordon, Dexter. *Black Identity: Rhetoric, Ideology, and Nineteenth-century Black Nationalism*. Carbondale: Southern Illinois University Press, 2003.

44. Harris, Trudier. *From Mammies to Militants: Domestics in Black American Literature*. Philadelphia: Temple University Press, 1982.

45. Henderson, Mae Gwendolyn. "Speaking in Tongues," Wall, Cheryl A. *Changing Our Own Words*. New Brunswick: Rutgers University Press, 1989.

46. hooks, bell. *Ain't I a Woman: Black Women and Feminism*. Boston: South End Press, 1981.

47. hooks, bell. "Black Women: Shaping Feminist Theory," James, Joy and Tracey D. Sharpley-Whiting. *The Black Feminist Reader*. Malden: Blackwell Publishers, 2000.

48. hooks, bell. "Introduction: Revolutionary Attitudes in *Black Looks: Race and Representation*," Ervin, Hazel Arnett. *African American Literary Criticism*. New York: Twayne Publishers, 1999.

49. hooks, bell. "Postmodern Blackness," Rice, Philip and Patricia Waugh. *Modern Literary Theory*. Oxford University Press, 2001.

50. hooks, bell. *Talking Back: Thinking Feminist, Thinking Black*. Boston, Mass: South End Press, 1989.

51. Hull, Gloria, Patricia Bell Scott and Barbara Smith. *All the Women Are White, All the Blacks Are Men, But Some of Us Are Brave*. Old Westbury, NY: Feminist Press, 1982.

52. Hurston, Zora Neale. *Their Eyes Were Watching God*. New York: Harper Perennial, 1998.

53. James, Joy. "Radicalizing Feminism," James, Joy and Denean Sharpley-Whiting. *The Black Feminist Reader*. Malden: Blackwell

Publishers Inc. , 2000.

54. Johnson, Barbara. *A World of Difference*. Baltimore: Johns Hopkins, 1987.

55. Jones, Lisa. "Sister Knowledge," *Essence*,1995, 26(1).

56. Kristeva, Julia. "Is There a Feminine Genius?" *Critical Inquiry*, 2004,30.

57. Lincoln, Abbey. "Who Will Revere the Black Woman?" Cade, Toni. *The Black Woman*. New York: Nal Penguin Inc. , 1970.

58. Lloyd, Moya. *Beyond Identity Politics*. London: SAGE Publications Ltd. , 2005.

59. Lorde, Audre. *Sister Outsider: Essays and Speeches by Audre Lorde*. Calif: The Crossing Press, 1984.

60. McBride, Dwright A. "Speaking the Unspeakable: On Toni Morrison, African Intellectuals and the Uses of Essentialist Rhetoric," Peterson, Nancy. *Toni Morrison: Critical and Theoretical Approaches*. Baltimore: The Hopkins University Press, 1997.

61. McDowell, Deborah. "'The Changing Same'": Generational Connections and Black Women Novelists," *New Literary History: A Journal of Theory & Interpretation*, 1987,18(2).

62. McDowell, Deborah. "New Directions for Black Feminist Criticism," Showalter, Elaine. *New Feminist Criticism: Essays on Women, Literature and Theory*. New York: Pantheon Books, 1985.

63. McDowell, Deborah. *The Changing Same*. Bloomington: Indiana University Press, 1995.

64. McDowell, Deborah. "Reading Family Matters," Wall, Cheryl A. *Changing Our Own Words*. New Brunswick: Rutgers University Press, 1989.

65. Mchay, Nellie Y. "Remembering Anita Hill and Clarence Thomas," Morrison, Toni. *Race-ing Justice, En-gendering Power*. New York: Pantheon Books, 1992.

66. Mckee, Patricia. "Spacing and Placing Experience In Sula,"

Peterson, Nancy. *Toni Morrison: Critical and Theoretical Approaches*. Baltimore: The Hopkins University Press, 1997.

67. Mohanty, Chandra. "Under Western Eyes: Feminist Scholarship and Colonial Discourse," *Feminist Review*, 1988,30.

68. Moi, Toril. "Feminist Literary Criticism," Ann Jefferson, David Robey. *Modern Literary Theory*. London: B. T. Batsford Ltd., 1987.

69. Mori, Aoi. *Toni Morrison and Womanist Discourse*, New York: Peter Lang Publishing Inc., 1999.

70. Morrison, Toni. "Behind the Making of the Black Book," *Black World*, 1974.

71. Morrison, Toni. "Introduction: Friday on the Potomac," Morrison, Toni. *Race-ing Justice, En-gendering Power*. New York: Pantheon Books, 1992.

72. Morrison, Toni. *Playing in the Dark: Whiteness and the Literary Imagination*, Cambridge: Harvard UP., 1992.

73. Morrison, Toni. "Rootedness: The Ancestor as Foundation," Evans, Mari. *Black Women Writers (1950-1980): A Critical Evaluation*. New York: Anchor Press/ Doubleday, 1984.

74. Morrison, Toni. "Unspeakable Things Unspoken: The Afro-American Presence in American Literature," James, Joy and Denean Sharpley-Whiting. *The Black Feminist Reader*. Malden: Blackwell Publishers Inc., 2000.

75. Ngan-ling, Chow. *Doris Wilkinson and Maxine Baca Zinn. Race, Class, Gender: Common Bonds, Different Voices*. California: SAGE Publications inc., 1996.

76. Poovy, Mary. "Feminism and Deconstruction," Eagleton, Mary. *Feminist Literary Theory*. Oxford: Blackwell. 1997.

77. Ransby, Barbara. "Black Feminism at Twenty-one: Reflections on the Evolution of a National Community," *Signs*, 2000,25(4).

78. Reames, Kelly Lynch. *Women and Race in Contemporary U. S.*. New York: Palgrave MacMillan, 2007.

79. Sadoff, Dianne F. "Black Matrilineage: The Case of Alice Walker and Zora Neale Hurston," *Signs*, 1985(1).

80. Showalter, Elaine. *Sister's Choice: Tradition and Change in American Women's Writing*. New York: Oxford University Press, 1991.

81. Showalter, Elaine. *The New Feminist Criticism: Essays on Women, Literature and Theory*. New York: Pantheon Books. 1985.

82. Showalter, Elaine. *A Jury of Her Peers: American Women Writers from Anne Bradstreet to Annie Proulx*. New York: Alfred A. Knopf, 2009.

83. Smith, Barbara. "The Truth that Never Hurts: Black Lesbians in Fiction in the 1980s," Kemp, Sandra and Judith Squires. *Feminisms*. Oxford: Oxford University Press, 1997.

84. Smith, Barbara. "Toward a Black Feminist Criticism," Winston Napier. *African American Literary Theory*. New York: New York University Press, 2000.

85. Smith, Valerie. "Black Feminist Theory and the Representation of the 'Other'," Napier, Winston. *African American Literary Theory*. New York: New York University Press, 2000.

86. Tate, Claudia. *Black Women Writers at Work*. New York: The Continuum Publishing Company, 1983.

87. Taylor, Paul C. "Malcolm's Conk and Danto's Colors," *Journal of Aesthetics & Art Criticism*, 1999, 57(1).

88. Walker, Alice. *In Search of Our Mothers' Gardens*. New York: Harcourt Brace Jovanovich, 1983.

89. Walker, Alice. *The Color Purple*. New York: Washington Square Press, 1982.

90. Wall, Cheryl A. "Introduction: Taking Positions and Changing Words," *Changing Our Own Words*. New Brunswick: Rutgers University Press, 1989.

91. Washington, Mary Helen. *Black-eyed Susans: Classic Stories by and about Women*. New York: Anchor Press/doubleday, 1990.

92. Washington, Mary Helen. "Introduction," Mary Helen Washington, ed., *Black -eyed Susans: Classic Stories by and about Black Women*. Garden City, New York: Anchor Books, 1975.

93. Walters, Teracey L.. *African American Literature and the Classist Tradition*. New York: Palgrave MacMillan, 2007.

94. Weedon, Chris. "Feminist Practice and Poststructuralist Theory," Eagleton, Mary. *Feminist Literary Theory*. Oxford: Blackwell, 1997.

95. Wilcox, Janelle. *Constructed Silences* (Ph. D. Dissertation). Washington State University, 1995.

96. Williams, "Sherley Anne. Some Implications of Womanist Theory," Napier, Winston. *African American Literary Theory*. New York: New York University Press, 2000.

97. Willis, Susan. *Specifying: Black Women Writing the American Experience*. London: Routledge, 1990.

98. Wisker, Gina. "Introduction: Black and White: Voices, Writers and Readers," Wisker, Gina. *Black Women's Writing*. New York: St. Martin's Press, 1993.

99. Wisker, Gina. *Post-Colonial and African-American Women's Writing*. New York: St. Martin's Press, 2000.

100. Woolf, Virginia. *Three Guineas*. New York: Harbinger Book, 1938.

101. Zalewski, Marysia. *Feminism After Postmodernism: Theorising Through Practice*. London: Routledge, 2000.

(二)中文参考文献

1.[英]阿卜杜尔·简穆罕默德、大卫·劳埃德:《论少数族话语的理论:目标是什么?》,杨乃乔等译,巴特·穆尔-吉尔伯特等主编《后殖民批评》,北京大学出版社 2001 年版。

2.[英]阿雷恩·鲍尔德温、布莱恩·朗赫斯特等:《文化研究导论》,陶东风等译,高等教育出版社 2004 年版。

3.[法]埃莱娜·西苏:《美杜莎的笑》,张京媛主编《当代女性主义文学批评》,北京大学出版社 1992 年版。

4.[美]爱德华·W·萨义德:《东方学》,王宇根译,三联书店 2000 年版。

5.[美]东尼·阿皮亚:《未完的争论:杜波依斯与种族幻想》,张京媛主编《后殖民理论与文化批评》,北京大学出版社 1999 年版。

6.[美]芭芭拉·史密斯:《黑人女性主义批评的萌芽》,张京媛主编《当代女性主义文学批评》,北京大学出版社 1992 年版。

7.[美]柏棣:《平等与差异:西方后现代主义女性主义理论》,鲍晓兰主编《西方女性主义研究评介》,三联书店 1995 年版。

8.[美]贝尔·胡克斯:《革命的黑人女性:自己争取成为主体》,巴特·穆尔-吉尔伯特等主编《 后殖民批评》,北京大学出版社 2001 年版。

9.[美]贝尔·胡克斯:《女权主义理论:从边缘到中心》,晓征、平林译,江苏人民出版社 2001 年版。

10.[英]巴特·穆尔-吉伯特等:《后殖民批评》,杨乃乔译,北京大学出版社 2001 年版。

11.[美]杜波拉斯:《黑人的灵魂》,维群译,人民文学出版社 1959 年版。

12.[法]达尼埃尔-亨利·巴柔:《形象》,孟华主编《比较文学形象学》,北京大学出版社 2001 年版。

13.[法]达尼埃尔-亨利·巴柔:《形象学理论研究:从文学史到诗学》,孟华主编《比较文学形象学》,北京大学出版社 2001 年版。

14.[英]弗吉尼亚·伍尔芙:《一间自己的房间》,贾辉丰译,人民文学出版社 2003 年版。

15.[法]弗朗兹·法农:《黑皮肤,白面具》,万冰译,译林出版社 2005 年版。

16.[法]弗朗兹·法侬:《论民族文化》,罗钢、刘向愚主编《后殖民主义文化理论》,中国社会科学出版社 1999 年版。

17.郭爱妹:《后现代女性主义心理学探析》,载《山东师范大学学报》2003 年第 2 期。

18.[美]亨利·路易斯·盖茨:《理论权威:(白人)权势,(黑人)批评:我一无所知》,张京媛主编《后殖民理论与文化批评》,北京大学出版社 1999 年版。

19.[美]霍米·巴巴:《纪念法侬:自我、心理和殖民条件》,罗钢、刘向愚主编《后殖民主义文化理论》,中国社会科学出版社 1999 年版。

20.[美]加·查·斯皮瓦克:《在国际框架里的法国女性主义》,张京媛主编《后殖民理论与文化批评》,北京大学出版社 1999 年版。

21.[美]加·查·斯皮瓦克:《三个女性的文本以及对帝国主义的批判》,巴特·穆尔-吉尔伯特等主编《后殖民批评》,杨乃乔译,北京大学出版社 2001 年版。

22.[美]加·查·斯皮瓦克:《属下能说话吗?》,罗钢、刘向愚主编《后殖民主义文化理论》,中国社会科学出版社 1999 年版。

23.[美]加·查·斯皮瓦克:《女性主义与批评理论》,张京媛主编《当代女性主义文学批评》,北京大学出版社 1992 年版。

24.[英]雷蒙德·威廉斯:《什么是文学》,王尔勃译,刘纲纪主编《马克思主义美学研究》第 3 辑,广西师范大学出版社 2000 年版。

25.林树明:《多维视野中的女性主义文学批评》,中国社会科学出版社 2004 年版。

26.刘涓:《"从边缘走向中心":美、法女性主义文学批评与理论》,鲍晓兰主编《西方女性主义研究评介》,三联书店 1995 年版。

27. 刘思谦:《综合与超越:女性文学研究方法论的探讨》,载《文艺评论》2001 年第 2 期。

28. 罗婷:《女性主义文学批评在西方与中国》,中国社会科学出版社 2004 年版。

29. 孟华:《试论他者“套话”的时间性》,孟华主编《比较文学形象学》,北京大学出版社 2001 年版。

30. 孟悦、戴锦华:《浮出历史地表》,中国人民大学出版社 2004 年版。

31. [法]米丽耶·德特利:《19 世纪西方文学中的中国形象》,孟华主编《比较文学形象学》,北京大学出版社 2001 年版。

32. [法]皮埃尔-安德列·塔吉耶夫:《种族主义源流》,高凌瀚译,三联书店 2005 年版。

33. [尼]齐努瓦·阿切比:《非洲的一种形象:论康拉德〈黑暗的心灵〉中的种族主义》,巴特·穆尔-吉尔伯特等主编《后殖民批评》,杨乃乔等译,北京大学出版社 2001 年版。

34. [美]钱德拉·塔尔帕德·莫汉蒂:《在西方的注视下:女性主义与殖民话语》,罗钢、刘象愚主编《后殖民主义文化理论》,中国社会科学出版社 1999 年版。

35. 盛宁:《二十世纪美国文论》,北京大学出版社 1994 年版。

36. 宋素凤:《多重主体策略的自我命名》,山东大学出版社 2002 年版。

37. 王恩铭:《20 世纪美国妇女研究》,上海外语教育出版社 2002 年版。

38. 王守仁、吴新云:《性别·种族·文化:托尼·莫里森的小说创作》,北京大学出版社 2004 年版。

39. [法]西蒙娜·德·波伏瓦:《第二性》,陶铁柱译,中国书籍出版社 2004 年版。

40. [法]西蒙娜·德·波伏瓦:《女人是什么》,王友琴等译,中国文联出版公司 1988 年版。

41.[法]雅克·拉康:《男根的意义》,褚孝泉译,《拉康选集》,上海三联书店 2000 年版。

42.杨乃乔:《从殖民主义到后殖民批评的学缘谱系追溯》,巴特·穆尔-吉尔伯特等主编《后殖民批评》,北京大学出版社 2001 年版。

43.姚玳玫:《想象女性》,中国社会科学出版社 2004 年版。

44.[英]伊丽莎白·赖特:《拉康与后女性主义》,王文华译,北京大学出版社 2005 年版。

45.[英]伊瓦-戴维斯:《妇女、族裔身份和赋权:走向横向政治》,陈顺馨、戴锦华主编《妇女、民族与女性主义》,中央编译出版社 2004 年版。

46.禹燕:《女性人类学》,东方出版社 1988 年版。

47.[美]约瑟芬·多诺万:《女权主义的知识分子传统》,赵育春译,江苏人民出版社 2002 年版。

48.张冰岩:《女权主义文论》,山东教育出版社 1998 年版。

49.周春:《抵抗表征:美国黑人女性主义的形象批评》,载《湖南师范大学社会科学学报》2005 年第 5 期。

50.周蕾:《看现代中国:如何建立一个种族观众的理论》,张京媛主编《后殖民理论与文化批评》,北京大学出版社 1999 年版。

后　记

在攻读英语语言文学专业硕士研究生时，我开始研究诺贝尔文学奖获得者、美国黑人女作家托尼·莫里森，从此走上美国黑人女性主义文学研究之路。在美国宾夕法尼亚大学作访问学者时，我对美国黑人女性主义文学进行了一年的文本调查和系统梳理。而在攻读博士研究生时，我选择了文艺学专业。这一选择，使我可以运用文艺理论对美国黑人女性主义文学批评进行整体的、系统的研究，在文学批评实践和文学批评理论两大视域下，创造性地研究美国黑人女性主义文学批评这一重要的理论现象。

衷心感谢我的博士生导师曾繁仁教授，本书得到了先生的悉心指导和无私帮助，凝聚了先生大量的心血。先生的学识和品格成为我学习的楷模，先生严谨的治学态度、渊博的知识、独具匠心的理念将使我终生受益。

衷心感谢山东大学文艺美学中心的陈炎教授、谭好哲教授、马龙潜教授、王汶成教授以及山东大学外国语学院的赵秀福教授等。他们的谆谆教诲与指导、深厚的学养和严谨的学风使我感受到了大家的风范、学者的气度，我将永远铭记于心。

衷心感谢我的硕士生导师、美国哲学家与文论家弗雷德里克·詹姆森(Fredric Jameson)的弟子杰弗里·特威切尔(Jeffery

Twitchell)博士，他虽然不在中国，但总能通过电子邮件与我讨论本书写作过程中遇到的问题，本书的顺利完成与他的鼓励和帮助分不开。

最后，衷心感谢所有对本书有所帮助的师长、同学、同事和亲友，是你们的帮助使本书得以面世。

王淑芹

2014年6月25日